전쟁과 소설

전쟁과 소설

신영덕

도서출판 역락

저자 신영덕

공군사관학교 기계공학과 학사
서울대 국어국문학과 학사
서울대 대학원 국어국문학과 석사
고려대 대학원 국어국문학과 박사
문학평론가
공군사관학교 교수

저 서
『한국전쟁기 종군작가 연구』
『한국전쟁과 종군작가』
『한국전쟁과 세계문학』(공저)

전쟁과 소설

초판 인쇄 2007년 6월 1일 ｜ 초판 발행 2007년 6월 11일

지은이 신영덕 ｜ 펴낸이 이대현
편 집 박소정 ｜ 펴낸곳 도서출판 **역락**
주 소 서울시 서초구 반포4동 577-25 문창빌딩 2F
전 화 3409-2058, 3409-2060 ｜ FAX 3409-2059 ｜ 이메일 youkrack@hanmail.net
등 록 1999년 4월 19일 제303-2002-000014호
ISBN 978-89-5556-537-9-93810

정 가 12,000원

*파본은 교환해 드립니다.

서 문

  한국문학사에 있어서 한국전쟁소설은 매우 중요한 비중을 차지하고 있음에도 불구하고 이들에 대한 연구는 아직까지 체계적으로 이루어지지 않고 있다. 필자는 이러한 문제점을 해결하고자 그동안 한국전쟁소설에 관한 자료를 조사하고 이들의 특성과 의의에 대하여 논의하고자 하였다. 부족하지만 새로운 도약을 위해 기존에 발표한 글들을 가다듬어 책으로 내놓는다.

  제1부에서는 한국전쟁기에 발표된 남북한 소설에 대하여 논의하였다. 이 글을 쓸 당시에는 한국전쟁기 남북한 소설에 대한 실증적 연구가 거의 이루어지지 않았기에 세 편의 글에서는 자료를 조사하여 내용을 정리하는 데 치중하면서, 가능한 한 객관적인 기준으로 남북한 소설을 비교해보고자 하였다. 그리고 「한국전쟁기 남북한 소설의 탈식민주의적 연구」에서는 탈식민주의 이론을 원용하여 한국전쟁기 남북한 소설의 의미를 재음미하였다.

  제2부에서는 한국전쟁소설의 특성을 밝혀보고자 하였다. 한국문학사에는 한국전쟁을 직접 체험한 문인들의 전쟁소설이 대단히 많지만 이들 전반에 관한 체계적 연구는 아직까지 이루어지지 않고 있다. 따라서 여기에서는 한국전쟁소설사에서 중요한 흐름을 이루고 있다고 여겨지는 박영준, 황순원의 작품을 대상으로 하여 문인들의 전쟁 체험 내용과 이들의 소설적 형상화 특성에 대해 논의하였다.

제3부에서는 1950년대 군 기관지 소설의 특성에 대하여 논의하였다. 1950년대에 발행된 군 기관지에는 한국문학사에서 중요한 비중을 차지하고 있는 많은 문인들의 작품이 게재되어 있어 주목할 만하다. 가능한 한 자료조사를 충실히 하고 그 내용을 정확하게 기록함으로써 이후 연구자들에게 도움을 주고자 하였으나, 유실된 자료들이 많아 여기에서는 우선 확보한 자료만을 대상으로 논의하였다.

대한민국에는 한 권도 없는 한국전쟁소설사를 써 보겠다고 10여 년간 이와 같은 작업을 해 왔으나 여전히 갈 길이 멀다는 것을 새삼 확인하게 된다. 앞으로 열심히 해야겠다는 생각뿐이다. 지금까지 마음으로 함께 해준 사랑하는 아내와 가족들에게 이 책을 바친다. 그리고 학문의 길로 인도해주신 김윤식 선생님과 김인환 선생님, 이 책이 나오기까지 도와주신 공군과 공군사관학교의 모든 분께 감사드린다. 아울러 이대현 사장님께 감사드리며, 도서출판 역락의 발전을 기원한다.

2007년 6월

공군사관학교 단재관에서 신 영 덕

제2부 한국전쟁소설론

제 1 부

한국전쟁기 남북한 소설론

Ⅰ. 한국전쟁기 남북한 소설의 미군·중국군 재현 양상

1. 서 론

한국전쟁기에 발표된 남북한 문학 작품에는 외국인이 많이 등장한다.[1] 그 중에서도 미국인, 중국인, 일본인, 소련인 등이 특히 많은데, 군인이 대부분이다. 일본인과 소련인은 대체로 전쟁 이전의 시기와 관련되어 있으며, 전쟁기와 관련해서는 미군과 중국군이 작품의 주요한 비중을 차지하고 있다.[2] 본고에서는 이러한 사실을 감안하여 한국전쟁기 남북한 소설에

---

[1] 한국전쟁에 대한 용어의 문제는 여러 학자에 의해 다양하게 제시된 바 있으나, 본고에서는 사회과학계에서 일반적으로 사용하고 있는 '한국전쟁'이라는 용어를 사용하고자 한다. 따라서 한국전쟁기란 한국전쟁이 발발한 시기 즉, 1950년 6월 25일부터 휴전이 성립된 시기 1953년 7월 27일까지의 기간을 의미한다. 그리고 대한민국 정부를 지칭할 경우에는 한국이라는 용어를, 조선민주주의인민공화국에 대해서는 북한이라는 용어를 사용하고, 남한이라는 용어는 북한과 비교 서술할 경우 사용하고자 한다. 물론 문헌 인용 시에는 원문 그대로 인용하고자 한다.

[2] 한국전쟁 당시 남한에서는 한국군은 국군, 북한군은 괴뢰군, 미국군은 미군, 중국군은 중공군으로 호칭하였으며, 북한에서는 한국군은 괴뢰군, 북한군은 인민군, 미국군은 미군, 중국군은 중국인민지원군이라는 용어를 사용하였다. 따라서 본고에서는 국내에서 일반적으로 사용하고 있는 한국군, 북한군, 미군, 중국군이라는 용어를 사용하되, 문헌 인용 시에는 원문 그대로 인용하고자 한다.

서 미군과 중국군이 어떻게 재현되고 있는가에 대하여 살펴보고자 한다. 미군과 중국군의 재현 문제는 한국전쟁기 문학의 특수성을 반영하고 있는 만큼, 이에 대한 연구는 한국전쟁문학 또는 한국전쟁의 특수성을 구명하는 데에도 일정한 기여를 할 수 있으리라 생각한다.[3]

한국전쟁기 문학에 대한 논의의 필요성은 기존 남북한 문학사의 평가가 매우 대조적이라는 점에서도 찾을 수 있다. 남한문학사 대부분은 이 시기 작품들이 '전시문학'으로서 '미학적 소화불량'에 걸려 있다고 보고, 본격적인 작품 검토 없이 그 가치를 낮게 평가하고 있다. 그 결과 남한문학사에서 이 시기는 하나의 공백기로 처리되고, 1950년대 문학 혹은 한국 전후문학의 한 부분으로서 몇몇 작품만이 언급되고 있는 실정이다.[4] 이에 비해 대부분의 북한문학사에서는 한국전쟁기 문학을 매우 중요하게 평가하고 있다.[5] 이들은 이 시기 문학을 '조국해방전쟁시기의 문학'으로 규정하고, 그것의 의의를 높이 평가하고 있는 것이다. 그러나 북한문학사의 작품 평가는 사실을 왜곡하고 있는 점이 많아 이에 대한 재검토가 요구된다.[6]

---

3) 와다 하루끼는 중국군이 한국전쟁에 참가함으로써 내전은 중미전쟁이 되었다고 본다. 유엔군 이름으로 미군이 출동한 후 한국군은 유엔군 사령관인 미군 사령관 지휘 아래 들어갔으며, 북한군은 중국군 지휘 아래 들어갔기 때문이다. 한국전쟁기 남북한 소설에 대부분 미군과 중국군이 등장하는 것은 이러한 현실과 관련 있을 것이다. 和田春樹, 서동만 역, 『한국전쟁』(창작과 비평사, 1999), p.199.

4) 한국전쟁기 소설에 관한 본격적인 연구로는 조남현, 『한국현대소설연구』(민음사, 1987), 「우리 소설의 넓이와 깊이－전시소설의 재인식」(『문학정신』, 1988.10-12), 김윤식·정호웅의 『한국소설사』(예하, 1993), 권영민의 『한국현대문학사』(민음사, 1993), 박신헌, 『한국전쟁 전후기 소설연구』(형설출판사,1993), 이상원, 「1950년대 한국전후소설 연구」(부산대 박사학위논문, 1993), 이은자, 『1950년대 한국지식인소설연구』(태학사, 1995), 김문수, 「한국전쟁기 소설 연구」(대구대 박사학위논문, 1997), 신영덕, 『한국전쟁과 종군작가』(국학자료원, 2002) 등이 있다.

5) 안함광, 『조선문학사』(연변교육출판사, 1956), 사회과학원 문학연구소 편, 『조선문학통사』(사회과학출판사, 1959), 박종원, 류만, 『조선문학개관』Ⅱ(사회과학출판사, 1986), 김선려, 리근실, 『조선문학사』11(과학백과종합출판사, 1994) 참조

6) 한국전쟁기 북한 문학에 관한 연구로는 김재용, 『북한문학의 역사적 이해』(문학과지성사, 1994), 김윤식, 『북한문학사론』(새미, 1995), 최연홍, 『북한의 문학』(남북문제연구소, 1994),

따라서 한국전쟁기 남북한 문학 연구의 문제점을 해결하고 올바른 통일 문학사 기술에 기여하기 위해서는 구체적인 사실조사와 객관적 시각의 확보가 무엇보다 중요하다.[7] 이를 위해 본고에서는 남한의 경우 종군작가들의 작품으로 대상을 한정하여 논의하고자 한다.[8] 종군작가의 작품으로 한정한 것은 대상 작품이 너무 많기 때문이기도 하지만, 북한의 문인들 대부분이 종군 활동을 하였다는 사실을 고려할 때 남북한 문학의 특성을 비교하고 그 의미를 밝히는 데 필요하다고 판단하였기 때문이다.[9] 그리고 북한의 경우에는 시대 상황에 따라 작품이 개작되어 출판되고 그에 대한 평가 역시 상반되게 나타나고 있으므로 원본 확인이 필수적으로 요구된다. 한 연구에 의하면, 1967년 이전에 발표된 북한 문학 작품들은 1978년 북한에서 편집 간행된 『조선단편집』에 실리면서 거의 예외 없이 개작되었으며, 개작의 주된 방향은 원본에는 없었던 김일성이 등장하거나 혹은, 그의 말이나 그에 연관된 내용이 새로 들어와 있다고 한다.[10] 따라서 미군과 중국군의 형상화 문제에 관한 것은 내용 상 큰 변화가 없을 것으로 추정되지만, 원본이 아닌 작품의 경우 개작의 가능성에 유의하여 텍스트 분

이재인, 『북한문학의 이해』(열린원, 1995), 최동호 편, 『남북한 현대문학사』(나남, 1995), 이명재 편, 『북한문학의 이념과 실체』(국학자료원, 1998), 박태상, 『북한문학의 현상』(깊은 샘, 1999), 신형기, 오성호, 『북한문학사』(평민사, 2000), 송희복, 「남북한 문학사 비교연구」(『동원논집』2, 1989), 신경득, 「전란초기 조선 전쟁영웅소설의 영웅유형」(『배달말』24, 1999), 「인민해방공간의 종군문학연구」(『건국어문학』, 1997), 김춘선, 「북한문학의 전개양상을 통해 본 제 특징」(『현대소설연구』11, 1999), 이은자, 「북한 전시소설의 주제 특성에 대한 연구」(『현대소설연구』12, 2000) 등이 있다.

7) 이러한 연구의 필요성에 대한 논의로는 오현주, 「남북한의 6·25문학 비교」(『한길문학』, 1990.7) 참조.

8) 본고에서는 남한의 종군작가를 종군작가단에 정식으로 가입한 소설가로 한정하였다. 총 25명으로서, 곽하신, 김동리, 방기환, 유주현, 최인욱, 최정희, 황순원(이상 7명 공군), 김송, 김영수, 김이석, 박영준, 손소희, 장덕조, 정비석, 최독견, 최태응(이상 9명 육군), 박계주, 박연희, 박용구, 안수길, 염상섭, 윤백남, 이무영, 이선구, 허윤석(이상 9명 해군) 등이다.

9) 기석복은 전쟁 당시 100여명의 북한 문인들이 종군하였음을 언급한 바 있다. 기석복, 「조국해방전쟁과 우리문학」, 이선영, 김병민, 김재용 편, 『현대문학비평자료집』2(태학사, 1993), p.159.

10) 김재용, 앞의 책, pp.14-15 참조.

석에 임하고 출전을 명기하고자 한다.

2. 남한 소설과 미군·중국군의 재현 양상

1950년 6월 25일 한국전쟁이 발발하자 남한 문단은 전시체제로 재편된다. 국방부 정훈국에서는 전쟁이 발발하자 곧 「전국문화단체총연합회」에 국민의 전의를 앙양시키고 민심을 안정시키는 선전 계몽활동을 해 줄 것을 요구하였고, 이러한 요구는 27일 「비상국민선전대」, 28일 「문총구국대」의 조직으로 나타났다. 그리고 중국군이 참전함으로써 전쟁이 장기화되자 1951년 각 군에서는 「공군종군문인단」(3월 9일), 「육군종군작가단」(5월 26일), 「해군종군작가단」(6월 경) 등을 조직 결성하였다.[11] 김동리가 한국전쟁기를 '종군문단기'로 규정한 것은 문단의 이러한 현상 때문이었을 것이다.[12]

그러나 한국전쟁기 남한의 종군작가들은 전쟁에서의 승리를 위해 종군작가단의 창단 목적에 부응하는 전쟁독려의 작품을 발표하기도 하였지만, 다른 한편으로는 전쟁의 비인간성을 비판적으로 바라보면서 전쟁기 현실의 모습을 사실적으로 보여주고 있음을 확인할 수 있다.[13] 전쟁에서의 승리를 위해 우군인 미군의 긍정적인 면을 드러내고 적군인 중국군의 부정적인 면을 강조하였을 것으로 여겨지는데, 실제는 그렇지 않기 때문이다. 한국전쟁기 남한 소설의 특수성은 이런 점에서도 찾을 수 있는 바, 작품

---

11) 종군작가단의 조직 및 활동에 관한 상세한 설명은 신영덕, 앞의 책, 2장 참조.
12) 김동리, 「문단 10년의 개관」(『연합신문』, 1958.8.15) 참조.
13) 김윤식은 전쟁을 휴머니즘의 시각에서 비판적으로 바라보는 남한 문학자의 태도가 북한 문학자의 태도와 매우 대조적인 것임을 지적한 바 있다. 김윤식, 앞의 책, p.37. 남한 종군작가들의 작품 내용 및 그 특성에 관한 자세한 설명은 신영덕, 앞의 책 3장 참조.

을 예로 들어가며 미군·중국군의 모습이 어떻게 재현되고 있는지 살펴보
도록 하겠다.

가. 미군의 재현 양상

　한국전쟁의 발발로 인한 인적 물적 피해가 세계대전적 규모의 것이었음
은 많은 연구자들에 의하여 밝혀진 바 있다.[14] 그런데 인적 피해 중에는
양적으로 측정할 수 없는 성격의 것들이 많았다. 전쟁으로 인한 여성의
수난 문제는 그 대표적인 한 예가 될 것이다. 특히 전쟁 당시에 발표된 많
은 작품들은 여성의 성매매 문제를 다루고 있는데, 미군은 매춘 여성과
관련되어 작품에 등장하고 있다. 한 연구에 의하면, 전쟁 발발 당시 일본
에 있던 미군은 12만 5천명이었던 데 반해, 한반도 전선에 출동한 미군은
최대일 때 35만명에 달했다고 한다.[15] 그리고 이들은 모두 일본을 통과해
갔으며, 주일 미군기지 주변에는 '빵빵'이라고 불리는 미군 상대의 매춘부
가 한층 더 증가하였다는 것이다. 이러한 점으로 미루어 한국에도 미군을
상대로 한 매춘부가 많이 있었을 것으로 추정되는데, 전쟁기 남한 소설은
이러한 사실을 잘 보여주고 있다.
　정비석의 「서북풍」(1953)은 그 대표적인 작품이다.[16] 여주인공 김경미는
여학교 교장이던 아버지와 대학교수로 있던 오빠가 '육이오 통'에 납치되
고, 게다가 낯선 대구로 피난을 온 까닭에 가난에 쪼들리게 된다. 대학 다
닐 때 화려한 꿈에 취해 지내던 그녀에게는 이제 병든 어머니와 동생만이
남아 있을 뿐이다. 결국 그녀는 '양갈보' 노릇을 하는 동창생 강춘옥을 찾
아가고 그를 따라 미군 환송 파티에 참석하게 된다. 요컨대 이 작품은 전

---

14) 최장집, 「한국전쟁에 대한 하나의 이해」, 『한국전쟁 연구』(태암, 1990), p.352.
15) 和田春樹, 앞의 책, p.241.
16) 단편집 『서북풍』(보문출판사, 1953)에 수록된 작품이다.

쟁기 현실에서는 소위 '집안' 좋고, 학력도 높은 여성들이 미군과 매춘 행위를 하게 된다는 것을 보여주고 있는 셈인데, 많은 여성들이 생존을 위해 매춘부가 되고 만 현실을 짐작할 수 있을 것이다.[17]

김송의 장편 『영원히 사는 것』(백영사, 1952)에서도 학력이 높은 여성이 미군과 매춘관계를 맺은 사실이 나타난다. 서울 '이화대학'을 나온 이십육칠 세 정도 되는 정란은 부산까지 피난 와서 미군 PX에 취직하였는데, 일선에서 부상당한 사랑하는 남성 형칠을 위해 미군 '쫀'에게 몸을 바쳐가며 구하기 어려운 '오일페니실린'을 구해온다는 내용이 그것이다. 물질적으로 풍부한 미군과 필요한 물건을 얻기 위해 성을 매매하는 여성의 모습을 확인할 수 있겠다.

유주현의 「기상도」(『전선문학』 4, 1953.4)는 비행기 안에서 일어난 일을 다루고 있다. 기상이 나빠 착륙이 지연되자 비행기 안에서는 논쟁이 일어난다. 토건업자인 '신사복'과 매춘부는 불평을 토로하고, 상이군인은 조종사를 믿자고 주장한다. 이때 C대령은 비바람이 심한 까닭에 무전이 통하지 않아 비행장을 찾지 못하고 있다고 하면서 만일의 사태에 대비하여 낙하산을 나누어주고자 한다. 그런데 낙하산이 모자라자 미군은 자기의 것과 매춘부의 것으로 두 개를 먼저 집어간다. 그러자 C대령은 매춘부의 것을 빼앗으며, '레이디 화스트'를 주장하는 미군에게 "그것은 당신 나라의 예절이지만 우리는 지금 한 사람의 매춘부보다는 한 사람의 장정의 목숨이 더 소중하외다."[18]라고 하면서 미군과 매춘부의 모습을 비판적으로 보여주고 있다. 현실적으로 있을 수 있는 이야기이겠지만, 전쟁기 현실에서 우군인 미군을 비판하고 있다는 점에서 특히 주목할 만한 작품이라고 생

---

17) 전쟁 당시 미군과 매춘 행위를 하는 여성들이 늘어나고 있는 현실의 모습은 최인욱의 「저류」(1952.8)에서도 찾아볼 수 있다. 이 작품은 젊은이들의 일선 지원을 독려하고자 하는 목적의식을 드러내고 있으면서도 당대 현실의 세태를 비교적 객관적으로 드러내고 있다는 점에서 주목할 만하다.
18) 유주현, 「기상도」(『전선문학』 4, 1953.4), p.97.

각한다.

박연희의 「소년과 「메리」라는 개」(『문화세계』1, 1953.7) 역시 미군을 비판하고 있는 작품이다. 이 작품은 미군의 비인간성을 소년의 눈을 통해 보여주고 있다. 이 작품에 등장하는 흑인 병사는 한국 사람보다 개를 더 귀하게 여기고 있는 것이다. 이러한 흑인 병사에 대한 비판의식은 다음과 같은 소년과 엄마간의 대화문에 잘 드러난다.

> 「엄마, 아까 저기 올 때 사람이 넘어져 있지 않음? 그건 어째 약 발라주지 않소?」
> 「이제 발라 주겠지…」
> 「감안 양코백인 「메리」가 더 귀한 모양이지오?」[19]

이상에서 살펴본 바와 같이 한국전쟁기 남한 소설에 있어서 미군의 모습은 다소 부정적으로 재현되고 있다. 이들은 주로 성매매 여성과 연관되어 있거나 한국 사람보다 짐승을 더 중히 여기는 인물로 형상화되고 있는 것이다. 전쟁에서의 승리를 위해 종군 활동을 한 종군작가들이 우군인 미군을 이렇게 비판적으로 형상화한 것에서 미군에 대한 남한 작가들의 태도가 대부분 비판적이었음을 추측할 수 있다. 또한 이것은 휴머니즘적 시각으로 전쟁을 비판하면서 전쟁기 현실의 모습을 사실적으로 묘사하였던 남한 작가들의 글쓰기 태도와도 관련 있다고 할 것이다.[20]

나. 중국군의 재현 양상

한국전쟁기 남한 소설에서 중국군의 모습을 구체적으로 다룬 작품은 별

---

19) 박연희, 「소년과 「메리」라는 개」(『문화세계』 1, 1953.7), p.153.
20) 곽종원은 전쟁기 평론을 통해 세태묘사에 익숙한 남한 작가들의 작품 경향을 비판한 바 있다. 곽종원, 「문학정신의 확립」(『자유세계』, 1952.1)

로 없다. 대부분의 작품들은 중국군의 참전으로 가족이 파괴되고 많은 인명피해가 있었음을 보여주고 있을 뿐이다.

중국군의 참전으로 가족이 뿔뿔이 흩어지고 마는 경우는 김동리의 「풍우 속의 인정」(『해병과상륙』, 계문사, 1953.3), 안수길의 「고향바다」(1952), 이무영의 「범선에의 길」(『신조』, 1951.7) 등에서 찾아볼 수 있다. 김동리의 작품은 '중공군'이 참전함으로써 연합군이 전면적으로 철수하게 되고, 서울 시민들 역시 또 다시 피난길에 오르게 되자 주인공의 가족도 뿔뿔이 흩어져 피난을 떠난다는 이야기를, 안수길의 작품은 '중공군' 참전으로 흥남철수 명령이 발표되자, 주인공 진우는 할아버지와 아내를 남겨두고 눈물을 흘리며 북한을 혼자 탈출함으로써 이산가족이 된 경우를 보여주고 있다.21)

중국군의 참전과 죽음의 문제를 다룬 작품으로는 김송의 「두개의 심정」(『문예』, 1952.5), 유주현의 「영(嶺)」(『창공』, 1952.3), 박연희의 「무기와 인간」(『해병과상륙』, 계문사, 1953.3) 등이 있다. 김송의 작품에서는 '중공군'의 참전으로 전장에 나가게 된 주인공이 부상을 입어 양팔이 모두 잘리게 되자 자신의 몸에 절망한 나머지 자살하고 만다는 이야기를 통해 '중공군'은 주인공으로 하여금 자살하게끔 만든 존재로 형상화되고 있다. 유주현의 작품에서는 주인공 형숙이 두 아이를 데리고 피난을 떠나게 되었는데, 곳곳에 비행기 공습으로 죽은 '중공군'의 시체가 나뒹굴고, 까마귀는 시체를 파먹다가 산 사람에게까지 달려든다는 이야기를 통해 전쟁기 현실의 참상을 사실적으로 보여주고 있다. 또한 박연희의 작품에서는 전쟁 당시 치열했던 도솔산 전투를 사실적으로 묘사하는 가운데 '중공군'이 전투 중에 '인민군' 소년병을 겁탈하려다가 총에 맞아 죽은 모습을 보여주고 있다. "인간이란 주위와 환경을 가리지 않고 때에 있어서는 생리적으로 오는 발

---

21) 이무영의 작품은 우여곡절 끝에 헤어진 가족을 다시 만나게 된다는 점에서 다른 작품들과 구분된다.

작이 노현된다는 것이 오히려 진실된 행위라고 믿어지기까지도 하였다."[22)] 는 서술자의 설명에서도 드러나듯이, 이 작품에서의 '중공군'은 맞서 싸워야 할 '적'이라기보다 치열한 전장에서도 성적 본능을 드러내는 한 인간으로서 형상화되고 있는 것이다.

이처럼 남한 소설에서는 중국군이 한국전쟁에 개입하게 된 사실과 그로 인해 발생한 비극적 상황을 잘 보여주고 있다.[23)] 특이한 사실은 중국군이 적군이었음에도 불구하고 많은 작품들이 이들에 대해 적개심을 드러내기보다는 사실적 혹은 휴머니즘의 입장에서 중국군의 모습을 그려내고 있다는 점인데, 이러한 현상에서도 알 수 있듯이 이 시기 남한의 작품들은 한편으로는 반공을 외치는 가운데, 다른 한편으로는 전쟁기 현실의 모습을 객관화하여 보여주고자 하였던 것이다.

3. 북한 소설과 미군·중국군의 재현 양상

한국전쟁으로 북한 문단 역시 전시체제로 재편되었다. 조선노동당은 문학의 전투적 기능을 제고하기 위하여 제반 지침을 제시하였던 바, 이것은 문학 대열 내에서의 전시 체제의 확립, 작가들의 종군조직, 남북 문학 예술 단체의 합동(1951.3), '조선인민군 창건 5주년 문학예술상제' 등으로 나타났다.[24)] 물론 이것은 김일성의 1950년 6월 26일의 '전체 조선인민들에

---

22) 박연희, 「무기와 인간」,『해병과 상륙』(계문사, 1953.3), p.213.
23) 중국군이 한국전쟁에 참전한 것은 일제하부터의 많은 조선인들의 중국 이주와 항일 공동투쟁과 중국내전 과정에서의 북한지도부와 조선인들의 도움, 전쟁결정과정에서의 중국과 모택동의 개입 및 정신적 군사적 후원, 중국의 안보에 대한 미국의 위협과 스탈린의 종용 등과 밀접한 관련이 있는 것으로 평가되고 있다. 박명림,『한국 1950 전쟁과 평화』(나남, 2002), p.463.
24) 안함광, 앞의 책, p.482 참조.

게 호소한 방송 연설'을 비롯한 제반 지침에 기초하였던 것이다.[25] 한국전쟁기 북한 소설에서 미군·중국군의 형상화는 바로 이러한 지침에 의거하여 이루어진 것으로 판단된다.[26]

가. 미군의 재현 양상

안함광의 『조선문학사』와 『조선문학통사』에서는 전쟁 시기 북한의 조선노동당이 문학 예술가들에게 '미제국주의자의 만행을 역사적으로 또는 현실적으로 광범하고도 심각하게 취재하여 전체 인민의 적개심을 더욱 고취하며 조국애를 더욱 앙양시켜주는 고상한 형상물들을 왕성히 창조' 할 것을 요구하였다고 하면서, 한설야의 「승냥이」(1951)와 리북명의 「악마」(1951) 등을 이러한 주제의 대표작으로 들고 있다. 그런데 김선려·리근실의 『조선문학사』에서는 전쟁 이전의 시기를 배경으로 한 리북명의 「악마」 대신에 전쟁 시기를 배경으로 한 유항림의 「누가 모르랴」(1951), 김형교의

---

25) 김일성은 「우리의 예술은 전쟁승리를 앞당기는데 이바지하여야 한다」(1950년 12월 24일 작가, 예술인, 과학자들과 한 담화), 「우리 문학예술의 몇 가지 문제에 대하여」(1951년 6월 30일 작가, 예술가들과의 담화), 「우리 예술을 높은 수준에로 발전시키기 위하여」 (1951년 12월 12일 세계청년학생예술축전에 참가하였던 예술인들 앞에서 한 연설)를 비롯한 수많은 '고전적 노작'들에서 전시문학의 전투적인 사명과 임무, 주제방향과 창작실천적 문제들에 전면적이고도 완벽한 해명을 주었다고 한다. 김선려, 리근실, 앞의 책, pp.9-10.

26) 김일성의 지침 내용 구분은 문학사마다 약간의 차이를 드러낸다. 안함광은 한국전쟁기 당 문예정책과 관련된 김일성의 지침 내용을 크게 5가지로 요약하고 있다. 첫째, 숭고한 애국심을 형상할 것. 둘째, 인민군대의 영웅성과 완강성을 표현 묘사할 것. 셋째, 적에 대한 증오심을 옳게 표현할 것. 넷째, 국제친선사상을 테마로 한 작품을 많이 창작할 것. 다섯째, 사회주의 사실주의의 창작방법을 체득할 것 등이다. 안함광, 앞의 책, pp.472-498. 『조선문학통사』에서는 6가지로 구분하고 있다. 첫째는, 인민의 고상한 애국심과 민족적 자부심을 정당히 형상할 것. 둘째, 영웅을 형상할 것. 셋째, '원쑤'들의 만행을 철저히 폭로할 것. 넷째, 프로레타리아 국제주의 사상을 반영할 것. 다섯째, 자연주의적 요소를 숙청하고 사회주의적 사실주의에 기초할 것. 여섯째, 작가들은 위대한 무기, 문학예술의 창조자로서 애국주의적 세계관을 부단히 제고할 것 등이다. 사회과학원 문학연구소 편, 앞의 책, pp. 242-245 참조. 김선려·리근실의 『조선문학사』에서는 위 내용 중 사회주의적 사실주의를 '우리식 사실주의'로 표현한 점이 다를 뿐이다. 김선려·리근실, 앞의 책, pp.5-23.

「뼉다귀 장군」(1953) 등을 들고 있는데, 이는 전쟁기 현실을 다룬 작품을 예로 드는 것이 보다 적절하다고 생각하였기 때문일 것이다.[27] 어쨌든 한국전쟁기에 발표된 대부분의 북한 소설은 미군의 야수성과 악마성을 형상화하면서 미군에 대한 증오심을 드러내고 있는 바, 다른 작품에서는 미군을 어떻게 재현하고 있는지 살펴보기로 하겠다.

한국전쟁기 북한의 대표 작가인 한설야는 그의 여러 작품을 통해 미군에 대한 '증오심'을 드러내고 있다. 「전별」(1951)에서는 내 부모 형제의 조국을 미군이 짓밟고 있기에 싸워야 한다는 것을 강조한다.[28] 이 작품에서는 미군들이 "질경질경 껌을 씹고 과자를 먹는 놈의 개 이빠디 같은 잇발"(p.404)을 가지고 있으며, "조선의 어머니와 누나의 가슴에 칼을"(p.405) 박거나, "젊은 여자들만 보면 잡아가는 놈들"(p.412)임을 보여주고 있다. 「황초령」(1952)에서는 후퇴 후 반격에 나선 시기인 1951년 초 황초령 부근 병원에 근무하는 복실이라는 간호원에 관한 이야기를 들려주고 있다. 이 작품은 황초령이 "미국 제1해병사단을 장진호반서부터 안팎 팔십리 황초령 골짜기에 이르는 사이의 깊고 험한 산간에서 일만이천명이나 몰살"(p.494)시킨 곳임을 작품 곳곳에서 강조한다. 그리고 복실 등의 애국적 활동을 찬양하는 동시에 미국인과 미군의 잔인성과 비겁성을 비판한다. "두 눈알이 튀여나온 미군 장교놈의 며자귀 같은 낯바대기"(p.501), 소학교에 유산탄을 뿌려 소년에게 중상을 입히고, 민간인을 기총소사로 죽이는 미국인 비행사들, 승냥이를 연상시키는 미국 선교사 부인 '맥가', "하루밤 사이에 조선군과 중공군에게 말짱 죽음을 내려달라고"(p.517) 기도하는 미군 연대장 부인, 조금만 위험하면 살려달라는 의미에서 '포로'를 외치는 미군의 비겁한 모습 등이 그 예에 해당한다고 할 것이다.

---

27) 유항림과 김형교의 작품에 대한 설명은 김선려·리근실, 앞의 책, pp.173-179 참조.
28) 이하 한설야의 단편소설은 『한설야선집』(조선작가동맹출판사, 1960)에 수록된 작품을 텍스트로 하였다. 이하 인용 시 본문에 페이지 수만 밝히고자 한다.

장편 『대동강』에서는 한국군과 미군에 의해 점령된 평양의 모습과 북한 인쇄 공장 노동자들의 투쟁 활동을 중점적으로 그리고 있다.[29] 이 작품에도 미군들의 부정적인 모습이 다양하게 나타난다. 미군들로 인해 평양의 거리는 "마치 깽그의 련습장"(p.10)처럼 되었고, 미군 쩦차의 질주로 인해 시민들은 불안해한다. 이러한 가운데 어느 날 미군 쩦차의 질주로 네 댓 살 된 어린 아이가 죽게 된다. 또 미군 중위 해리슨은 사령부 민정부장 스미쓰가 가장 신임하는 부하로서 수많은 '조선 인민'을 학살하였으며, 그 공으로 평양에 전임해 와서도 역시 이러한 일에 종사하고 있음을 보여준다. 이 작품은 해리슨의 모습을 다음과 같이 묘사한다.

> 키 크고 목이 황새목 같은데 그 우에 코 끝이 뾰죽하게 내민 조그만 대가리를 이고 있었다. 얼른 보기에 소방대 곡괭이 같이 생긴 위인이었다(p.116).

이처럼 미군의 생김새를 우스꽝스럽게 묘사한 이 작품은 미군들이 '인민군대와 중국 지원군에게 포위 섬멸되어 많은 시체를 유기하고 패주'하였음을 보여주면서 3부작을 완결하고 있다. 요컨대 한국전쟁기 한설야의 작품들은 짐승과 같은 미군의 잔학성을 폭로함으로써 적개심을 고취하고, 미군이 겁쟁이임을 강조함으로써 인민과 인민군대의 사기를 진작시키고 있는데, 다른 작가들의 작품 역시 이와 유사한 경향을 보여주고 있다.

박웅걸은 「상급전화수」(1952), 「나의 고지」(1952) 등의 작품을 통해 미군을 '승냥이', '짐승 같은 원쑤' 등으로 묘사하면서, 미군들이 행복했던 고

---

29) 이 작품은 처음에는 『로동신문』(1952.4.23-29)에 발표되었으나, 이후 3부작(1부 「대동강」, 2부 「해방탑」, 3부 「룡악산」)으로 완결되어 단행본 『대동강』(조선작가동맹출판사, 1955. 6.10)으로 출간되었다. 문학과 사상연구회 편, 『한설야문학의 재인식』(소명출판, 2000), p.223 참조 본고에서는 위 단행본을 텍스트로 하고 인용 시 본문에 페이지 수만 밝히고자 한다.

향을 잿더미로 만들었기에 이들과 싸워 이겨야 함을 강조한다.30) 그리고
「공병소대장」(1951.7)에서는 김진석 소대장의 용감성과 부하 통솔 능력을
찬양하면서, 피난 여성을 죽인 '미군 엠피'의 잔인성을 다음과 같이 묘사
하고 있다.

> 그리고 굴 안에는 수많은 시체가 흩어져 있었다. 갈기갈기 찢어진
> 치마폭들과 사방에 흩어져 있는 짐 보퉁이로 보아 그들은 피난을 가
> 던 마을 녀성이라는 것을 알 수 있었다. 전지불이 콩크리트 벽 쪽으로
> 비치자 소대장은 거기서 두 눈을 둥그렇게 뜬 채 몸을 벽에 기대고
> 있는 녀인을 발견했다. 전지불을 바싹 가까이 가져갔을 때 그 녀인도
> 역시 죽었다는 것을 알아 채였다. 두 손아귀에는 무슨 헝겊 쪼박지를
> 틀어쥐고 있었다. 소대장은 그것이 미국놈들이 입는 쟘바의 옷자락이
> 라는 것을 알았다. 그리고 그 옆에는 기슭에 흰 선을 두 줄 긋고 엠·
> 피라고 영문자로 쓴 철갑모가 하나 딩굴고 있었다(pp.144-145).

윤세중은 「구대원과 신대원」(1952)에서 40여차의 큰 전투를 치른 노련한
구전투원 장수철과 귀엽고 영리하고 씩씩한 신대원 박성구의 모습을 통해
전사의 용감성을 보여주면서 미군에 대한 증오심을 드러낸다. 미군을 '독
사같이 징그러운 미제놈들'이라고 하면서, 한편으로는 이들을 겁쟁이로
묘사하고 있다.

> 미제졸병놈들은 실패와 죽음만이 있는 고지 돌격전을 그래도 강요
> 당하고 있던 판인데 지휘관이 죽어넘어진 것을 알자 이 기회라고 분
> 산하여 뛰였다. 성구는 총알에 여유가 있는 한 한 놈이라도 더 잡으려
> 고 바위에 붙어 더 사격을 계속하였다.31)

---

30) 박웅걸의 단편집 『상급전화수』(조선작가동맹출판사, 1959)를 텍스트로 하였다. 인용 시에
　　는 본문에 페이지 수만 표시한다.
31) 『조선단편집』2(문예출판사, 1978), p.210.

박태민의 「벼랑에서」(1952)는 포로가 된 운전수 원주의 영웅적 희생 행위를 보여주면서, 미군의 잔인성을 폭로한다. 주인공 원주의 어머니는 '미국놈들'의 기총소사에 숨졌으며, 폭격에 의해 아내와 딸이 죽고 집은 폐허가 되었음을 보여준다. 그리고 미군 엠피 장교의 인민 학살 장면을 다음과 같이 묘사하고 있다.

> 광장은 어린 것들의 애절한 울음소리와 어머니들의 통곡으로 벌쩍 뒤덮인다. 그러자 례의 미군 『엠·피』가 안경을 벗어들며 손을 든다. 그에 호응하듯 일제히 기관총들이 어린 것들을 겨누어 불을 뿜는다. 어린 것들은 울음을 머금은 채 련달아 광장우에 쓰러진다. 어머니들의 불을 토하는듯한 울부짖음과 어린 것들의 비명이 처절하게 광장우에 울린다.[32]

이외에도 많은 작품들이 미군의 모습을 비판적으로 재현하면서 증오심을 표출하고 있다. 리상현의 「아들은 전선에 있다」(1952)에서는 "얼굴이 발바리처럼 생긴 미제 장교 놈"[33]과, 새벽에 여자를 겁탈하려고 뛰어들었다가 실패하고는 그 화풀이로 죄명을 달아 치안대로 끌고 가는 '미제졸병 놈' 등의 미군을 형상화하고 있으며, 황건의 「불타는 섬」(1952)에서는 1950년 9월 12일 월미도를 배경으로 인천상륙을 시도하는 미군들의 모습을 '흉측하고 가증스러운 물건, 선한 생명의 피를 요구하는 짐승'으로,[34] 유항림의 「소년 통신병」(1953)에서는 미군을 "야간전투를 무서워하는 놈"[35]으로, 김만선의 「사냥군」(1951)에서는 민간인 집을 폭격하고 특히 아

---

32) 위의 책, p.228.
33) 단편소설집 『승리자들』(문예출판사, 1976), p.278. 이하 인용시 페이지 수만 밝히고자 한다.
34) 『조선단편집』2(문예출판사, 1978)에 수록된 이 작품은 일본군도 상륙작전에 가담하고 있음을 밝히고 있다는 점에서 주목할 만하다.
35) 끊어진 통신선을 양손으로 잡아 통신이 가능하게 함으로써 임무를 완수한다는 내용은 박웅걸의 「상급전화수」와 유사하다. 북한 소설에 유사한 내용이 반복적으로 나타나는 것은 이미 주제가 정해져 있기 때문일 것이다. 단편소설집 『분대장과 전사』(금성청년출

이들과 부녀자를 학살하는 살인마로,36) 김영석의 「화식병」(1951)에서는 "잔인한 원숭이 같이 이발을 내밀고 달려드는 추악한 미국놈"37), '패주한 미국 강도군'으로, 류근순의 「회신속에서」(1951)는 '미국 승냥이 새끼들'이라고 욕하면서, "공장을 불지르고 우리 학교랑 마사논 원쑤놈들"38)로 묘사함으로써 미군에 대한 증오심을 드러내고 있다.

　한편, 한국전쟁기에 발표된 이태준의 작품들 역시 미군에 대한 증오심을 보여주고 있다.39) 「미국 대사관」(1951.4)에서는 미군 비행사와 '사저수'의 형상화를 통해 '미군의 만행과 비굴함'을 폭로하고 있다. 비행기가 포탄에 맞아 낙하산을 타고 탈출한 미군 비행사 록크와 사저수 헐버트는 북한군에 의하여 붙잡힌다. 이들은 붙잡히자마자 미국 대사관으로 보내달라고 한다. 그러자 정치부 군관과 연대장은 통신병에게 이들을 "사단으로부터 련락 군관이 갈 때까지는 잘 맡아두었다가 보내라는 지시"(p.23)에 따라 가두어 둘 것을 명령한다. 그는 명령에 따라 이들을 피비린내가 나는 화약고로 데려간다. 이 화약고는 남한 경찰들이 경찰서 유치장이 파괴되자, "검속한 조선 애국자들의 가족을 가두었"(p.25)다가, 퇴각하기 전 이들을 기관총과 수류탄으로 해치웠던 곳이다. 이에 미군들은 자신들을 죽일 것으로 오인하여 살려달라고 비굴한 태도를 취한다. 그러자 통신병은 이러한 미군들을 향해 이 화약고가 "너희 미국 대사관"(p.28)이라고 하면서 다음과 같이 외친다.

　　판사, 1977), p.206. 이하 인용 시 페이지 수만 밝히고자 한다.

36) 안함광은 이 작품의 부자연성을 들어 이를 자연주의적이라 비판하였으나, 최근의 북한문학사에서는 "비행기 사냥군조원들의 희생적인 투쟁화폭을 통하여 경애하는 수령님의 독창적인 군사전법의 위대한 생활력을 감명 깊은 형상으로 보여준 작품"으로 높이 평가되고 있다. 안함광, 「1951년도 문학 창조의 성과와 전망」(『인민』, 1952.1), 『자료집』2, p.159, 김선려, 리근실, 앞의 책, pp.131-132.

37) 『조선문학사 작품선집』2(학우서방, 1982), p.128.

38) 위의 책, p.155.

39) 본고에서 다룬 이태준의 작품들은 모두 이태준의 단편집 『고향길』(재일본 조선인 교육자동맹, 1952)에 수록된 것이다. 따라서 이하 인용시에는 본문에 페이지 수만 밝히고자 한다.

> 너희 놈들을 우리가 질근질근 씹어먹기루 씨원헐 줄 아니? 그렇지만
> 국제공법인가 뭔가 때문에 헐 수 없이 죽이진 않는 줄 알어라.(p.27)

이 작품은 이처럼 '미군들의 만행과 비굴함'을 보여주는 동시에 이들에 대한 강한 증오심을 드러내고 있다. 그럼에도 북한문학사에서는 이 작품이 "우리 인민 군대를 국제법도 모르는 무도덕하고 무규률적인 군대로 중상하기 위하여 우리 측이 미국 포로에게 모진 박해를 가하는 것처럼 외곡하여 묘사함으로써 우리 측 전상 포로들에게 대한 적들의 야수적인 살인 도살 정책을 합리화"[40] 하였다고 비판하고 있다. 물론 이와 같은 왜곡된 평가는 '종파주의 잔재와 투쟁할 것'을 강조한 김일성의 지시와 이에 따른 정적들의 숙청사건과 관련 있다고 할 것이다.[41]

이태준의 「백배 천배로」(1951.4) 역시 '인민군 전사의 영웅적 형상화'와 '원쑤들에 대한 증오심 표현'이라는 목적에 충실하고자 한 작품이다. 이 작품에서는 최훈 분대장과 오기호 전사의 희생적 행위를 그리고 있다. 그리고 미군의 모습은 '목이 성큼한 놈이 깡통은 커녕 나뭇잎만 바스락하여도 그쪽을 향하여 한 탄창씩은 퍼붓는' 겁쟁이로 묘사된다. 북한 문학사에서는 이 작품이 "영웅적 인민군 전사들을 모욕하고 우리 인민이 진행하는 전쟁의 정의적 성격을 말살하려 하였으며, 전쟁 승리를 위한 우리 당과 정부의 시책을 중상하였다"[42]고 평가하고 있으나, 이 역시 정치적 고려에 의한 왜곡된 평가로 보아야 할 것이다.

이처럼 한국전쟁기 북한소설은 미군이 야수처럼 잔인하지만 알고 보면

---

40) 사회과학원 문학연구소, 앞의 책, p.248.
41) 와다 하루끼는 김일성의 박헌영파 숙청은 스딸린의 지시에 의한 것이며, 이것은 누군가 전쟁 실패의 책임을 져야 했기 때문이었던 것으로 추정하고 있다. 그에 의하면, 중국군 참전 이후 중국군 펑떠화이에게 실질적 군사 지휘권을 빼앗기고 명목뿐인 최고사령관으로 굴욕감과 불안감을 느끼고 있던 김일성은 박헌영파 숙청을 계기로 북한의 실질적인 1인자가 되었다고 한다. 和田春樹, 앞의 책, pp.277-283.
42) 사회과학원 문학연구소 편, 앞의 책, p.248.

겁쟁이라는 사실을 보여주고 있다. 미군은 잔인한 짐승과 같기에 조국을 지키기 위해 맞서 싸워야 하며, 겁쟁이이기에 싸워 이길 수 있다는 의미가 내포되어 있는 것이다. 구체적 형상화 노력에도 불구하고 다소 도식적이라는 느낌을 주는 것은 전쟁에서의 승리를 위해 적에 대한 증오심을 표현할 것을 요구한 전시 하 당 문예정책으로 인한 주제의 유사성에서 비롯되었다고 할 것이다.[43]

나. 중국군의 재현 양상

한국전쟁 당시 김일성은 북한 작가들에게 "조쏘 조중 친선을 비롯한 국제 친선 사상을 테마로 한 작품"[44]을 창작할 것을 요구하였으며, 작가들은 이러한 요구에 부응하였다고 한다. 그 이유와 의의는 다음과 같다.

> 우리 문학에 있어 국제주의 사상은 기본적인 테마의 중요한 자리를 차지한다. 해방과 원조의 은인인 위대한 쏘련은 조국 해방 전쟁 시기에 있어서 적극적인 지지와 성원으로써 우리 인민을 승리에로 고무 격려하여 주었다. 항미원조 보가위국의 기치 밑에 중국 인민들은 인민지원군을 직접 조선 전선에 파견하여 주었으며 그들은 전선과 후방에서 전고 미문의 영웅성과 헌신성을 발휘하여 우리 인민 군대와 함께 공화국의 촌토를 피로써 고수하였으며 우리 인민의 후방 사업을 적극 협력하여 주었다.[45]

대부분의 북한 문학사에서는 이러한 주제의 대표작으로 윤시철의 「나의 옛 친우」(1951)를 들고 그 의의를 높이 평가하고 있다. 안함광은 이 작

---

43) 전쟁 시기 북한 소설의 도식성과 단조로움은 무갈등론과도 연관 있을 것이다. 이에 대한 상세한 설명은 신형기·오성호, 앞의 책, pp.135-137, 김재용, 앞의 책, pp.21-26 참조
44) 안함광, 앞의 책, p.492.
45) 위의 책, p.527.

품이 원쑤를 반대하는 투쟁에서의 조중 양국 인민의 혈연적 관계를 작은 하나의 에피소드적인 사건과 그 가운데서의 구체적인 인물 형상을 통하여 표현하였다고 하여 그 의의를 높이 평가한 바 있다.[46] 그리고 『조선문학통사』에서는 이 작품의 내용과 그 특성을 비교적 자세하게 다음과 같이 소개하고 있다.

> 이 작품에서는 중국 동북에서 일제를 반대하는 조중 인민들의 공동의 투쟁을 체험한 조주의 두 소년 「윤」과 주양이 그로부터 근 20년이 지난 오늘 미제 무력침공을 반대하는 조선 전선에서 감격적으로 다시 만나게 되는 이야기가 감동적인 서정적 색채 가운데서 이야기되었다. 어렸을 때에 어깨동무였던 두 소년이 그 후 서로 잊지 못할 친우로 그리워하면서도 소식을 모르고 있다가 두 사람 다 끌끌한 청년으로 자라나 한 사람은 지원군 정찰대로, 한 사람은 인민군 군관으로서 뜻밖에도 가렬한 전투 마당인 동부전선에서 만나게 되었다. 이는 우연적이면 우연적이기도 하면서 우연 아닌 필연적인, 실로 희한한 감격이 아닐 수 없었다. 그것은 조중 두 나라 인민이 일제통치의 과거 시기와 그 이후에도 인민과 평화를 위한 한 길에서 함께 걸어 왔기 때문이다. 작가의 필치는 이로부터 자연 감동적인 서정으로 가득 찼다. 이 작품이 서정적 단편으로서의 특색을 가지는 것이 우연하지 않다.[47]

한편, 김선려·리근실의 『조선문학사』에서는 '국제주의적 전우애를 주제로 하는 우수한 단편소설'로서 윤시철의 「나의 옛 친우」 외에 리윤영의 「전우」(1953), 박태민의 「돌아온 전우」 등의 작품을 예로 들고 있다. 그리고 이 작품들에 대해서 "조선 인민군 용사들과 중국 인민지원군 용사들 사이에 맺어진 우정이 결코 조국해방전쟁시기에 비로소 이루어진 것이 아니라 이미 일제를 반대하여 싸우던 항일 혁명투쟁시기부터 이루어진 것으

---

46) 위의 책, p.530.
47) 사회과학원 문학연구소 편, 앞의 책, p.264.

로서 그것은 오늘 피 어린 전쟁행정에서 더욱 깊이 있고 열렬한 혈연적 우정으로 공고 발전되고 있다는 사상을 생활적으로 감명깊이 보여주고 있다"48)라고 하였다.

그런데 내용은 조금씩 다르지만 이러한 평가는 필자가 실제로 찾아본 작품에도 적용될 수 있다. 박웅걸의 「형제」(1953)와 이태준의 「고귀한 사람들」(1951) 등이 그것으로, 여기에서는 이들 두 작품에 대해 살펴보고자 한다.49)

박웅걸의 「형제」는 북한 인민군과 중국 지원군이 한 형제와 같이 어려울 때 서로 도와주고 있다는 것을 보여준다. 운전사 김태훈은 '적 항공기'의 기총사격 때문에 적재함에 실은 휘발유통에 불이 붙자 젖은 모포로 몸을 가리고 불붙은 휘발유통을 어깨로 차에서 밀어냄으로써 자신의 차를 구하였으나 화상으로 눈이 멀어 운전을 할 수 없게 된다. 이때 중국 지원군 신즈밍이 적기 공습의 위험을 무릅쓰고 차를 몰고 와 김태훈을 구해준다. 그리고 신즈밍은 고마워하는 김태훈에게 "중국 오성기에는 조선 사람의 피도 섞여 있다"(p.240)고 말한다. 과거 조선의용군이 중국 혁명에 참가하여 중국을 도와주었던 사실을 상기시킴으로써 두 사람의 관계가 단지 개인적인 것이 아니라 항일혁명투쟁 시기부터 이루어져 온 것임을 보여주고 있는 것이다.

이태준의 「고귀한 사람들」에서는 중국 지원병 진평수와 간호장 김옥실의 형상화를 통해 '적들의 만행'을 규탄하는 동시에 '혁명적 낙관주의' 및 '고상한 국제주의 정신'을 드러내고 있다. 분대장과 박오철 대원은 정찰

---

48) 김선려, 리근실, 앞의 책, p.147.
49) 중국군의 모습은 미미하지만 한설야의 작품에서도 찾아볼 수 있다. 「기적」(1950.8)에서는 중국지원군을 '형제'로, 『대동강』(1952)에서는 '어두운 밤의 태양'으로서, 평양을 해방시켜준 은인으로서 표현하고 있으며, 「황초령」(1952.6)에서는 중국지원군의 재빠른 공습 대피 모습과 "부상병 한 사람에게 구호대 육 칠 명씩 달려 다니는"(p.543) 모습 등을 보여주고 있다.

도중 중국 지원병 한 명이 부상당해 쓰러져 있는 것을 발견하고 병원에 입원시킨다. 이 병원의 간호장인 김옥실은 이 중국 지원병이 과거 자신을 대신하여 고급 군관에게 헌혈해 준 진평수라는 것을 알게 된다. 그녀는 그를 위해 수혈하여 주고 열심히 간호한다. 그러던 중 '적' 제트기의 공습이 있게 된다. 적십자 표시가 분명히 있음에도 '적' 비행기는 무차별로 폭격을 하여 병원은 불바다가 된다. 그녀는 이러한 폭격 속에서도 목숨을 아끼지 않고 환자들을 피신시키다가, 여전히 가사 상태에 있는 진평수를 업고 피신하던 중 총격을 당해 죽게 된다. 이후 의식을 회복한 진평수는 박오철로부터 그간의 소식을 알게 되고 슬퍼하면서 자신이 "중국인민해방군을 또 당을 비로소 리해하게"(p.47)된 것도 김옥실의 고귀한 삶 때문이었다고 고백한다. 그러자 박오철은 다음과 같이 말한다.

「그건 훌륭한 인연이였구려! 동무들은 또 오늘 우리 조선에서 그렇지 않소? 동무들은 전쟁으로 우리를 돕는 것은 물론, 숱한 조선 사람들이 동무들 때문에 또 고상한 국제주의로 무장되여 있는거요! 앞으로 우리 시대는 진정 평화와 행복의 세상일거요!」(p.48).

이와 같은 박오철의 말은 이 작품이 보여주고자 한 목적의식에 해당한다고 할 수 있거니와, 이는 물론 '혁명적 락관주의' 및 '국제주의 쩨마'를 형상할 것을 강조하는 당 문예 정책을 반영한 것으로 판단된다.[50] 이 같은 판단의 근거는 다음과 같은 장면 묘사에서 보다 확연히 드러난다.

진평수도 감격에 넘쳐 붉어진 입술을 가벼이 떨기만 하였다. 그리고 이들은 약속이나 한 것처럼 마즌 편 벽면을 우러러 보았다. 자기들의 수령의 초상을 더듬고 그 다음 한 가운데 걸린 쓰딸린 대원수의 초상 위에서 그들의 희망에 타는 시선들은 초점이 엉키었다(p.48).

---

50) 사회과학원 문학연구소 편, 앞의 책, p.245.

따라서 이 작품이 "조·중 친선이 가지는 고상한 국제주의 정신을 중국 지원군 청년과 조선 간호장 처녀와의 저속하고 색정적인 련애 감정으로 대치시켜 놓았다"[51]고 한 평가는 작품의 실상과는 거리가 먼 주장임에 틀림없다고 하겠다.

이상과 같이 한국전쟁기 북한소설에서는 동일한 주제 부각을 위해 동일한 패턴으로 중국군을 형상화하고 있다. '중국 지원군' 또는 '중국 인민지원군'은 북한의 인민군과 서로 도움을 주고받을 수 있는 형제와 같은 존재이며, 이러한 형제 관계는 항일혁명투쟁시기부터 이루어져 온 것임을 보여주고 있는 것이다. 중국군의 모습이 구체적으로 형상화되어 있음에도 불구하고 도식적이라는 느낌을 주는 것은 당 문예정책에 입각해 창작하는 북한 문학의 특수성 때문일 것이다.

4. 결 론

본고에서는 남북한 소설 비교 연구의 일환으로서 한국전쟁 당시 발표된 남북한 소설에서 미군과 중국군이 어떻게 재현되고 있는가에 대하여 살펴보고자 하였다. 한국전쟁기 남북한 소설에는 미군과 중국군이 다른 시기에 비해 상대적으로 많이 등장하고 있으므로, 이러한 연구는 한국전쟁기 남북한 소설의 특성을 밝히는 데 기여할 수 있으리라 생각하였기 때문이다.

남한 소설은 미군과 중국군의 모습을 비중 있게 다루고 있지는 않으나, 이들의 재현을 통해 전쟁기 현실의 일면을 잘 보여주고 있다. 미군은 주로 비판적으로 형상화되고 있는 바, 미군은 매춘 문제와 연관되어 있거나

---

51) 위의 책, p.248.

비인간적인 성격을 지니고 있는 것으로 나타난다. 한편, 중국군의 경우에는 적개심을 드러내기보다는 중국군의 참전으로 인한 피난의 고통과 인명 피해의 모습을 보다 구체적으로 보여주고 있다. 종군작가의 작품에서 우군인 미군은 긍정적으로, 적군인 중국군은 악인으로서 재현되어 있을 것으로 짐작되지만 사실은 그렇지 않음을 알 수 있다. 실제로 대부분의 남한 작가들은 제한된 체험 내에서 자신이 파악한 전쟁기 현실의 모습을 사실적으로 묘사하고자 하였던 것이다. 이러한 사실은 북한 작가에 비해 상대적 자율성을 지닌 남한 종군작가들의 특성을 잘 보여주고 있는 것으로 판단된다.

북한 소설은 남한소설과 달리 보다 구체적으로 미군과 중국군의 모습을 재현하고 있으나 다소 도식적이다. 미군은 적이기에 모두 악인으로 등장한다. 미군은 잔인한 살인자이면서 비겁한 겁쟁이로 형상화되고 있는 것이다. 그러나 중국군은 우군이기에 모두 선인으로 등장한다. 중국군은 '중국(인민)지원군'으로서 북한의 인민군과 서로 도움을 주고받을 수 있는 형제와 같은 존재이며, 이러한 형제 관계는 항일혁명투쟁시기부터 이루어져온 것임을 보여주고 있다. 그리고 이러한 내용의 이야기는 여러 작품에 반복적으로 나타나기도 한다. 그 무엇보다도 김일성의 지침과 이를 근거로 한 당 문예정책에 충실하고자 한 북한 작가들의 특성을 잘 보여준다고 할 것이다.

지금까지 한국전쟁에 참가한 미군과 중국군이 한국전쟁기 남북한 소설에서 어떻게 형상화되고 있으며 그 의의는 무엇인가에 대하여 살펴보았다. 이제 남은 과제는 논의 대상을 좀 더 확대하여 한국전쟁기 남북한 소설의 전반적 특성을 비교 검토하는 일이다. 이를 위해서는 한국전쟁기에 발표된 작품 중 본고에서 언급하지 않은 다른 작품에 대한 검토는 물론 원본 확인 작업도 병행되어야 할 것이다.

II. 한국전쟁기 남북한 소설의 한국군·북한군 재현 양상

1. 서 론

한국전쟁은 남북한 사회에 다대한 영향을 미친 것으로 평가되고 있다. 한국전쟁에 관한 많은 연구는 한국전쟁으로 인해 많은 인명 피해가 있었으며, 남북한 국토의 파괴와 남북한 사회의 이질화가 한층 더 철저해졌음을 밝히고 있다.[1] 한국전쟁을 다룬 남북한의 문학 작품들 역시 이 사실을 잘 보여주고 있다. 한국전쟁을 다룬 문학 작품은 남북한 문학사에서 큰 비중을 차지하고 있는 바, 이들은 전쟁으로 인한 피해와 이질화의 심각성을 보여주고 있다. 한국전쟁을 다룬 문학 작품에 대한 연구는 이러한 점에서 그 의의를 찾을 수 있겠는데, 이는 남북한 문학의 특수성을 구명하는 데에도 필요한 작업이라고 할 수 있다.

본고에서는 이와 같은 사실을 염두에 두고 한국전쟁소설의 초기 형태에 속하는 한국전쟁기 남북한 전쟁소설에 대하여 살펴보고자 한다.[2] 기존에

---

[1] 북한은 인구의 28.4%인 272만여 명을 사망과 난민으로 잃었고, 남한은 133만여 명을 주로 사망자로 잃었다고 한다. 和田春樹, 서동만 옮김, 『한국전쟁』(창작과비평사, 1999), p.348.

는 대부분의 연구자들이 한국전쟁기 남북한 소설을 따로 논의하여 왔으나, 앞으로는 남북한 소설을 동일한 기준 하에 비교 검토하는 작업이 필요하리라 생각한다. 왜냐하면 이러한 방법은 남북한 소설의 특수성을 보다 잘 드러낼 수 있을 뿐만 아니라, 장차 씌어질 통일문학사 기술에도 도움을 줄 수 있을 것이기 때문이다.3)

---

2) '전쟁문학 (Kriegs-dichtung)'이란 용어는 본래 일차대전 이후 독일에서 제기된 것으로 '전쟁을 통해서 휴머니티의 문제를 탐구하는 문학'을 지칭하였다고 한다(오세영, 「한국전쟁문학론 연구」, 『인문논총』, 1992.12, p.4 참조). 그런데 한국전쟁기 남북한 문단에 있어서 '전쟁문학'이란 휴머니즘의 문제보다는 대체로 애국심과 전의를 고취시킬 수 있는 선전문학 즉, 전쟁독려 문학을 지칭하고 있음을 알 수 있다. 일본의 경우에도 광의의 개념으로서의 전쟁문학은 전쟁을 제재로 한 문학 전체를 지칭하고 있으나, 협의의 개념으로서는 전쟁독려 문학을 지칭하고 있다(『日本近代文學大事典』, 講談社, 1978, pp.260-262, 『現代日本文學大事典』, 明治書院, 1975, pp.629-630). 이처럼 전쟁문학에 대한 개념 정의는 국가 혹은 연구자에 따라 다르게 이루어지고 있다. 따라서 한국 전쟁문학에 대한 개념 정의는 전쟁을 다루고 있는 작품에 대한 면밀한 검토와 함께 병행되어야 할 것으로 판단된다. 따라서 여기에서는 일단 광의의 개념으로서의 전쟁소설, 즉 전쟁을 제재로 한 소설 전체를 전쟁소설이라 칭하고 이들의 특성을 살펴보고자 한다. 전쟁문학론에 관한 논의는 정봉래, 「전쟁문학론」(『자유문학』 34, 1960.1), 김석구, 「한국전쟁문학론」(고대석사학위논문, 1961), 백철, 「전쟁문학의 개념과 그 양상」(『세대』 13, 1964.6), 조병락, 「전쟁문학의 개념규정에 관한 연구」(『육사논문집』 3, 1965), 김석구, 「한국전쟁문학론서설」(『군산교대논문집』 1, 1967), 곽종원, 「전쟁문학이란 무엇인가」(『월간문학』 12호, 1969.10), 김치수, 「6·25 동란을 취재한 작품」(『월간문학』 12호, 1969.10), 장덕순, 『국문학통론』(신구문화사, 1970), 오국근, 「전쟁문학소고」(『동대논문집 인문사회과학편』, 1972), 김태진 「전쟁문학연구」(『용봉논총』 2집, 1973), 홍기삼, 「전쟁 그리고 문화의 수면」(『월간문학』, 1973.10), 오영식, 「한국전쟁문학론」(경희대 대학원, 1974), 김윤식, 『한국문학의 논리』(일지사, 1974), 김우종, 『현대소설의 이해』(삼우사, 1976), 이동근, 「임란전쟁문학연구」(서울대 석사학위논문, 1983), 김승환·신범순 편, 『분단문학비평』(청하, 1987), 유학영, 「1950년대 한국소설 연구」(성균관대 박사학위논문, 1987), 이기윤, 「1950년대 한국소설의 전쟁체험 연구」(인하대 박사학위논문, 1989), 오현봉, 「한국전쟁문학의 연구」, 『한국현대문학의 사회학적 시고』(형설출판사, 1990), 김만수, 「1950년대 소설에 나타난 한국전쟁의 형상화방식」, 『한국전후문학의 형성과 전개』(태학사, 1993) 등 참조. 미국에서의 전쟁소설 정의에 관한 내용은 정연선, 『미국전쟁소설』(서울대 출판부, 2002), pp.1-26 참조.

3) 한국전쟁기 소설에 대한 남한과 북한의 문학사적 평가는 매우 대조적이다. 남한에서 나온 대부분의 문학사에서는 한국전쟁기 남한 소설에 대해 부정적인 평가를 내리고 있으나, 북한에서 나온 문학사의 경우에는 한국전쟁기 북한 소설을 매우 긍정적으로 평가하고 있다. 그런데 이러한 평가는 남북한 문학사의 문학에 대한 관점의 차이와 사실 왜곡에서 비롯되었다고 할 수 있기 때문에 이에 대한 객관적이고도 과학적인 평가가 요구된다. 특히 북한에서 나온 북한문학사의 경우에는 정치적 목적에 따라 작품을 왜곡하여 평가하고 있는

따라서 본고에서는 기존의 연구 성과에 기대어 한국전쟁기 남북한 전쟁소설을 동일한 기준으로 비교 검토하고 그 특성과 의의를 밝혀보고자 한다. 한국전쟁기에 발표된 남북한 전쟁소설에서 한국군과 북한군이 각각 어떻게 재현되고 있으며 그 특징과 의의는 무엇인가에 대해 중점적으로 살펴보고자 하는 것이다.[4] 한국전쟁기에 발표된 남북한 소설에는 군인들이 많이 등장하고 있는 바, 남북한 문학사에서 한국전쟁기만큼 한국군과 북한군이 작품의 주요 비중을 차지하였던 시기는 없었던 것으로 보인다. 따라서 한국전쟁기 남북한 소설에서 한국군과 북한군이 어떻게 재현되고 있는가에 대한 연구는 한국전쟁기 전쟁소설의 특성을 구명하는 중요한 작업이 될 수 있으리라 생각한다.[5]

2. 남한 소설과 한국군·북한군의 재현 양상

한국전쟁기 남한 사회에서는 한국전쟁을 보통 6·25 사변, 6·25 동란, 6·25 전쟁으로 명명하고 있다. 이는 북한이 1950년 6월 25일 불법 남침

경우가 많으므로 사실에 대한 면밀한 검토가 필요하다. 남로당 계열 작가의 작품에 대한 평가가 특히 그러한데, 본고에서는 이태준의 작품을 예로 들어 이 점에 대해 설명하고자 한다. 필자가 참조한 북한문학사는 안함광, 『조선문학사』(연변교육출판사, 1956), 사회과학원 문학연구소 편, 『조선문학통사』(사회과학출판사, 1959), 박종원, 류만, 『조선문학개관』Ⅱ(사회과학출판사, 1986), 김선려, 리근실, 『조선문학사』11(과학백과종합출판사, 1994) 등이다.

4) 이 글에서 한국군이란 정규 한국군과 유격대원, 북한군이란 정규 북한군과 빨치산 부대원을 지칭하는 용어로 사용할 것이다. 물론 작품 인용시에는 작품에 나타난 그대로 용어를 사용하고자 한다.

5) 필자는 최근 한국전쟁기에 발표된 남북한 소설에서 외국군, 특히 미군과 중국군이 어떻게 형상화되고 있는가에 관하여 글을 발표한바 있다. 따라서 본고는 그 후편에 해당한다고 할 것이다. 신영덕, 「한국전쟁기 남북한 소설과 미군·중국군의 형상화 양상」(『한중인문학연구』10집, 2003.6), pp.1-26 참조.

하여 동족상잔의 아픔을 겪게 만들었다는 사실을 무엇보다 중시하고자 한 것으로 보인다. 한국전쟁기에 제기된 대부분의 전쟁문학론이 무기로서의 문학을 강조하고 애국심과 공산주의에 대한 적개심을 고취할 것을 강조하였던 것은 이러한 현실과 밀접한 관련이 있을 것이다.[6] 순수문학론자였던 김동리조차도 「전쟁과 문학의 근본문제」(『협동』 35호, 1952.6)에서 '국가가 전쟁 중일 때 문인이라고 해서 조국을 떠나 문학만을 지킬 수 없으며, 문인이란 특권으로 국민의 권외에 설 수도 없다'는 것과 '문인은 총검을 대신하여 붓으로 자유와 조국을 위해서 싸워야 하므로, 전쟁 수행을 위한 무기로서의 문학은 용인된다'고 주장하였던 것이다.

그런데 이와는 다른 주장도 제기되었다. 염상섭은 그 대표적 이론가라고 할 수 있다. 염상섭은 「광명의 도표되기를」(『부산일보』, 1952.1.1)에서 전쟁기 남한 전쟁문학의 나아갈 방향을 다음과 같이 제시하였던 것이다.

> 그러나 반드시 전시문학이나 전쟁문학이어야 한다는 것은 아니다. 전시문학, 전쟁문학이어도 좋지마는 포성이나 초연 냄새를 작품에서 듣고 맡자는 것이 아님은 물론이다. 어떻게 잘 싸웠는가? 얼마나 용감히 이겼는가를 알리는 것도 좋다. 그러나 포성보다도 이 겨레의 커다란 부르짖음이 먼저 듣고 싶고 초연 냄새보다도 민족혼이 어떻게 향기로운가를 맡아보고 싶다. 만일 국민정신이 썩었다면 얼마나 악취를 풍기는가 여실히 맡아보아야 할 것이다. 그리함으로써 우리를 반성하고 고취하고 명년의 갈 길을 잡게 되고 빛을 갖게 될 것이다. [중략] 이번 사변의 전모와 성격이 문학을 통하여 해부 분석되고 결론을 짓고 게시되고 반성에 이끌어가서 새살림을 배포하는 길잡이가 되어주어야 할 것이다.[7]

---

6) 한국전쟁기에 제기된 전쟁문학론에 관한 상세한 설명은 신영덕, 앞의 책, pp.19-29 참조.
7) 염상섭, 「광명의 도표되기를」(『부산일보』, 1952.1.1).

염상섭은 이처럼 소재주의적 전쟁문학론을 비판하면서 당대의 전쟁문학이 나아가야 할 방향에 대해 언급하고 있다. 특히 "이번 사변의 전모와 성격이 문학을 통하여 해부 분석되고 결론을 짓고 계시되고 반성에 이끌어가서 새살림을 배포하는 길잡이가 되어주어야 할 것"[8]이라고 한 그의 요구는 이후 한국 전쟁문학이 추구해야 할 올바른 방향성을 제시하고 있는 것으로 판단된다. 물론 이러한 요구를 모두 받아들이는 것은 전쟁 당시의 작가에게는 무리였을 것이다. '사변의 전모와 성격'을 파악하여 이를 작품화하기에는 모든 여건이 미흡하였다고 할 수 있기 때문이다. 염상섭 자신도 한국전쟁의 총체성을 드러내지 못하고 디테일에 치중하고 있는 작품을 발표하고 있었다는 사실은 그 한 예가 될 수 있으리라 생각한다.[9]

그러나 한국전쟁기 남한 소설은 이러한 두 가지 경향의 요구사항이 어느 정도는 반영되고 있었던 것으로 판단된다. 왜냐하면 이 시기 발표된 작품 중에는 전의를 고취하고자 하는 목적의식이 강한 작품들이 많지만, 전쟁기 현실의 모습을 그려내면서 전쟁에 대한 반성적 태도를 보여주고 있는 작품도 적지 않기 때문이다. 그러면 지금부터는 이러한 사실에 주목하여 실제 작품에서 한국군, 북한군의 모습이 어떻게 재현되고 있는지 살펴보기로 하겠다.

가. 한국군의 재현 양상

한국전쟁기 남한의 많은 소설들은 공산주의에 대한 적개심을 드러내면서 한국군의 애국심과 용감성을 형상화하고 있다. 간호장교 김선주 소위와 일선 소대장 이건호 소위의 애국심을 형상화하고 있는 정비석의 「간호

---

8) 같은 곳.
9) 한국전쟁기 염상섭 소설의 특성에 대한 상세한 설명은 신영덕, 「전쟁기 염상섭의 해군체험과 문학활동」(『한국학보』67집, 1992 여름) 참조.

장교」(『전선문학』 2호, 1952.12)는 그 대표적인 작품에 해당한다. 백마고지의 전투가 치열해감에 따라 육군 제XX병원에는 부상병들이 연속적으로 밀려 들어옴에 따라 김선주 소위는 부상병들을 치료하기에 눈 코 뜰 사이가 없을 정도로 바쁘지만 가끔 이건호 소위를 생각한다. 이건호 소위와 김선주 소위는 2년 전까지 서로 사랑하던 사이였는데, '중공 오랑캐들' 때문에 서울을 두 번째 내놓게 되자 '조국애에 불타는' 이건호가 교직을 내던지고 육군 간부후보생으로 군에 들어간 것이다. 그리고 선주에게는 나라에 목숨을 바치기로 결심하였으니 서로에 대해서 다시는 생각지 말자고 선언한다. 이에 선주는 '사랑하는 사람에게 부끄럽지 않기 위해' 육군 간호원이 된다. 그런데 어느 날 중상을 입은 이건호가 들것에 실려오게 되자, 선주는 중상을 입은 이건호의 모습에 잠시 당황한다. 그러나 선주는 이건호의 애국심과 자신에 대한 사랑을 확인하면서 '무언의 맹세'를 약속하는 손을 마주잡게 된다. 이처럼 이 작품은 청춘 남녀의 애정 이야기를 통해 애국심을 고취하고 군 지원을 독려하고자 하는 목적의식을 드러내고 있다. 계몽적 태도로 남녀 애정문제를 즐겨 다룬 한국전쟁기 정비석 문학의 특징을 이 작품에서도 찾을 수 있겠다.[10]

최정희의 「임하사와 그 어머니」(『협동』 37, 1952.12)는 육군 임영하 하사의 애국심을 형상화하고 있다. 임영하가 세 살 때 아버지가 세상을 떠났기에 어머니는 임영하가 커 가는 재미에 사는 보람을 느낀다. 그런데 '6·25'가 발발하고 '적군'이 몰려오자 임영하는 구들장 밑에 숨어 지낸다. 그리고 '적군'이 물러가자 이번에는 국군 소집 영장이 나온다. 할머니, 어머니는 다시 숨으라고 한다. 그러나 임하사는 할머니와 어머니의 만류에도 불구하고 몰래 입대한다는 것인데, 전쟁 당시 징병을 피하려고 하는 당대의 세태를 비판하고 젊은이들의 군 지원을 독려하고자 하는 이 작품의 목

---

10) 신영덕, 『한국전쟁과 종군작가』, pp.120-131 참조.

적의식은 임하사의 다음과 같은 말에서도 잘 드러난다.11)

> 「절 육이오 때 숨겨두신 목적이 어딨어요? 밥이나 먹고 똥이나 싸
> 게 하려구 숨겨두셨어요? 내 나라 내 민족이 위기에 있는데 그래 남아
> 루 나서 비슬비슬 숨어 살란 말이예요? 내 나라 내 민족이 다 망한 후
> 에 살면 뭘해요. 그렇게 살아선 값이 없어요. 내 나라 내 민족을 위해
> 싸우다 죽는건 비슬비슬 값없이 사는 것 몇배 이상이예요.」12)

방기환의 「골육(骨肉)」(『코메트』 4, 1953.5)은 애국적 차원에서 친형제를 살해한 한국군의 모습을 형상화하고 있다. 공군 조종사인 백중위는 '무섭게 얕이까지 강하하기로 유명한 파이롯트'로서 따발총을 휘두르는 적을 공격한다. 그런데 그 속에 자신의 아우 광이가 섞여 있는 것을 발견하고 순간적으로 멈칫하는 바람에 발사한 로켓은 빗나가게 된다. 그는 이북 고향 땅에 남아 있는 아우 '광이 놈'이 '적병들' 측에 끼어 따발총을 휘두르며 백중위와 전우를 겨누던 어젯밤 꿈을 생각한다. 이때 광이의 잔인하고 냉혹한 눈초리가 눈에 뜨이자, 백중위는 '비록 형제지간일지라도 전우를 향해 따발총을 겨누는 아우는 용서할 수 없다'는 생각에서 아우가 있는 곳에 폭격을 한다. 그리고 폭탄이 목표물에 명중이 되자, 백중위는 미소와 함께 눈물을 흘린다. 비록 동생이 악한 존재라도 그를 죽인다는 것은 매우 슬픈 일이지만, 개인적 차원보다는 애국적 차원에서 자신의 맡은 임무를 완수해야 한다는 사실을 강조하고 있음을 알 수 있다.13)

박영준의 「용사」(『전쟁과 소설』, 계몽사, 1951)는 용감한 한국군의 모습을 보여주고자 한 작품이다. 권중사는 농사꾼으로 가장하여 수색을 하다가

---

11) 이무영의 「바다의 대화」(『전선문학』 3호, 1953.2), 안수길의 「갱생기」(『해병과 상륙』, 계
　　문사, 1953) 등도 이러한 계열의 작품에 해당한다.
12) 『협동』 37, 1952.12, p.136.
13) 박영준의 「암야」(『전선문학』 1호, 1952.4) 역시 애국적 차원에서 친형제를 살해하는 육
　　사 출신 한국군 장교의 모습을 보여주고 있다.

‘인민군’에 의해 포로가 된다. 그러나 그는 ‘인민군’을 속여 ‘아군’의 진지로 유인하여 70명 가량의 ‘괴뢰군’을 생포하게 되는 공훈을 세운다. 그런데 어느 날 그는 같은 부대에 있는 여하사 김난수에게 사랑을 고백하는 내용의 편지를 전하고 답장을 요구한다. 답장이 없어 그녀를 찾아간 그는 수치심을 느끼고 그녀를 구타한다. 정훈과장 김소위는 이러한 일이 권중사의 ‘원래 솔직하고 단순한 성격’에서 비롯된 것임을 알고 권중사의 기분을 풀어주기 위해 전향을 거부하는 ‘괴뢰군’ 두 명을 사살하라는 임무를 부여한다. 이에 권중사는 원수를 멋지게 죽이는 일이 그 무엇보다도 통쾌하리라 생각하고 고마움마저 느끼며 포로들로 하여금 도망치게 하고 그들을 향해 총을 쏘았으나 한 명이 살아 도망치고 만다. 권중사는 괴로워하다가 급기야는 자살을 생각한다. 김소위는 권중사에게 다른 ‘괴뢰군’이라도 좋으니 아무나 한 명을 잡아오도록 한다. 그러자 권중사는 산굴 속에 숨어 있는 빨치산 다섯 명을 잡아와 2계급 승진을 하게 되고, 김난수 하사는 권중사의 ‘새로운 그리고 위대한 인간면을 발견’하고 그를 위해 수를 짠다. 이상의 내용에서도 알 수 있듯이, 이 작품은 국군의 용감성을 형상화하고자 하였으나 사건의 우연성, 과장된 표현 등으로 독자의 공감을 얻는 데 실패하고 있다. 과도한 목적의식은 작품의 개연성을 의심케 만든다는 사실을 잘 보여주고 있는 작품이라고 하겠다.[14]

한편, 김동리의 「순정기」(『서울신문』, 1952.1.6-14)는 부상당한 군인의 모습을 통해 앞에서 살펴본 작품들과는 다른 경향을 보여주고 있다. 여주인

____

14) 박영준은 이외에도 국군을 형상화한 작품으로 한 장군의 형상화를 통해 유비무환의 정신이 전투 승리의 요건이 됨을 보여준 「김장군」, 용맹한 심하사가 여학생으로부터 온 위문편지를 잃어버려 애를 태우다가 찾게 되어 기뻐한다는 「위문과 편지」, 잠꾸러기 노병인 김이등병과 소년병간의 인간애에 관한 일화를 기록하고 있는 「노병과 소년병」 등을 발표하였다. 정훈교육이 장병들에게 전쟁의 승리를 위한 정신교육을 목적으로 하면서도, 다른 한편으로는 장병들의 수고를 위로해주는 오락적 기능도 지니고 있음을 고려할 때, 「김장군」은 주로 전자를, 「위문과 편지」, 「노병과 소년병」은 후자를 위한 전쟁물이라고 할 수 있다.

공 김미리는 약혼자 석운이 작년 여름 중부전선에서 부상당한 후 육군병
원에 입원하여 있다는 소식을 듣게 된다. 몸에 흠집이 없는 사람과 결혼
하겠다는 생각을 해 왔던 미리는 병원에 가서 석운의 다리에 파편이 열
두개 넘게 박혀 있다는 사실을 알고 놀란다. 더욱이 석운이 병원에서 퇴
원하고 다리가 잘린 채 의자에 앉아 있는 것을 보고는 질겁한다. 어느 날
석운은 자신을 위해 체념과 희생의 길을 걸으려는 미리에게 헤어지자는
의미로 약혼 시계를 돌려준다. 결국 미리는 석운에게서 시계를 받게 되는
데, 미리의 입장에서는 나라를 위해 용감하게 싸웠을지라도 상이군인이
된 석운을 결혼 상대로 받아들이기는 아무래도 곤란하였던 것이다. 이러
한 결말에서 어떤 목적의식보다는 사건의 개연성을 먼저 고려한 김동리의
창작 태도를 엿볼 수 있겠는데, 다음 인용문은 그 한 예가 될 것이다.[15]

> 「그런 것을 함부로 말하는 사람들 참 싫어요. 나라니 민족이니 또
> 몸을 바쳤느니… 남의 일이니까 쉽게 말하는 사람들이 얼마나 많어
> 요.」[16]

김동리의 「귀환장정」(『귀환장정』, 수도문화사, 1951)은 대조적인 성격을 지
닌 두 인물, 의권과 상복의 이야기를 통해 당시 사회적 물의를 빚었던 '국
민방위군 사건'을 다루고 있다.[17] 이 사건은 1951년 1월 국민방위군의 집

---

15) 이와 유사한 작품으로는 김송의 「두개의 심정」(『문예』 14호, 1952.5)을 들 수 있다. 이
   작품은 병신이 된 자신의 몸에 절망한 나머지 자살하고 마는 상이군인의 모습을 통해
   전쟁의 비극적 성격을 사실적으로 보여주고 있다. 그러나 북한소설에서는 대부분의 상
   이군인들이 용맹한 전사로서 전의를 불태우고 있으며, 그의 애인은 이러한 그의 모습을
   자랑스럽게 받아들인다는 결말을 보여주고 있다. 리갑기의 「죽령」(『문학예술』, 1953.1),
   김영석의 「사과나무」(『문학예술』, 1953.1), 조정국의 「불꽃」(『문학예술』, 1953.7) 등은 그
   한 예가 된다는 점에서 참고할 만하다.
16) 김동리, 「순정기」(『서울신문』, 1952.1.10).
17) 최인욱의 「저류」(『자유세계』5호, 1952.8) 역시 영길이라는 청년의 모습을 통해 국민방위
   군의 문제점을 보여주고 있다.

단 후송 및 수용에 관련되어 일어난 국고 유용 사건이다. 1950년 12월 21
일 국민방위군 설치법이 공포되어 제2국민병역에 해당되는 만 17~40세
의 장정이 이에 편입되었으나, 전선의 후퇴 작전이 감행되자 방위군은 장
정을 집단적으로 후방으로 이송하게 되었다. 방위군 간부들은 이 기회를
이용, 막대한 국고금과 물자를 부정처분하여 사복을 채웠다. 그 결과 후퇴
장정에 대한 보급이 부족하게 되고 천 수 백 명의 사망자와 무수한 병자
를 내게 되었다. 이 사건이 국회에 탐지되어 조사한 결과 국고 24억 원,
양곡 5만 2천 섬의 부정처분이 탄로되었다. 국회에서는 4월 30일 방위군
의 해산을 결의하여, 방위군은 5월 12일 해체되었으며 이 사건을 일으킨
김윤근 등 4명이 사형되었다고 한다.[18] 따라서 이 작품에 나타난 의권, 상
복의 거지 행색, 그리고 상복의 죽음 등은 '국민방위군 사건'에 대한 비판
의식을 반영한 것으로 판단된다. 물론 이 작품은 이 문제를 보다 자세히
보여주지 않는다. 다만 상복의 죽음이라는 결말을 통해 이승만 정부의 잘
못된 정책 등을 간접적으로 비판하고 있는 것이다. 이것은 전쟁이라는 특
수한 상황 즉, 적과의 싸움 중에 있는 현실 속에서 '군'의 잘못을 들추어
내는 것은 적을 이롭게 하는 결과를 가져올지도 모른다는 생각 때문이었
을 것이다.[19] 「귀환장정」에 대한 김동리의 다음 설명은 이러한 사실을 짐
작케 한다.

---

18) 이홍직 편, 『국사대사전』(삼영사, 1984), p.184.
19) 이처럼 김동리가 한국전쟁기에 '무기로서의 문학의 필요성'을 주장하였음에도 실제 작품
　에서는 전쟁의 폐해와 한국군의 부정적인 면을 사실적으로 그려내고 있다는 사실은 주
　목할 만하다. 이러한 상반된 결과에는 여러 가지 원인이 있을 수 있겠으나, 현실의 힘을
　무시할 수 없는 소설의 장르적 특성이 가장 중요한 원인으로 작용하지 않았을까 생각한
　다. 따라서 한국전쟁기에 발표된 김동리의 작품들은 「공군종군문인단」 부단장으로서의
　책임감과 소설의 장르적 특성을 무시할 수 없는 김동리의 대가급 문인다운 태도에서 비
　롯된 고민의 산물이라 할 것이다.

　　처음 영내(營內) 생활을 정면으로 그리려 했던 것이 그때는 아직 이
　사건의 책임의 소재가 공적으로 구명되지 않았을 때라, 그 반향의 여
　하에 미묘한 바 있겠고, 또 인간성보다 사회성 혹은 정치성에 기울 것
　같기도 해서 생각한 결과 지금의 각도를 취했던 것이다.[20]

　이상에서 살펴본 바와 같이 전쟁 당시 남한의 많은 소설들은 애국적이
고 용감한 한국군의 형상화를 통해 전의를 고취하고 군 지원의 필요성을
강조하고 있다. 그런데 이러한 경향의 작품 중에는 전의를 고취하고자 하
는 목적의식이 과도한 나머지 개연성에 문제점을 드러내는 경우도 있다.
한편, 이 시기 작품 중에는 한국군의 모습을 통해 전쟁의 폐해와 한국군
의 부정적인 모습을 드러내고 있는 경우도 있다. 냉전적 상황 속에서도
전쟁기 현실의 모습을 사실적으로 그려내고자 한 작가의 글쓰기 태도에서
비롯된 이러한 경향의 작품은 북한문학에서는 찾아볼 수 없다는 점에서
남한 소설의 주요한 특성을 보여주고 있는 것으로 생각한다.

나. 북한군의 재현 양상

　한국전쟁기 남한 소설 중 공산주의를 비판하고 있는 작품은 많으나 북
한군의 모습을 구체적으로 재현한 경우는 많지 않다. 이는 대부분의 남한
작가들이 전장보다는 후방의 현실에서 그 제재를 찾았다는 사실과 밀접한
관련이 있을 것이다.[21] 박영준의 「빨치산」(『신천지』 51, 1952.5)은 이런 점
에서 중요한 의의를 지닌다. 이 작품은 빨치산의 생활과 그의 인간적인
면모를 비교적 구체적으로 형상화하고 있기 때문이다. 이 작품은 지식인
김명구가 공산주의 사상 때문에 빨치산의 부대장이 되어 비인간적 행위를

---

20) 김동리, 『귀환장정』(수도문화사, 1951), p.149.
21) 전쟁 당시 종군 작가들이 발표한 소설의 경우 대부분의 작품들은 전장보다는 피난지 현
　　실을 주로 다루고 있다.

서슴지 않다가 귀향이라는 여성과의 사랑을 통해 인간성을 회복하게 된다
는 내용의 이야기를 들려주고 있다. 이데올로기와 휴머니즘의 문제를 다
루고 있는 이 작품의 성과는 박영준 자신의 체험에서 비롯된 것으로 보이
는데, 박영준은 이 작품이 밀양에 주둔해 있던 기갑부대에서 만난 한 인
물을 모델로 하고 있음을 다음과 같이 밝히고 있다.

> 모델이 된 그 사람을 직접 만나보았을 때 그는 말뿐 아니라 몸놀림
> 하나하나 일순의 표정 하나하나 오로지 살고 싶다는 그 일념으로 충
> 만해 있었읍니다만 내 눈엔 그러는 그가 조금도 추해보이지 않았읍니
> 다. 그래서 나는 생명에 대한 애정, 다시 말해 인간애에 눈을 뜨게 된
> 그를 위해 소속 연대장에게 그를 특사해달라고 청원까지 했읍니다. 그
> 러나 그가 그 후에 어떻게 되었는지 아무런 소식을 못들었읍니다. 아
> 뭏든 나는 그 전쟁의 현장에서 귀중한 체험을 했고 그걸 작품화시켜
> 보았던 것입니다.[22]

인용된 글을 통해서도 우리는 이 작품의 성과가 어디에서 비롯되었는지
를 짐작할 수 있게 된다. 그것은 바로 모델이 된 한 실제 인물의 이야기가
지니는 구체성과 빨치산 생활이 지니고 있는 전형적 성격 즉, 전쟁기 한
국 사회의 성격을 드러낼 수 있는 가능성과 관련된 것이었다. 그런데 이
같은 성과는 작가 자신의 목적의식에 의해 제한을 받는다. 반공·애국사
상을 고취시키고자 한 작가의 목적의식은 작품 「빨치산」으로 하여금 작위
적이고도 관념적인 성격을 가지게 하였던 것이다.[23] 이 작품이 "뚜렷한

---

22) 박영준, 「저 산정에 햇볕이」(『문학사상』, 1973.7), p.278.
23) 박영준은 이외에도 빨치산의 형상화를 통해 공산주의자들의 '만행'을 고발하고 그들에
   대한 적개심을 고취하는 작품을 발표하였다. '공비'가 된 해봉이 군당부 간부의 명령 때
   문에 할 수 없이 자기의 어머니를 총으로 쏘아 죽이게 만들었다는 내용의 「삼형제」(『협
   동』 39, 1953.4), '공비'가 욱실거리는 지리산 운봉에 살고 있는 근배가 '공비'들에 의해
   처자식을 모두 잃어버린 후 그들에게 복수한다는 내용의 「어둠을 헤치고」(대한금융연합
   회 편, 『농민소설선집』, 1952)가 그것이다. 「어둠을 헤치고」는 이후 단편집 『그늘진 꽃

근거나 필연적인 이유도 없이 빨치산 생활에 염증을 나타내기 시작하고 공산주의의 허구성에 크게 눈뜨기 시작"[24]하는 주인공의 모습을 보여주고 있는 것은 이 때문일 것이다.

이무영의 「사(死)의 행렬」(『국방』 23-24호, 1953.4-5)은 주로 주인공 이훈의 이야기를 통해 공산주의의 허구성과 북한군의 잔학성을 고발하고 있다.[25] 이 작품의 전반부에서는 천석지기의 외아들인 이훈이 공산주의자가 되었으나 북로당원과의 갈등 끝에 반동분자들과 함께 납북되는 과정을 보여주고 있다. 그리고 후반부에서는 주로 이러한 납북 과정에서 일어난 일들을 그리고 있는데, 납북과정에서 훈은 북한군과 공산주의자들의 비인간적인 잔학성을 체험한 후 지난 날 자신의 좌익 활동이 어리석은 일이었음을 깨닫게 된다. 훈은 '가장 진보적 민주주의라고 떠들어대는 공산주의가 재판은커녕 심사도 없이 사람의 목을 파리 목 자르듯 하는 무서운 사실 앞에' 전율하기도 하고, '인간의 권리와 자유를 빼앗은 공산당'을 저주하기도 하는 것이다. 다소 감정적인 태도로 공산주의를 비판하고 있지만, 한 공산주의자의 삶을 비교적 구체적으로 형상화하였다는 점에서 이 작품의 의의를 찾을 수 있다고 생각한다.[26]

한편, 황순원의 「포화 속에서」(『서울신문』, 1952.1.15-18)는 휴머니즘의 입장에서 북한군을 형상화하고 전쟁의 비인간성을 비판하고 있다는 점에서 특징적이다.[27] 이 작품의 주인공 강서방은 '마흔 고개를 넘은 지도 이미

밭』(신한문화사, 1953)에 「지리산근처」로 개제, 수록되었다.

24) 조남현, 「우리 소설의 넓이와 깊이」(『문학정신』, 1988.12), p.254.

25) 가끔 이훈을 박홍 혹은 박훈이라고도 하였다. 『국방』 23호, p.239, p.240, p.246, 『국방』 24호, p.225 참조.

26) 이 작품의 주인공 이훈은 이문열의 『영웅시대』에 등장하는 이동영과 여러모로 흡사하다는 점에서 주목할 만하다. 천석지기 갑부의 외아들이라는 점, 학생사건으로 구속되었다는 점, 지식인 공산주의자라는 점, 전쟁 발발 직전까지의 지하 잠적 생활, 북로당원들과의 갈등을 통해 공산주의의 허구성을 깨닫는다는 점 등이 그것이다. 한국전쟁기 문학과 이후 발표된 한국전쟁을 제재로 한 문학과의 상관관계는 이러한 점에서도 찾을 수 있으리라 생각한다.

이태'이며, 아이 둘과 아내가 있는 농사꾼이다. 그는 전쟁이 터지자 '인민군'으로 불려나와 훈련을 받고 전장에 투입된다. 그런데 강서방은 비행기 공습이 있게 되자, 굴속으로 피신한다. 그리고 여기서 농사일을 하다가 '인민군 군대'에 들어오게 된 열 네 살의 소년을 만나게 된다. 공습이 끝나자 이들은 밖으로 나가서 부대원들을 찾아 나서지만 부대는 간 곳이 없다. 이들은 자신들이 낙오하였다는 사실에 불안해하면서도 한편으로는 목숨을 부지할 수 있게 되었다는 안도감을 느끼며, 콩가루와 생쌀을 먹으면서 물을 찾아 남쪽으로 걸어간다. 도중에 강서방은 피투성이의 '인민군' 부상병을 발견하고 그에게 물을 먹이지만, 그가 죽자 꺼림칙하지만 시체로부터 피묻은 쌀주머니를 취한다. 그런데 얼마 후 소년이 토하면서 죽어가기 시작한다. 이에 강서방은 당황하여 소년을 업고 달려가면서 "사람의 목숨이 이렇게 죽어서 된단 말이냐."28) 하고 부르짖는다. 작가 황순원은 "주인공의 마지막 부르짖음 그것이, 다만 그 한사람만의 부르짖음이 아닐 것이라는 느낌이, 나로 하여금 붓을 들게 하였다."29)라고 한 바 있다. 이러한 언급을 통해서도 알 수 있듯이, 작가 황순원은 전장에서 죽어 가는 북한군 역시 같은 인간이라는 사실을 보여주면서 생명의 존엄성이 파괴되는 전쟁 현실을 비판하고 있는 것이다. 다소 감상적인 면이 있지만, 이 작품은 전의를 고취할 것을 요구하는 전시 상황 속에서 발표되었다는 점에서 의의를 지닌다고 할 것이다.30)

---

27) 『서울신문』에 연재되었던 이 작품은 이후 「목숨」(『주간문학예술』, 1952.5)으로 개제되었다. 그런데 이 사실은 그 동안 잘 알려져 있지 않았던 것으로 판단된다. 황순원 전집이 이미 나와 있고, 황순원 문학에 대한 많은 연구가 이루어졌음에도 불구하고 이 사실이 알려져 있지 않았다는 것은 한국전쟁기 문학에 대한 실증적 연구의 필요성을 새삼 보여준다고 하겠다. 그리고 황순원은 "연재소설을 쓰지 않는 작가로 유명"하다고 하는 평가가 있음을 고려할 때, 이 작품은 다소 예외적인 작품에 해당한다고 할 것이다. 오생근, 「전반적 검토」, 『황순원전집』 12 (문학과지성사, 1988), p.11.

28) 『서울신문』(1952.1.18)

29) 『황순원전집』 12, p.183.

30) 황순원의 전쟁소설에 관한 상세한 설명은 신영덕, 「황순원의 전쟁소설 연구」(『한국문학

이상과 같이 한국전쟁기에 발표된 남한 소설 중 북한군을 구체적으로 형상화한 작품은 많지 않다. 북한군을 형상화한 작품들은 대부분 공산주의에 대한 적개심을 드러내면서 전쟁에서의 승리를 위해 전의를 고취하고 있으나, 이와는 달리 북한군도 같은 인간임을 강조하면서 생명의 존엄성이 무시되는 전쟁기 현실을 비판한 작품도 이 시기에 발표되었다. 한국전쟁기 북한 문학에서는 휴머니즘의 입장을 견지하고 있는 후자와 같은 작품이 거의 발견되지 않는데, 남한 소설과 북한 소설의 차이점은 이런 점에서도 찾을 수 있다.

3. 북한 소설과 한국군·북한군의 재현 양상

북한에서는 한국전쟁을 조국해방전쟁으로 명명하고 있다.[31] 이러한 명명에서도 한국전쟁에 대한 북한의 인식 태도는 잘 드러난다. 이는 '일본 제국주의 대신에 새로이 한반도를 차지하고자 하는 미국제국주의의 침략에 대항해야 한다'는 것이다. 이 시기 조선노동당에서는 사회주의적 사실주의를 창작 원리로 제시하였지만, 보다 직접적인 창작 지침은 전쟁 승리를 위한 '문학 예술의 무기화'를 주장한 김일성의 연설 내용에 기초하고 있다. 문학 예술의 무기화 지침은 한국전쟁기 북한 문학에 다음과 같은 것을 요구하였던 바, 이는 첫째, 숭고한 애국심을 형상할 것. 둘째, 인민군

이론과비평』 10호, 2001.3) 참조.

31) 김일성은 전쟁 발발 다음 날인 1950년 6월 26일 방송연설을 통해 전쟁의 성격을 '정의의 해방전쟁'으로 규정하고, 모든 힘을 전쟁의 승리를 위하여 바칠 것을 강조하였다. 이후 그는 「우리의 예술은 전쟁승리를 앞당기는데 이바지하여야 한다」(1950.12.24), 「우리 문학예술의 몇 가지 문제에 대하여」(1951.6.30), 「우리 예술을 높은 수준에로 발전시키기 위하여」(1951.12.12) 등의 연설을 통해 전시문학의 전투적인 사명과 임무, 주제방향과 창작실천적 문제들에 대한 방향성을 제시하였던 것이다. 김선려·리근실, 앞의 책, pp.5-24.

대의 영웅성과 완강성을 표현 묘사할 것. 셋째, 적에 대한 증오심을 옳게 표현할 것. 넷째, 국제친선사상을 테마로 한 작품을 많이 창작할 것. 다섯째, 사회주의 사실주의의 창작방법을 체득할 것 등으로 요약할 수 있다.[32] 한국전쟁기 북한소설은 이러한 요구에 의거하여 창작되었던 것으로 여겨지는데, 이러한 사실은 한국군, 북한군의 재현 양상에서도 확인할 수 있다.

가. 한국군의 재현 양상

한국전쟁기 북한소설에서 한국군은 큰 비중을 차지하고 있지는 않으나 미군 못지않게 부정적인 인물로 형상화되고 있다. 김남천의 「꿀」(『문학예술』 4권1호, 1951.4)은 1950년 8월 하순 낙동강 전선에서 부상당한 한 북한군 병사에 관한 이야기를 통해 북한군의 전투 의지와 할머니로 대표되는 '인민'들의 북한군에 대한 애정을 보여주고 있다.[33] 그런데 이 작품은 곳곳에서 군기가 흐트러진 한국군의 모습을 희화화하여 묘사하고 있는 바,

---

32) 안함광, 앞의 책, pp.472-498. 한편, 사회과학원 문학연구소의 『조선문학통사』에서는 그 내용을 6가지로 구분하고 있다. 첫째는, 인민의 고상한 애국심과 민족적 자부심을 정당히 형상할 것. 둘째, 영웅을 형상할 것. 셋째, '원쑤'들의 만행을 철저히 폭로할 것. 넷째, 프로레타리아 국제주의 사상을 반영할 것. 다섯째, 자연주의적 요소를 숙청하고 사회주의적 사실주의에 기초할 것. 여섯째, 작가들은 위대한 무기, 문학 예술의 창조자로서 애국주의적 세계관을 부단히 제고할 것 등이다. 사회과학원 문학연구소 편, 앞의 책, pp. 242-245 참조, 김선려·리근실의 『조선문학사』에서는 위 내용 중 사회주의적 사실주의를 '우리식 사실주의'로 표현한 점이 다를 뿐이다. 첫째, 인민의 숭고한 애국심을 형상화할 것, 둘째, 인민군대의 영웅성과 완강성을 묘사할 것, 셋째, 적에 대한 증오심을 불러일으킬 것, 넷째, 민족적 형식과 민주주의적 내용을 가진 인민적 예술이 되는 동시에 국제주의정신으로 일관되고 심오한 사상성과 높은 예술성을 가진 세계적 예술이 되도록 투쟁할 것, 다섯째, 형식주의를 타파하고 우리식 사실주의적 창작방법의 요구를 철저히 구현할 것 등이 그것이다. 김선려, 리근실, 앞의 책, pp.5-24.

33) 북한군의 모습을 영웅적으로 형상화하고 있는 다른 작품과는 달리 다소 '초라한 부상병'의 이야기를 사실적으로 들려주고 있다는 점에서 이 작품은 특징적이다. 이 작품에 대해 논란이 많았던 것은 이와 관련 있을 것이다. 이 작품에 대한 북한 내부의 논쟁에 관해서는 김재용, 「월북 이후 김남천의 문학활동과 「꿀」 논쟁」, 『분단구조와 북한문학』, pp.156-160 참조.

다음은 그 한 예가 된다.

> 「빨리, 빨리!」 서로 서로 짖어가며 우르르 몰려서 선두에 섰던 놈들
> 은 벌써 산고지를 타고 넘어갑니다. 총도 없이 맨손으로 뛰는 놈으로,
> 철갑모도 웃저고리도 없이 사쓰바람으로 두리번거리는 놈으로, 어떤
> 놈은 숫제 군복 웃옷을 벗어버리고 베적삼을 걸친 놈도 있어서 그 행
> 색이 가지각색이지요.34)

이북명의 「악마」(『문학예술』 4권1호, 1951.4)는 미군의 야수성과 악마성을
고발하면서 이에 대한 적개심을 고취하고 있다. 미군들은 박첨지의 코를
철사로 꿰어 기어가게 하고 쇠줄에 꿴 큰아들의 머리와 며느리의 머리를
목에 걸고 있게 할 정도로 잔인한 존재로 묘사된다. 그런데 이 작품에서
는 한국군도 이에 못지않게 잔인한 존재로 묘사되고 있다. 한국군은 여성
을 겁탈하고 갓난아기를 밟아 죽이는 야수와 같은 존재로 형상화되고 있
는 것이다. 특히 한국군 소위 구맹호는 그 대표적인 인물로서 나이 많은
박첨지를 구둣발로 차는 무지막지한 인물로 등장하는데, 그 생김새 역시
다음과 같이 부정적으로 묘사되고 있다.

> 왼쪽 뺨에 길다랗게 칼 맞은 흠집이 굼벵이처럼 돋으라져 있는 구
> 맹호의 구두발이었다. 막 쥐어잡은 메주뎅이처럼 생긴 이 자는 과거에
> 권투쟁이로 주먹깨나 쓰던 덕분에 지금 국군소위로 행세하고 있는 것
> 이다. 항상 무엇을 들부시지 않으면 때려부시고 싶어서 주먹을 틀어쥐
> 고 후둘 후둘 떠는 버릇은 아직 그대로 남아 있다.35)

최명익의 「기관사」(『문학예술』 4권2호, 1951.5)는 영웅적이고 애국적인 기

---

34) 김남천, 「꿀」(『문학예술』 4권 1호, 1951.4), p.38.
35) 이북명, 「악마」(『문학예술』 4권 1호, 1951.4), p.55.

관사 현준의 모습을 형상화한 작품이다. 이 작품에서는 미군에 의해 희롱 당하면서도 어쩌지 못하는 한국군의 비굴한 모습을 보여준다. 한국군 헌병 중위 '강가'는 미군 병사에 의해 희롱 당하면서도 비굴한 웃음만을 짓는 것으로 형상화되고 있는 것이다.

> 「오 노―노 노굿. 술이 좋소」 하며 호되게 제 머리를 흔들고 난 미국 병정놈은 한 손까락을 뻐쳐 헌병 중위 강가의 두줄 댄추로 너민 군복 옷깃속에서 넥타이를 뚱구쳐 냈다. 와락 챙피해진 모양인 강가는 현준의 앞에서 도라서며 바삐 넥타이를 옷깃 속으로 꾸겨 넣었다. 그러나 미국 병정놈은 또 가만 안 있었다. 그 사이에 놈은 강가의 허리에 달린 가죽 집에서 권총을 빼내서 제 괴춤에 찔렀다. 헌병 강가는 그 손을 막으려 했다. 그러나 미국 병정놈은 부르쥔 주먹을 헌병 중위의 코 앞에 흔들어 보이고는 미상불 「앞으로 갓―」의 구령을 내리는 모양으로 버럭 고함을 질으자 강가의 어깨를 비틀어 돌려 세웠다. 그리고는 헌병의 궁둥이를 이쪽 저쪽 번가라 데기차듯이 앞발길질을 해가며 앞세우고 나갔다.[36]

황건의 「안해」(『문학예술』 4권6호, 1951.9)는 '적'의 평양 점령으로 인해 나약했던 한 여성이 단련된 투사가 되어 가는 과정을 보여주고 있는 작품이다. 이 작품에서는 한국군이 죄 없는 민간인을 학살하기 위해 삼십 명이 넘는 사람들을 모아 놓는 과정 중에 있었던 일을 다음과 같이 희화화하여 묘사하고 있다.

> 호통 치던 키 작달막한 국방군 놈은 성이 난 듯 옆에 선 같은 국방군 놈의 총을 빼앗아 쥐자 총자루를 거꾸로 추켜들고 앞에 선 사람들을 후려갈기기 시작했다. 「아이구……아이후……」 허기 찬 비명 소리가 연이어 들리고 하나 둘 허리를 빗틀며 거꾸러지는 양이 보였다.[37]

---

36) 최명익, 「기관사」(『문학예술』 4권 2호, 1951.5), pp.11-12.

결국 이 작품은 한국군이 아이 얼굴에 자신의 얼굴을 묻고 있는 여성마저 모두 총으로 쏘아 죽인 사실을 고발하고 있다. 한국군의 민간인 학살 문제는 박웅걸의 「나의 고지」(1952.5)에서도 나타난다. 이 작품은 한계렬 '경기사수'의 용감성과 애국심을 형상화하는 가운데 후퇴하는 한국군이 '돈 있는 놈과 젊은 처녀들은 골라 데리고 가고' 나머지는 총살한다는 내용의 이야기를 들려주고 있는 것이다.

한국군의 부정적인 모습은 한설야의 장편 『대동강』(1952)에서도 찾아볼 수 있다. 이 작품에서는 한국군 공병을 '리승만 군대 공병' 혹은 '미군의 노예된 것을 달게 여기는 썩은 인간들'로 표현하고 '더러운 짐승들의 졸개인 리승만의 강아지들'로 표현하면서, 한국군 장교의 부정적인 모습을 보다 구체적으로 형상화하고 있다. '어깨가 쩍 벌어지고 돼지 목통같이 밭고 목덜미에 칼 맞은 자리가 있는' 정훈 장교는 미국 선교사의 양자 노릇을 하여서 영어를 곧잘 하고 근력이 좋은 까닭에 선교사 부인의 총애를 받아 미국까지 다녀온다. 그는 또한 선교사의 양자였다는 이유로 '리승만 괴뢰군의 정훈장교'가 되었으며, 이것을 기회로 "졸개들을 시켜 군용물자를 훔쳐다 팔아먹고 뢰물 받고 군인들을 승급시켜주고 또 미군들이 도적해 내온 물건 거간 노릇을 해서 배를 불리고",38) "남조선의 많은 애국자들을 잡아다 죽였고 인민군대의 후퇴 시기에는 평양까지 들어오는 동안에 도처에서 살인의 모범"39)을 보인 인물로 형상화되고 있는 것이다.40)

이상에서 살펴본 바와 같이 북한 소설 대부분은 한국군을 매우 신랄하게 비판하고 있다. 한국군은 국방군 혹은 리승만 군대, 괴뢰군 등으로 지

---

37) 황건, 「안해」(『문학예술』 4권 6호, 1951.9), p.9.
38) 한설야, 『대동강』(조선작가동맹출판사, 1955), p.117.
39) 같은 곳.
40) 한국군의 부정적인 모습은 박태민의 「벼랑에서」(1952)에서도 찾아볼 수 있다. 이 작품은 전시 수송대에 동원된 트럭 운전수 원주가 미군과 한국군을 트럭에 태운 채 함께 벼랑으로 떨어진다는 내용의 이야기를 통해 약탈품을 가로채 사복을 채우려는 한국군 장교의 부정적인 모습을 고발하고 있다.

칭되고 있으며, 이들은 작품에서 큰 비중을 차지하지는 않으나 언제나 미군에 빌붙어 사는 초라한 존재로서 비겁하고 잔인한 성격을 지닌 인물로 형상화되고 있다. 남한 작품과 달리 북한 소설에는 이들에 대한 인간적 동정심은 거의 드러나지 않는다. 작중 화자는 편향된 서술 태도와 욕설로써 이들을 야유하며 비판하고 있는 것이다. '적에 대한 증오심을 옳게 표현하라'는 김일성의 요구가 작품에 이러한 영향을 미쳤을 것으로 판단된다.

나. 북한군의 재현 양상

한국전쟁기 북한 소설에서 북한군은 대부분 긍정적으로 재현되고 있다. 한설야의 「김두섭」(『문학예술』 6권 3호, 1953.3)은 전쟁 초기 전투과정에 있었던 북한군의 '영웅성과 완강성'을 형상화하고 있다.[41] 일찍 부모를 잃은 김두섭은 단 하나 뿐인 형을 의지하고 살았으나, 형이 일본 탄광으로 끌려가자 형수, 어린 조카와 살게 된다. 생활의 어려움 때문에 '월사금'을 내지 못하는 그를 선생들은 '개고기'라 부른다. 이후 그는 고향인 신창 정거장의 기차 소제부가 되었고, 전철수에서 다시 화부로 일하는 중에 해방을 맞이한다. 또한 두섭은 철도 경비대에 있다가 보안 간부 훈련소를 마친 후 박격포 '묘준수'가 되었고 뒤에 '땅크' 연대 강습소를 나온다. 뛰어난 머리를 가진 그는 자기의 소질을 구김 없이 드러내어 짧은 기간 동안에 전사로부터 중대장에까지 승급하게 된다. 이후 그는 '38선 이북으로 북을 침공한 적을 반격하여 일거에 개성을 해방하고 임진강을 건너 문산 계선까지 밀고 가서' 서울 점령을 눈앞에 둔다는 것이다.[42] 해방 이전에는

---

41) 북한문학사에서는 이러한 경향의 대표작으로서 유항림의 「최후의 피 한방울까지」(1950), 김만선의 「당증」(1950)을 들고 있다. 김선려, 리근실, 앞의 책, pp.128-131 참조

42) 이와 유사한 작품으로는 한설야의 「땅크 214호」(1953.3)가 있다. 한설야 선집에 실려 있는 이 작품은 땅크 운전수 전기련을 통해 파죽지세로 적을 물리쳐 전쟁 초기 서울을 점령하는 북한군의 영웅적 모습을 보여주고 있다.

미천한 신분의 주인공이 해방 이후 전개된 북한 사회주의 체제로 인해 새로운 삶을 가지게 되었고, 이후 전쟁이 발발하자 '인민군대'에 입대하여 영웅이 된다는 이러한 이야기는 북한 소설에서 하나의 공식처럼 등장한다. 물론 이와 같은 현상은 영웅을 그려냄에 있어서 대중적 영웅주의를 보여줄 것을 요구한 당 문예정책과 밀접한 관련이 있다.[43]

　1950년 9월 연합군의 인천상륙으로 부득이 후퇴해야만 했던 북한군의 모습을 다룬 작품으로는 한효의 중편 소설 「서울사람들」(『문학예술』 4권5-7호, 1951.8-10)이 있다. 이 작품은 지은이가 주로 평론 활동을 하던 한효라는 점에서 우선 주목할 만하다. 이 작품에서는 북한군의 영웅적 행위를 다양한 인물을 통해 보여주고 있으나, 중심인물인 김세호를 보다 구체적으로 형상화하고 있다.[44] 그는 일본 유학 후 야학생활을 하다가 8·15후 귀국하였으나 5·30 선거 반대 투쟁 조직 중 붙잡히기도 한 인물로 나타난다. 그는 일에 대한 정열 때문에 거칠고 무뚝뚝하지만 인간적 면모도 지니고 있는 것으로 형상화되고 있다. 그는 말로는 표현하지 않지만 금주를 사랑하기 때문에 금주가 자신의 딸 옥희에게 준 방울을 대신 지니고 다닌다. 이러한 성격의 김세호는 후퇴하자는 부위원장을 비판하면서 끝까지 서울을 사수할 것을 주장한다. 결국 그는 적에게 최종적 타격을 준 후 9월 27일 북한산으로 들어가게 되는데, 이는 빨치산 2대대에 편입되어 끝까지 투쟁하기 위한 것임을 보여준다. 이 작품은 이처럼 북한군의 영웅적 행위를 보여주면서도, 한편으로는 당시 북한군의 무장 상태가 대단히 열

---

43) 대중적 영웅주의란 '영웅이란 어떤 전설적인 비범한 인간을 의미하는 것이 아니라, 어젯날의 노동자, 농민, 사무원, 학생들 또는 이들의 자제이므로, 이들의 풍부한 감성과 인간성, 그들이 갖고 있는 사상과 신심 그대로를 묘사한다면 오늘날의 우리 공화국의 영웅들이 될 것'이라는 김일성의 교시 내용 중 하나이다. 사회과학원 문학연구소 편, 앞의 책, p.243 참조.

44) 북한군의 영웅적 행위는 '적의 포화를 무릅쓰고 용감하게 지휘하는 인민군 군관', 수류탄을 가지고 탱크 밑으로 들어가 폭파시킨 윤기철, 탱크 위에 올라가 탱크 속에 총알을 퍼붓다 전사한 오성호 등의 모습에서도 찾아볼 수 있다.

악했음을 보여준다는 점에서 주목할 만하다. 이 작품에는 당시 북한군이 '날창'과 '깡통으로 만든 수류탄' 등을 사용하면서, 적의 무기를 빼앗아 싸웠던 것으로 묘사되고 있는 것이다.[45]

그런데 북한군은 이러한 비장한 인물로서만이 아니라 다소 희극적인 인물로도 등장한다. 김영석의 「화식병」(『문학예술』 4권 4호, 1951.7)에서는 성미가 급하지만 용감하고 희생적인 화식병 박성근의 모습을 형상화하고 있다. '둥글넙적하고 서글서글한 얼굴의 박성근은 성품이 쾌활해서 좀처럼 화를 내지 않았으나 일단 흥분하면 몹시 씨근거리는 습관'이 있기 때문에 '씨근이'로 불린다. 이러한 성격 때문에 동료로부터 놀림을 받기도 하였지만 그는 따뜻한 동지애를 가지고 있어 전투 중 부상당한 몸으로 유산탄이 터지는 가운데서도 전투 중에 있는 동료들을 위해 음식을 나르는 임무를 완수하게 된다. 이야기 내용은 단순하지만 북한군의 인간적 면모를 잘 드러냈다는 점에서 그 의의를 찾을 수 있다.[46]

김만선의 「사냥꾼」(『문학예술』 4권 5호, 1951.8) 역시 다소 괴짜이지만 애국적이고 용감한 북한군의 모습을 보여준다. 별명이 '괴짜 아바이'인 김의성 하사는 나이 마흔이 넘어 군에 입대한다. 두 아들 모두 전선에 보냈음에도 그가 입대한 것은 미국 조종사에 대한 증오심 때문이었다. 결국 김하사는 나이가 많다는 주위의 우려에도 불구하고 용감히 싸워 적기 두 대를 격추시키게 된다. 이 작품은 다소 개연성이 부족하다는 느낌을 주고 있지만, 적기를 유인하기 위한 허위 위장 방법, 전투 현장에서 북한군들이 자는 모습, '중기'를 자유자재로 사용하기 위한 방법을 모색하는 주인공의

---

45) 이 작품은 또한 결말에 이르러 주제의 파탄을 보인다는 점에서 주목된다. 이 작품은 처음에는 서울사람들의 애국심과 용감성을 찬양하다가, 3회 연재시에는 서울 사람들 대신 북한 사람들의 애국심과 용감성을 찬양하고 있기 때문이다.

46) 이 작품은 이후 개정되어 『조선문학사선집』2(학우서방, 1982)에 수록되었다. 이때 사건에 개연성을 부여하기 위해 약간의 내용이 추가되었다. 박성근의 희생적 노력과 임무완수의 고통, 오경환 전사와의 갈등 및 화해 등이 특히 그러하다.

모습 등을 구체적으로 묘사함으로써 작품의 사실성과 흥미를 높여주고 있다.47)

윤세중의 「우정」(『문학예술』 4권3호, 1951.6)은 북한군 특히 구대원과 신대원간의 우정을 통해 신입대원의 교육문제와 이들의 영웅적 행위를 보여주고 있다. 정치부 중대장 김해주는 적의 포 관측소를 습격하여 아군으로 하여금 적을 궤멸시키게 하는 임무를 소대장 현우에게 맡기지 않고 본인이 직접 수행한다. 사랑하는 현우에게 위험한 일을 맡기고 싶지 않았기 때문이다. 그러나 해주는 임무 완수로 자신이 공을 세우게 되자 현우에게 공로를 세울 기회를 주었으면 좋았을 것 같다는 아쉬움을 느낀다. 윤세중은 이와 같이 북한군의 우정을 다룬 작품을 많이 발표하였는데, 40여차의 큰 전투를 치른 노련한 구전투원 장수철과 귀엽고 영리하고 씩씩한 박성구 사이의 우정을 그린 「구대원과 신대원」(1952)은 이러한 계열의 대표작으로서 높이 평가되고 있다.48)

임순득의 「조옥희」(『문학예술』 4권3호, 1951.6)는 애국적인 여성 빨치산의 모습을 보여주고 있다. 빈농의 딸인 그녀는 광산 노동자에게 출가하였으나, 1년이 못되어 남편이 광산 갱내에서 죽는다. 나이 스물에 홀몸이 된 그녀는 후퇴하라는 동료의 말을 듣지 않고 입당하던 날의 각오를 떠올린다. 입당하던 날 그녀는 조국을 위한 길이라면 백번 죽어도 유한이 없겠노라고 일기를 썼던 것이다. 김일성의 사진을 보고 오열하며 빨치산에 가담한 이유를 생각하던 그녀는 미군 습격에서 분대장 역할을 맡아 임무를 완수하지만, 미군에게 붙잡혀 고문을 받은 후 총살당하게 된다. 이처럼 여성 빨치산의 용감성과 애국심을 형상화하고 있는 이 작품은 "조선의 자유

---

47) 이 작품은 사건의 개연성이 부족하다는 이유로 안함광으로부터 비판을 받았던 바, 이에 관한 내용은 안함광, 「1951년도 문학창조의 성과와 전망」(『현대문학비평자료집』, 태학사, 1993), p.139 참조. 한편, 비행기 사냥꾼에 관한 작품으로는 리종민, 「남강마을의 새로운 노래」(『문학예술』, 1952.9) 등이 있다.
48) 김선려, 리근실, 앞의 책, pp.136-138 참조.

와 독립을 위하여 청춘을 바쳐 싸우신 당신을 본받아 인민의 한 사람인 저도 어찌 그 길을 따르지 않으오리까"(p.20) 라는 그녀의 말에서도 알 수 있듯이 김일성 우상화의 경향을 보여주고 있어 주목할 만하다.[49]

북한군 재현에 있어서의 또 다른 특징은 소년병의 애국심을 다룬 작품에서 찾을 수 있다. 박태원의 「조국의 깃발」(『문학예술』 5권 4호-6호, 1952.4-6)에는 소년병 리영일이 주요 인물로 등장하고 있다. 다음은 부사수 강동수의 눈에 비친 리영일 소년병의 모습이다.

> 나이도 어리고 또 갓 들어오고 하였으니 좀 어려워하는 맛이 있어도 좋으련만, 이것 조그만 것이 아주 여간내기가 아니다. 말 한마디도 남에게 지려고 안 한다. 다른 동무들은 그가 말도 잘 하고 아주 '영악바리'라고 귀엽게들 보는 모양이지만 그것은 어림도 없는 수작이다. 어린게 서울치가 되어 놓아서 주둥아리만 깼고 아주 깜찍스럽다(5권4호, p.14).

이처럼 리영일은 나이가 어리지만 '여간내기가 아닌' 소년으로서 '원쑤'에 대한 증오심으로 자신의 맡은 임무를 철저히 수행하는 인물이다. 영일의 아버지는 그가 아주 어렸을 때 병으로 죽었고, 형은 그가 여덟 살 때 '원쑤놈들'과 싸우다 한을 머금고 쓰러졌다. 당원이며 민청원으로 서울역 기관구에서 투쟁하다가 '괴뢰 경찰'의 손에 검거되어 갖은 악독한 고통을 받던 끝에 마침내 24세를 일기로 세상을 떠났던 것이다. 이에 리영일은 어머니의 반대에도 불구하고 도망 나와 의용군을 지원한다. 이후 리영일은 전장에서 우연히 형의 원수인 '조가'를 만난다. 형사 조가는 '일제 때에 함흥인가 어디서 고등계 형사질을 해먹다가 해방이 되자 그 즉시 서울

---

49) 이와 유사한 내용의 작품으로는 리북명의 「조선의 딸」(『문학예술』 5권10호-12호, 1952. 10-12)이 있다. 중편 분량의 이 작품은 조옥희라는 여성의 생애를 보다 구체적으로 형상화하고 있는 바, 실제 인물을 동일한 대상으로 한 것으로 판단된다.

로 도망해 온 악질로 아주 유명한 놈'으로 영일의 형을 고문하여 죽인 인
물인데, 영일은 그의 배를 총창으로 찔러 죽게 한다는 이야기이다. 중편에
해당하는 이 작품은 이처럼 소년병의 모습을 통해 북한군의 '영웅성과 완
강성'을 형상화하면서, 적이 다름 아닌 소년병의 가족을 해친 일제하 고등
계 형사였다는 사실을 통해 소년병이 적에 대해 증오심을 가질 수밖에 없
는 이유를 보여주고 있다.50)

한편, 이태준의 「백배 천배로」(1951.4)는 최훈 분대장과 오기호 전사의
이야기를 통해 적에 대한 적개심과 전의를 고취하고 있으나, 북한문학사
에서는 이 작품이 "영웅적 인민군 전사들을 모욕하고 우리 인민이 진행하
는 전쟁의 정의적 성격을 말살하려 하였으며 전쟁 승리를 위한 우리 당과
정부의 시책을 중상하였다"51)라고 비판하고 있다. 이태준이 당의 노선에
입각하여 인민군을 영웅적으로 형상화하고자 하였음은 그의 다른 작품 「누
가 굴복하는가 보자」(1951.4)에서도 잘 드러난다. 이 작품은 김영민 군관의
영웅적 행위로 인해 겁 많던 운전수가 애국적이고 용감한 인물로 변모된
다는 이야기를 들려주고 있으나, 북한문학사에서는 이 작품에 대해 함구
하고 있는 것이다. 이와 같은 현상은 남로당 출신 작가의 숙청이라는 정
치적 사건과 밀접한 관련이 있을 터인데, 이태준 문학에 대한 북한문학사
의 평가를 재검토해야 함은 이러한 이유 때문이다.

이상에서 살펴본 바와 같이 한국전쟁기 북한 소설에서 북한군은 혁명적
낙관주의와 대중적 영웅주의에 입각하여 재현되고 있다.52) 북한군은 대부
분 애국적이고, 승리에 대한 자신감과 굳은 의지를 지니고 있으며, 극한

---

50) 소년 전사의 애국심을 다룬 작품으로는 이외에도 현덕의 「복수」(『문학예술』, 1951.6), 리
   갑기의 「강」(『문학예술』, 1952.4), 심상학의 「꼬마 습격조원」(『문학예술』, 1952.9) 등이
   있다.
51) 사회과학원 문학연구소 편, 앞의 책, p.248.
52) 그 결과 이들은 지나치게 이상적으로 형상화됨으로써 인물성격이 단순화되고 유형화되
   는 문제점을 보여주게 된다. 김춘선, 앞의 글, p.396 참조.

상황에서도 여유를 잃지 않고 위기와 고난을 슬기롭게 극복하여 임무를 완수하는 영웅적 인물로 형상화되고 있는 것이다. 설혹 부정적인 성격을 지니고 있다고 하더라도 그 정도는 심각하지 않기에 이들은 대부분 교화되어 변모됨으로써 자체 내의 갈등은 결국 해소된다. 그리고 작품에 등장하는 북한군은 대체로 농민 혹은 노동자 출신으로서, 개인 희생과 당에 대한 헌신, 김일성에 대한 충성을 맹세하고 있다는 점에서 특징적이다.53)

4. 결 론

본고에서는 한국전쟁기 남북한 전쟁소설의 특성을 밝혀내고자 그 일환

---

53) 애국적인 북한군의 모습을 형상화한 작품으로 이 글에서 언급하지 않은 작품으로는 서울 시가 방어 전투에서 수류탄을 안고 땅크 밑으로 들어가 폭파시키고 전사하는 리영우의 모습을 형상화한 박찬모의 「수류탄」(『문학예술』 4권 1호, 1951.4), 고향 해방전투에서 용감히 싸워 이긴 후에도 고향에는 전쟁이 끝난 후에 찾겠다고 하는 박경호의 애국심을 형상화한 리근영의 「고향」(『문학예술』 4권8호, 1951.11), 전투에서 용감히 싸운 전사 박경호의 이야기를 다룬 채규철의 「빛나는 고지」(『문학예술』 4권9호, 1951.12), 용감하고 애국적인 전사 박동구, 리창배의 이야기를 다룬 천세봉의 「고향의 아들」(『문학예술』 5권 1호, 1952.1), 신대원 문식이 분대장 영철의 지도로 미군 장교들을 포로로 잡아오게 된다는 이야기를 다룬 신동철의 「분대장의 목소리」(『문학예술』 5권1호, 1952.1), 조순필과 최영만 등 빨치산의 용감성과 애국심을 형상화한 박찬모의 「혈맥」(『문학예술』 5권2호, 1952.2), 적 대대장을 사로잡아 전투를 승리로 이끈 김용걸 소대장과 정찰병들의 이야기를 다룬 천청송의 「정찰병들」(『문학예술』 5권3호, 1952.3), 첫 전투에 나선 전투 조종사 김락준의 이야기를 다룬 현덕의 「첫전투에서」(『문학예술』 5권10호, 1952.10), 부상병 남정우의 용감성과 애국심을 다룬 리갑기의 「죽령」(『문학예술』 6권1호, 1953.1), 용감한 중기사수 리찬식과 간호원 현숙의 이야기를 다룬 김영석의 「사과나무」(『문학예술』 5권12호, 1952.12), 적의 폭격으로 가족과 집을 잃어버린 후 간호원이 된 례주와 부상으로 입원한 병사 정호의 이야기를 다룬 황건의 「행복」(『문학예술』 6권 2호, 1953.2), 무사고 주행으로 훈장을 받은 수송전사 윤수의 고향 방문 이야기를 다룬 엄흥섭의 「다시 넘는 고개」(『문학예술』 6권 4호, 1953.4), 부상당한 신중섭 분대장이 자신의 몸으로 철조망을 덮쳐 전우들로 하여금 자신의 몸을 밟고 지나가게 함으로써 전투에서의 승리를 이끈다는 이야기를 다룬 조정국의 「불꽃」(『문학예술』 6권 6호, 1953.6) 등이 있다.

으로서 한국군과 북한군이 어떻게 재현되고 있으며, 그 특징은 무엇인가에 대하여 살펴보고자 하였다. 이는 한국전쟁기에 발표된 전쟁소설에서 한국군과 북한군이 작품의 주요한 비중을 차지하고 있어 이 시기 작품의 특성을 잘 보여줄 수 있으리라 생각하였기 때문이다.

한국전쟁기 남한 전쟁소설의 특성은 다양성에서 찾을 수 있다. 남한의 전쟁소설은 전쟁에서의 승리를 위해 전의를 고취하고자 하는 목적의식을 강하게 드러내는 작품도 많지만, 한국전쟁기 현실의 모습을 다양한 인물의 형상화를 통해 보여주고 있는 작품도 적지 않다. 특히 후자의 경우에는 한국군과 북한군의 다면적 성격을 사실적으로 그려냄으로써 작품에 역동성을 부여하고 있는 바, 이는 남한 전쟁소설의 중요한 특성이 된다.

이에 비해 북한 전쟁소설의 특성은 단일성에서 찾을 수 있다. 거의 모든 작품들이 전의를 고취하고자 하는 목적의식을 강하게 드러내고 있으며, 북한군은 선인, 한국군은 악인이라는 기본적인 도식 하에 인물이 형상화되고 있다. 그 결과 인물은 유형화되고 주제 또한 천편일률적이어서 작품은 단조롭다는 인상을 주게 된다. 물론 이러한 특성은 ‘인민군의 영웅성과 완강성을 형상화하고 적에 대한 증오심을 옳게 표현하라’는 김일성의 요구와 밀접한 관련이 있는 바, 이러한 특성은 남한 문학과의 근본적 차이점이 된다.

Ⅲ. 한국전쟁기 남북한 소설의 여성 재현 양상

1. 서 론

한국전쟁에 관한 많은 기록들은 한국 사회에 미친 한국전쟁의 영향이 매우 심각한 것이었음을 잘 보여주고 있다. 따라서 한국전쟁은 전쟁 당시 여성들의 삶에도 다대한 영향을 미쳤으리라 여겨진다. 그럼에도 이에 관한 연구는 본격적으로 이루어지지 않고 있다. 이는 전쟁과 관련된 여성의 경험과 기억이 사적인 것으로 간주되어 왔기 때문일 것이다.[1] 이와 같은 현상은 한국문학 연구에서도 찾아볼 수 있다. 한국문학 작품 중에는 전쟁 중 여성의 삶이 어떠한 변화를 겪었는가를 보여주고 있는 작품이 적지 않음에도 이에 관한 연구는 아직까지 본격적으로 이루어지지 않고 있다.[2]

---

[1] 김현아, 『전쟁과 여성』(여름언덕, 2004), p.54.

[2] 최근에 이루어진 연구로는 동국대학교 문학연구소, 『한국문학과 여성』(아세아문화사, 2000), 니시야마 준코, 「한국여성종군작가연구」(동국대 석사학위 논문, 2002), 신영덕, 「한국전쟁기 남북한 전쟁소설의 특성」(『한국현대문학연구』14, 2003.12), 「한국전쟁기 남북한 소설의 탈식민주의적 연구」(『현대소설연구』23, 2004.9), 「한국전쟁기 소설의 여성 재현 양상」(『개신어문연구』23집, 2005), 성동민, 「남북한 전시소설연구」(동국대 박사학위논문, 2004.6), 이은자, 「남북한 전시소설에 나타난 여성상 연구」(『한중인문학연구』 제15집, 2005.8) 참조

따라서 본고에서는 한국전쟁기 남북한 소설을 대상으로 전시 하 여성이 어떠한 양상으로 재현되고 있는가에 대하여 살펴보고자 한다.[3]

전쟁과 여성의 상관성에 대한 연구는 많지 않지만, 이는 크게 두 방향에서 이루어져 왔다.[4] 하나는 전쟁 피해자로서의 여성에 대한 연구로서 여성에 대한 학살, 강간, 폭행 등 주로 전쟁 중 남성이나 국가가 여성들에게 가한 성적 학대 등의 사실에 주목하고 있으며, 다른 하나는 전쟁 기간이나 전후에 이루어진 여성의 경제활동과 지위변화에 주목하는 연구로서 전쟁이 여성 사회의 근대성을 앞당기는 역할을 했다는 점을 강조하고 있다.

이와 같은 연구 방법은 한국전쟁기 남북한 소설의 여성 재현 양상에 대한 연구에 있어서도 유용할 것으로 판단된다. 왜냐하면 한국전쟁기 남북한 소설 역시 위와 같이 크게 두 가지, 여성을 전쟁 피해자로 부각시키고 있는 작품과 전쟁으로 인한 여성의 지위 변화에 주목하고 있는 작품으로 구분할 수 있기 때문이다.[5] 따라서 본고에서는 여성의 재현 양상을 이와 같이 두 유형으로 구분하여 각각의 특성과 의의에 대해서 살펴보고자 한다.

2. 전쟁 피해자로서의 여성

한국전쟁 당시에는 학살, 강간 등 성폭행을 당한 여성이 대단히 많았을 것으로 추정되고 있다. 전쟁 직후 이승만 정부에 의해 이루어진 국민보도

---

3) 여성 재현 연구의 의의에 대해서는 John McLeod, *Beginning postcolonialism*(Manchester and New york : Manchester University Press, 2000), 태혜숙, 『탈식민주의 페미니즘』(여이연, 2001) 참조

4) 이임하, 『한국전쟁과 젠더─여성, 전쟁을 넘어 일어서다』(서해문집, 2004), pp.17-18.

5) 한국전쟁기 남북한에서 발표된 작품은 상당히 많다. 따라서 본고에서는 남한 소설의 경우에는 한국전쟁기를 대표한다고 생각되는 종군작가들의 작품으로 한정하고, 북한 소설의 경우에는 국내에서 구할 수 있는 가능한 모든 작품을 대상으로 하고자 하였다.

연맹원의 집단 학살 사건, 군에 의한 민간인 학살 및 강간 사건 등은 최근 많은 자료를 통해 입증되고 있다. 그런데 한국전쟁기에 발표된 남북한 소설은 이와 같은 현실의 모습을 보여줌에 있어서 많은 차이를 드러내고 있다. 이는 남북한 문단 현실의 차이와 밀접한 관련이 있으리라 여겨지는 바, 여기에서는 이 점에 주목하여 살펴보고자 한다.

가. 남한 소설의 경우

한국전쟁기에 발표된 남한 소설 중 여성들이 학살당하는 장면을 구체적으로 묘사한 작품은 거의 없다. 대부분의 작품들은 전쟁 시기에 여성들이 남성으로부터 강간 등의 피해를 당한 사실만을 간단히 언급하고 있을 뿐이다.

곽하신의 「죄와벌」(『자유세계』9, 1953.4)은 남편이 군에 들어가자 남편의 친구에게 강간을 당하고 임신까지 하게 되는 여성의 이야기를 통해 전쟁에서의 승리를 강조하면서도 경제적 생활 능력이 없는 군 가족에 대해 별다른 대책을 마련해주지 못하고 있는 정부를 비판하고 있다는 점에서 주목할 만하다. 이 작품은 주인공 옥영이 평범한 여성이 아니라, 나라를 위해 싸움터에 나간 병정의 아내라는 것을 다음과 같이 강조하고 있는 것이다.

> 남편이나 오빠를 전쟁터에 보낸 것이 무엇이 죄이길래 그런 녀석에게 밟혀야 되나. 전쟁은 이겨야 한다고들 떠들면서 싸우는 병정의 아내나 누이들은 까딱하면 그런 놈의 꾀임에 넘어가기가 일쑤다.[6]

그런데 한국전쟁기에는 공산주의자에 의해 여성들이 강간당하였음을 보여주고 있는 작품도 많이 발표되었다. 김송의 『영원히 사는 것』(백영사,

---

6) 곽하신, 『신작로』(희망사, 1955), p.46.

1952)에서는 적치 하 서울에서 빨치산 부대 장교인 주몽일에 의해 강간당한 나미, 박영준의 『애정의 계곡』(삼성사, 1953)에서는 좌익 계열의 선생이었던 정인한에 의해 강간당한 초희, 최독견의 『애정무한성』(『서울신문』, 1952.7.16-1953.2.24)에서는 '괴뢰군들에게 몸을 더럽힌 채' 쫓겨난 옥순과 소련 장교에 의해 강간의 위험을 당한 성희 등의 모습이 그 예에 해당한다. 전시 하 강간은 여성의 몸을 통해 사람들을 위협하고, 파괴하고, 공포스럽게 하는 성화된 폭력으로, 여성에 대한 성폭력이 '적' 남성에 대한 가장 상징적인 모욕이며 공동체를 파괴하는 무기가 된다는 가정 하에 전략적으로 채택되는 군사전술이다. 따라서 가부장제 사회에서 성폭력은 여성 개인에 대한 폭력이나 인권에 대한 침해라기보다는 여성이 속한 집단에 대한 수치나 불명예로 인식된다.[7] 이런 의미에서 볼 때, 공산주의자에 의한 강간 이야기는 사실 여부를 떠나 공산주의에 대한 적개심을 불러일으킬 수 있는 좋은 소재가 되었을 것으로 판단된다.

한편, 남한 소설은 전쟁 당시 여성들이 이념 문제 특히 부역 행위로 인해 많은 피해를 당하였음을 보여주기도 한다. 전시 하 부역 행위자 중에는 자발적으로 부역한 사람들도 있었지만, 자신의 생명을 위해 어쩔 수 없이 부역한 사람들도 많았다. 그럼에도 이들은 대부분 부역 행위를 하였다는 사실만으로 크고 작은 고통을 당하게 되는데, 여성 역시 이로부터 자유롭지 않았음은 여러 작품 속에 나타난다. 정비석의 『애정무한』(창조사, 1951)에서는 선옥이 여성 동맹 관계 일로 유치장 생활을 한 탓에 병이 심해져 결국에는 죽게 된다는 이야기를, 손소희의 「결심」(『적화삼삭구인집』, 국제보도연맹, 1951)에서는 영희와 정숙이 미술동맹 가입 문제 때문에 고민하다가 가입하지 않으면 살아나기 힘들 것이라고 생각해 결국 미술동맹에 가입하게 된다는 이야기를, 안수길의 「갱생기」(『해병과 상륙』, 계문사, 1953)에

---

7) 김현아, 앞의 책, p.57 참조.

서는 지애라는 여성이 집에 숨어 지내는 국군 중위인 오빠의 신변을 위해 여맹의 열성분자로 활동하다가 서울이 수복되자 자살한다는 이야기를 통해 전쟁 당시 많은 여성들이 이념 특히 부역행위 문제로 피해를 당하였음을 보여주고 있는 것이다.8)

곽하신의 「혼선」(『연합신문』, 1953.1.16-19)은 전시 하 여성들이 전쟁뿐만 아니라 가부장제적 가치관에 의해서도 고통 받았음을 보여준다. 이 작품은 전쟁으로 인해 남편의 생사를 알 수 없게 된 한 여성이 생활의 고통을 겪던 중 남편이 오면 헤어진다는 조건으로 다른 남자와 계약 결혼을 하였다가, 이후 돌아온 남편으로부터 조소를 당한다는 이야기를 들려주고 있다. 작가는 이 작품을 통해 전시라는 혼란기 속에서 여성들의 성 의식이 혼선을 빚고 있음을 비판하고 있는 셈인데, 이는 역으로 전시 하 여성들이 전쟁의 고통 외에도 가부장제적 가치관에 의해 이중으로 고통을 당하고 있음을 보여준다고 할 것이다.

이처럼 한국전쟁기 남한 소설은 대부분 강간, 이념 문제, 가부장제적 사회 모순 등으로 인해 고통을 당하는 여성들의 모습을 보여주고 있다. 그리고 일부 작품은 공산주의자에 의해 강간을 당한 여성의 모습을 통해 공산주의에 대한 적개심을 고취하고 있어 이념적으로 경직된 한국전쟁기 남한 문단의 분위기를 반영하고 있다.

나. 북한 소설의 경우

한국전쟁 당시 북한에서는 한국전쟁을 '조국해방전쟁'으로 명명하면서 일본 제국주의 대신에 새로이 한반도를 차지하고자 하는 미국제국주의의 침략에 대항해야 함을 강조하였다. 이 시기 조선노동당에서는 사회주의적

---

8) 부역자 문제를 다룬 작품으로는 염상섭의 「탐내는 하꼬방」(『신생공론』, 1951.7), 「쩍 나이프」(1951.9.18), 「자전거」(1952.6.25), 「가택수색」(『대한신문』, 1953.7.20) 등이 있다.

사실주의를 창작 원리로 제시하였지만, 보다 직접적인 창작 지침은 전쟁 승리를 위한 '문학 예술의 무기화'를 주장한 김일성의 연설 내용에 기초하고 있다. 문학 예술의 무기화 지침은 한국전쟁기 북한 소설의 여성 재현에도 반영되고 있는 바, 북한 여성들이 전쟁 당시 미군 혹은 한국군, 경찰 등에 의해 학살 혹은 강간 등의 성폭행을 당하였음을 강조함으로써 이들에 대한 적개심을 고취하고 있는 것이다.

리정숙의 「보비」(『문학예술』 5권11호, 1952.11)에서는 여주인공 보비의 애국적 활동을 보여주는 가운데 남한 경관이 북한 여성을 잔인하게 학살하는 장면을 다음과 같이 구체적으로 묘사하고 있다.

> 경관놈들은 모두 네 놈인데 놈들이 삽으로 흙을 메꾸고 있는 구덩이 속에는 한 녀인이 까무러치게 우는 어린것을 껴안고 있었다. 녀인의 갈래갈래 찢겨진 흰옷은 구덩이로 쏠려드는 바람에 펄럭이는데 그 하반신은 이미 흙 속에 파묻혀 보이지 않았다. 「중략」 놈들이 퍼 던지는 흙이 가슴에 닿았을 때, 녀인은 신음 소리처럼 '아가'하고는 어린 것을 머리위에 치켜들었다. 갓난애는 더욱 숨이 끊어질 듯이 울어댔다. 사정 없이 뒤덮이는 흙이 어깨 위에 찼을 때 녀인의 두 팔은 꺾이운 듯이 툭 떨어졌다. 어린 것도 땅 위에 굴러내렸다.[9]

북한 여성들이 미군에게 강간당한 이야기는 천청송의 「정찰병들」(『문학예술』 5권3호, 1952.3)에서 찾아볼 수 있다. 이 작품은 탈주병인 최만길이 자기의 누이동생이 '미국놈들'에게 윤간을 당하여 죽은 것을 알고 앙심을 먹고 있던 중 '미국놈 두 놈'이 병든 피난민 여인을 강간하려고 덤비는 것을 직접 목도하자 분이 치밀어 총으로 갈겨버린다는 내용의 이야기를 들려주고 있다.

리근영의 「고향」(『문학예술』 4권8호, 1951.11)은 미군의 가해 행위를 매우

---

9) 리정숙의 「보비」(『문학예술』 5권11호, 1952.11), p.34.

구체적으로 묘사하고 있다는 점에서 주목된다. 이 작품은 경호의 어머니가 일제하 '일본 놈'한테 한쪽 눈을 상하였었는데, 이후 성한 눈마저 '미국놈'에게 빼앗기는 것으로 다음과 같이 묘사하고 있다.

> 경호의 어머니와 동생은 집 뒤 두 그루의 밤나무에 묶히였었는데 처음 넓은 까-제로 어머니의 이마를 밤나무에 동여매고 젖통 위를 묶고 무릎 위를 묶고 끝으로 발목을 묶은 다음 성한 눈에 못을 박았다.[10]

이북명의 「악마」(『문학예술』 4권1호, 1951.4)에서는 미군들이 박첨지의 코를 철사로 꿰어 기어가게 하고 쇠줄에 꿴 큰아들의 머리와 며느리의 머리를 목에 걸고 있게 하였으며, 한국군은 북한 여성을 겁탈하고 갓난아기를 밟아 죽이는 것으로 묘사하고 있다. 그리고 허만세 치안대장은 '명예와 지위라면 자기의 안해라도 내주기를 사양하지 않는 칙칙한' 인물로서 '쟉크'란 미군에게 딸 '만달이'를 바치고 그 대가로 치안대장의 자리를 얻은 것으로 묘사되고 있는 것이다. 피해자로서의 여성 재현이 사실 그 자체보다는 적에 대한 적개심을 고취하는 데 우선적 목적이 있음을 보여준다고 할 것이다.[11]

이상에서 살펴본 바와 같이 한국전쟁기 북한 소설은 대부분 학살당하는 북한 여성의 모습을 구체적으로 보여주면서 미군과 한국군, 경찰 등에 대한 적개심을 고취하는 데 초점을 맞추고 있다. 다분히 도식적이고 천편일

---

10) 리근영의 「고향」(『문학예술』 4권8호, 1951.11), p.40.
11) 변희근의 「첫눈」(『문학예술』 5권12호, 1952.12) 역시 치안대장 김치부의 모습을 부정적으로 형상화하고 있다. 치안대장 김치부는 주독이 올라 '지지벌건 낯짝'으로 미군과 함께 명옥의 집에 들어와 놀라서 울어대는 명옥의 아들 순돌을 집어 던져 죽게 만든다. 그리고 명옥을 겁탈하려고 하는 애꾸눈 미군에게 반항하였다고 하여 그녀를 감옥에 가둔다. 또한 그는 절름발이인 장로의 딸과 결혼하게 되는데, 이는 '미군놈들이 가장 신임하는 앞잡이인 장로를 꼬여 출세를 하기 위한 술책'에서 비롯된 것으로 나타난다.

률적으로 피해자 여성의 모습을 보여주고 있다는 점과 학살 및 강간 등의 성폭행 장면을 매우 구체적으로 묘사함으로써 적에 대한 적개심을 고취하고 있다는 점 등에서 남한 소설과 큰 차이를 보이고 있는데, 이러한 차이는 북한 문인들이 당의 지침을 따라 창작해야 하는 북한 문단의 현실과 밀접한 관련이 있으리라 생각한다.

3. 전쟁으로 인한 여성의 지위 변화 양상

한국전쟁 당시에는 전쟁으로 인한 남성의 부재로 여성들이 사회 전면에 나서게 되었다. 사회적, 경제적 활동을 하게 된 여성들과 전선에 나선 여성들이 그 예에 해당한다. 한국전쟁기에 발표된 소설 중에는 이처럼 전쟁으로 인해 지위가 변모된 여성들의 모습을 그린 작품들이 적지 않은데, 여기에서도 남북한 소설 간에 큰 차이를 보여주고 있어 주목된다.

가. 남한 소설의 경우

한국전쟁 당시 남한의 여성들은 대부분 가부장제적 사회 속에서 경제적인 문제를 전적으로 남편에게 의존하고 있었고 교육의 혜택을 받지 못하였기 때문에 이들의 경제 활동에는 한계가 있었다. 대부분의 여성은 소자본으로 장사를 하거나 육체노동을 통한 저임금에 의지할 수밖에 없었으며, 이것마저도 여의치 않은 여성들은 다른 남성에게 의지하거나 성매매를 통해 생활비를 벌어야 했는데, 한국전쟁기 남한 소설은 이러한 현실을 잘 보여주고 있다.

김송의 「나체상」(『문예』 16, 1953.6)은 대표적인 작품에 해당한다. 이 작품은 전쟁으로 인해 남편을 잃고 장사를 하다가 결국에는 성매매를 하게 된 여성에 관한 이야기를 들려주고 있다. 이 작품의 주인공 '그 여자'는 화가인 남편이 납북 당하자 네 살 난 아들과 함께 생활고에 시달리게 되어 "지니고 온 물건을 꼭감꼬치 빼여먹드시 한개식 한개식"12) 팔아먹다가 양담배 장사를 시작한다. 처음에는 장사가 잘 되어 규모를 크게 확장하였으나 "양키 물품은 한국에 들어온 유엔군의 탄환이나 무기와 같애서 민간인의 사사매매는 위법"13)이라, 모든 물건을 몰수당한다. 맥이 풀린 그녀는 거의 반달이나 앓다가 새로운 장사를 시작한다. 그것은 딸라(군표) 장사였다. 처음에는 오백만 원으로 시작한 것이 삼천만 원에까지 이를 정도로 수입이 좋았다. 그러나 극히 비밀리에 진행된 '딸라 개혁'이 돌발하여 종래의 낡은 '딸라'는 새 것의 등장과 함께 무효가 되고 만다. 할 수 없이 그녀는 돈을 빌어서 살아가지만 "고리돈을 써가면서 사는 것은 돈꾸레미로 목아지를 졸라매는 것과 같이 괴로운 노릇"14) 이기에, 그녀는 잘 먹지 못하는 술을 마시고 이웃집 중년 부인과 같이 방문을 열어 놓고 성매매를 하게 된다는 것이다. 전쟁으로 남편을 잃은 여성이 생계를 위해 경제적 활동을 하다가 성매매의 길을 택할 수밖에 없었던 당대 여성의 현실을 매우 구체적으로 보여주고 있다는 점에서 이 작품의 의의를 찾을 수 있다.

유주현의 「절정」(『대구신보』, 1952.1)은 전쟁으로 인해 성매매 여성이 된 국군 장교 부인의 모습을 보여주고 있다. 주인공 영애의 남편은 육군 소위인데, '동란'이 난 그날 밤 일선으로 달려간 후 일 년 반이 되도록 소식이 없고, 월남해 온 그들에게는 의지해 볼 친척도 없어, 영애는 "만 스무 시간이 넘도록 입에 낟알이라곤 넣지 못한 형편"15)이 되자 중학 동창생인 명숙을 찾아간다. 성매매를 하고 있는 명숙은 영애에게 밥까지 굶어가며

---

12) 『문예』 16호, 1953.6, p.116.

13) 위의 책, p.117.

14) 위의 책, p.120.

15) 유주현, 『자매계보』(동아문화사, 1953), p.89.

고생하지 말고 자기처럼 몸을 내놓으라고 충고한다. 결국 영애는 명숙의 집에서 '알 수 없는 사나이'에 의해 몸을 더럽히고 이튿날 아침 신문에 실린 포로 명부에서 남편의 이름을 발견하게 되자 괴로움에 못 이겨 자살을 하고 만다. 이 작품은 이처럼 전쟁 기간에는 국군 장교 부인도 굶주림의 고통으로 인해 성매매를 하게 되었다는 내용의 이야기를 통해 전시 하 여성이 처한 현실의 비극성을 충격적으로 보여주고 있다.16)

정비석의 「서북풍」(『서북풍』, 보문출판사, 1953)은 전쟁 이전 부유했던 가정의 여성이 전쟁으로 인해 굶주림의 고통을 겪게 될 뿐 아니라 강간을 당하고 급기야는 '양공주'의 길을 걷게 되는 모습을 보여주고 있다.17) 그런데 이 작품은 이와 같은 처지에 놓인 여성에게 애국심으로 현실을 극복할 것을 주장한다는 점에서 특징적이다. '양갈보' 노릇을 하는 동창생 강춘옥을 따라 미군 환송 파티에 참석한 경미는 군인이 되어 일선으로 떠나는 한형준을 만나게 되었는데, 그는 눈물을 흘리는 경미에게 다음과 같이 말하고 있는 것이다.

---

16) 박용구의 「안개는 아직도」(1953) 역시 생계를 위해 성매매를 하게 된 여성의 이야기를 다루고 있다. 이 작품은 사건 내용보다는 그것을 드러내는 수법이 새로웠다는 점에서 평자들로부터 많은 주목을 받았다. 즉, 이 작품은 당대의 작가로는 드물게 자유연상 기법을 통해 전쟁기 현실의 참상을 그려내고 있다. 전쟁으로 인해 '타고 허물어진 안개가 자욱한 서울 거리'와 성매매 행위를 하는 경애의 모습, 그리고 어렸을 적 같은 고향에 살면서 경애를 쫓아다녔던 길수, 전 남편 문식, K광업회사에 다니는 철마에 관한 회상 등이 그것이다. 이 작품에 대한 평가로는 유동준의 「전란 속의 인간」(『서울신문』, 1953. 3.29) 참조.

17) 외국인 남성을 상대로 군대 매춘에 종사하는 한국인 여성은 '양갈보', '양공주', '양키 창녀', '양키 마누라', '유엔 레이디', '서양 공주' 등으로 호명되고 내국인 상대의 성매매 여성에 비해 상대적으로 더욱 비하되었다. 한국전쟁이 끝난 후 이 용어는 그 범위가 더 넓어져 미국 군인과 결혼한 한국인 여성들('GI 신부'라고 경멸적으로 불렀다)까지 포괄하게 되었다. 그리고 전후 한국에서 양공주라는 용어는 GI 신부와 동의어가 되었으며, 그래서 인종간 결혼을 한 한국 여성들 또한 양공주로 간주되었다. 김현숙, 「민족의 상징, 양공주―진보적 또는 대중 문화 텍스트 속의 노동 계급 여성의 재현」, 일레인 김, 최정무 편저, 박은미 옮김, 『위험한 여성―젠더와 한국의 민족주의』(삼인, 2001), p.221.

「울지 마십시오. 눈물이 여자의 무기이던 시대는 이미 지났습니다. 경미씨는 싸우는 여성이 되어 주십시오. 국가를 위하여, 자신을 위하여, 외계의 모든 유혹과 용감히 싸우면서 정당하게 살아가는 여성이 되어주십시오.」[18]

이처럼 한국전쟁기 남한 소설에는 전쟁으로 인해 성매매의 길을 택한 여성들의 모습을 재현한 작품이 대단히 많은데, 김송의 「불사신」(『전선문학』 5, 1953.5)은 전쟁기 후방 사회의 타락상을 비판하면서 성적으로 타락한 여성들의 모습을 비판적으로 보여주고 있다. 여성들의 타락상은 주로 영욱의 가정을 통해 나타난다. 주인공 이영철 중위의 형 영욱은 귀족의 저택을 연상케 할 정도로 으리으리한 집에 살면서 초희라는 여성을 첩으로 두고 있다. 그런데 초희는 한때 이영철 중위가 사랑했던 여자였다. 그녀가 이렇게 타락하게 된 동기는 전쟁으로 인한 가난 때문이었으나, 그녀 자신의 허영심과도 밀접한 관련이 있는 것으로 나타난다. '화려한 일'을 좋아하는 그녀는 다방 '레지'가 되어 여러 남성을 알게 되고 이후 돈 많은 영욱의 첩이 되었기 때문이다. 그리고 영철의 여동생 영숙 역시 대학생이면서도 화려한 옷차림에 화장도 '유엔 매담'처럼 짙게 하고 의심쩍은 파티에 나다니고 있는 것으로 나타난다. 전시 하 여성들의 성적 타락이 가난 때문이라기보다는 여성들의 허영심에서 비롯되었음을 보여주고 있는 것이다.

전시 하 여성들의 성적 타락이 여성의 그릇된 의식과 관련되어 있다는 생각은 염상섭 소설에서도 찾아볼 수 있다. '전쟁은 전쟁, 연애는 연애'라는 식으로 전쟁과는 전혀 상관없이 살아가는 중년 부인 취원과 선옥 등이 나이가 갓 서른 살인 유부남 최호남을 차지하기 위해 갈등을 일으킨다는 『홍염』(『자유세계』 창간호, 1952.1-1953.2), 월북한 남편 공산주의자 장진과

---

18) 『서북풍』(보문출판사, 1953), p.218.

헤어지고 난 강순제가 사장 김학수의 여비서 겸 첩 노릇을 하면서 인생의 쾌락을 추구한다는 『취우』(『조선일보』, 1952.7.18-1953.2.10), 성적으로 타락한 정숙영 등 전쟁으로 초라해진 중년 부인들의 모습을 그린 「거품」(『신천지』 7권 2호, 1951.3), 먹고 살 수 있는 방도가 마련되지 않은 상태에서는 남자와의 거래가 필요하다고 하는 정원이와 돈만 있으면 술장수라도 하고 싶다는 순원이의 삶을 그린 「해 지는 보금자리 풍경」(『문화세계』, 1953.7) 등이 그것이다.19)

한편, 한국전쟁기 소설 중에는 전선으로 나선 여성들의 모습을 그린 작품도 적지 않다. 정비석의 「간호장교」(『전선문학』 2, 1952.12)는 대표적인 작품에 해당한다. 이 작품은 전쟁으로 인해 전선에 나서게 된 간호장교 김선주 소위와 애국심이 뛰어난 이건호 소위의 이야기를 통해 젊은이들의 애국심과 전선지원을 고취하고 있다. 이건호 소위와 김선주 소위는 2년 전까지 서로 사랑하던 사이였는데, '중공 오랑캐들' 때문에 서울을 두 번째 내놓게 되자, '조국애에 불타는' 이건호는 교직을 내던지고 육군 간부후보생으로 군에 들어간다. 김선주 역시 사랑하는 사람에게 부끄럽지 않기 위해 육군 간호원이 되고, 이후 두 사람은 서로가 상대방을 진실로 사랑하고 있음을 알게 되어 '무언의 맹세'를 약속하는 손을 마주잡게 된다. 김선주의 전선 지원이 사랑하는 남성 이건호의 뛰어난 애국심 때문이었음

---

19) 이외에도 "한 남자에게서 상처를 입고 인생의 전부를 슬퍼하기보다는 도리어 많은 남자들을 울리고 곯려서 인생을 향락하는 즐거움을 갖자는 주의" (p.49)로 생활하다가 차에 치어 죽은 은주와 남편이 북한으로 끌려간 후 소식이 없자 지니고 있는 재산으로 "그날그날을 되는대로 살아가는 유한마담"(p.83) 미라 등의 모습을 그린 최인욱의 『행복의 위치』(『대구신보』, 1952), 전쟁 상황 속에서도 향락적인 삶을 영위하는 유한부인들의 모습을 그린 정비석의 『여성전선』(한국출판사, 1952), 육체적, 정신적 양면 생활을 모두 만족시키기 위해서는 김명구나 최충림이나 두 사람 전부가 필요하다고 생각하는 언니 경순의 모습을 다룬 박영준의 『열풍』(『경향신문』, 1953.1-6) 등은 그 예에 해당한다고 할 것이다. 이처럼 한국전쟁기에는 성적으로 타락한 여성들의 이야기를 다루고 있는 작품이 많이 발표되었는데, 이러한 현상은 한국 사회를 지배해 온 가부장제적 가치관과도 밀접한 관련이 있다고 할 것이다.

을 보여주고 있는 것이다. 그런데 이 작품은 전쟁 당시 여성들이 사랑하는 남성을 따라 군에 지원하였다는 이야기를 통해 여성의 전선 지원을 다분히 낭만적인 것으로 묘사하고, 전선에서의 역할 역시 전투에 직접 참여하기보다는 부상자를 간호하는 일로 제한함으로써 전선에서의 여성의 지위가 다분히 부차적이고 보조적이었음을 보여주고 있다.

여성이 사랑하는 남자를 따라 군에 지원한다는 이야기는 여성 작가인 장덕조의 「젊은 힘」(『전쟁과 소설』, 계몽사, 1951)에서도 찾아볼 수 있다. 여주인공 미혜와 청년 고정훈은 서로 사랑하는 사이이다. 전쟁의 발발로 둘은 잠시 갈등을 겪게 되지만, 결국 미혜는 아버지의 뜻과는 반대로 '여자의용군'의 길을 택함으로써 정훈과 미래를 같이 한다는 이야기를 통해 이 작품 역시 청춘남녀의 전선 지원을 독려하고 있어 전쟁기 소설의 특성을 보여주고 있다. 미혜가 사랑하는 청년 고정훈이 '지금이야말로 조국이란 무엇인가를 깨달을 때'라고 하면서, 언제나 '군인답게' 한국청년의 책무를 강조한다는 사실은 한 예가 될 것이다.[20]

한국전쟁기 남한 소설은 이처럼 전쟁으로 인해 경제적, 군사적 활동을 하게 된 여성을 통해 남성중심적 가부장제 사회의 변화된 모습을 보여주고 있다. 그러나 여성들의 경제 활동은 주로 소상인, 타이피스트, 다방 경영, 성매매 등에 제한되어 있고, 게다가 많은 작품들은 경제적 활동을 하는 여성들을 비판적으로 재현하고 있어 가부장제적 가치관이 여전히 한국 사회를 강고하게 지배하고 있었음을 보여준다. 그리고 전선에 나선 여성의 경우에는 전선 지원 동기가 다분히 남성 의존적으로 되어 있으며, 전투에 직접 참여하는 전투원보다는 부상자 간호 등의 보조적 역할을 수행

---

20) 이외에도 전선으로 나서는 여성의 모습을 그린 작품은 박간호부장과 오은희를 비롯한 외과병원 간호원들이 위험에 처한 국가를 위해 총궐기하여 전선 종군을 지원한다는 장덕조의 「선물」(『전선문학』 4, 1953.4), 문학 소녀였던 미이가 전쟁을 통해 가족을 잃는 비운을 겪으면서 국가에 대한 사명감을 느끼고 간호장교의 길로 나서게 된다는 안수길의 「제3인간형」(『자유세계』 10, 1953.6) 등이 있다.

한 것으로 재현되고 있어 한국전쟁기 여성의 지위 변화가 지극히 제한적이었음을 보여준다.

나. 북한 소설의 경우

한국전쟁기 북한 소설은 피해자 여성을 통해 적의 잔인성을 고발하고 적에 대한 적개심을 고취하는 가운데, 한편으로는 애국적인 여성들의 모습을 통해 애국심을 고취하고 있다. 북한 소설에서는 사회 활동 혹은 군사적 투쟁을 하는 여성을 대부분 영웅적으로 형상화하고 있어 남한 소설과 큰 차이를 보여준다.

이종민의 「궤도위에서」(『문학예술』 4권8호, 1951.11)는 기차 승무원 인순이의 애국심을 형상화한 작품이다. 인순이는 적의 폭격으로 레일이 파괴되자 휴가를 단념하고 레일 복구를 위해 애쓰는 애국적인 여성이다. 그녀는 오빠 인호의 중재로 송남 동무와 약혼을 하였는데, 송남이가 어느 날 '모래둑에 박힌 시한탄'을 파헤쳐 치우다가 상처를 입어 그의 뺨이 보기 흉하게 된다. 이에 인순의 마음이 흔들리는데, 오빠는 다음과 같이 말한다.

> 넌 송남 동무가 그처럼 됐다 해서 마치 꼭 채우잖은 수도 꼭지에서 똑똑 새여 흐르는 물방울처럼 간간이 락망을 가지는 것보담두 누가 그를 그렇게 했나 하구 보복할 줄 알아야 하구, 그를 더 존경하구 사랑해야 한다.21)

결국 인순은 오빠의 말을 듣고 약혼하던 날의 약속을 생각하며 송남의 기운을 돋우어 주기로 결심하게 된다. 인순은 약혼자의 보기 싫게 된 외모에 마음이 잠시 흔들렸지만 애국적 차원에서 송남과 함께 하고자 한 것

---

21) 이종민의 「궤도위에서」(『문학예술』 4권8호, 1951.11)

이다. 애국적 여성의 모습을 재현하고자 한 이와 같은 작품은 전쟁 당시 남한에서도 많이 발표되었는데, 남한 소설과의 차이는 그 내용이 좋고 나쁨을 떠나 다소 천편일률적이라는 점이다. 예를 들면, 약혼자가 전선에서 부상을 당하게 되자 헤어지고 만다는 김동리의 「순정기」와 같은 작품은 북한에서는 찾아볼 수 없는 것이다.22)

애국적인 여성의 모습은 황건의 「안해」(『문학예술』 4권6호, 1951.9)에서도 찾아볼 수 있다. 이 작품은 연약한 여성이었지만 투쟁 과정을 통해 용감한 전사가 되는 탄실의 모습을 보여주고 있다. 탄실은 남편의 지도에 따라 삐라를 붙이는 일을 하다가, 치안대 본부와 이전 중학교 자리였던 미군 사령부 국기 게양대에 '공화국기'를 다는 등의 업무를 수행하면서 점점 단련되고 익숙해져가는 여성의 모습을 보여주고 있다. 그리고 탄실이 의형제 정옥과 함께 군수품 창고에 불을 지르라는 명령을 받고 일을 수행하다가 붙잡혀 취조와 고문의 고통을 당하지만 빨치산들이 미군과 '국방군'을 섬멸할 수 있게 되고, 이후 빨치산 부대가 '인민군대와 중국 인민지원군'과 함께 쳐들어오자 기쁨의 눈물을 흘린다는 내용을 통해 '승리에 대한 신심'을 보여주고 있다. 연약했던 여성이 애국적인 전사로 성장하는 과정을 통해 애국심을 고취하고 승리에 대한 확신을 강조하고 있음을 알 수 있다.

애국적인 여성의 이야기는 이외에도 많다. 복실이라는 간호원의 애국심에 관한 이야기를 다룬 한설야의 「황초령」(『문학예술』 5권6호, 1952.6), 전화국 교환수 보비의 영웅적 투쟁을 형상화하고 있는 리정숙의 「보비」(『문학예술』 5권11호, 1952.11), 전선으로 떠난 북한군의 아내 이야기를 다룬 리갑기의 「사진」(『문학예술』 5권9호, 1952.9), 폭격으로 불타는 공장 속에서 전기로를 구하다가 얼굴에 화상을 입은 탄실이와 화상을 당한 탄실을 변함없이

---

22) 이 점에 대한 상세한 설명은 신영덕, 「한국전쟁기 남북한 전쟁소설의 특성 — 한국군과 북한군의 형상화 양상을 중심으로」(『한국현대문학연구』 14, 2003.12), pp.84-86 참조.

사랑하는 박창선 전사의 이야기를 다룬 변희근의 「행복한 사람들」(『문학예술』 6권 6호, 1953.6), 용감한 중기사수 리찬식과 간호원 현숙의 이야기를 다룬 김영석의 「사과나무」(『문학예술』 5권 12호, 1952.12), 적의 폭격으로 가족과 집을 잃어버린 후 간호원이 된 례주와 부상으로 입원한 병사 정호의 이야기를 다룬 황건의 「행복」(『문학예술』 6권 2호, 1953.2) 등이 그 예에 해당하는 작품이라고 할 수 있다. 이들 모두 적에 대한 적개심과 애국심을 고취한다는 점에서 공통점을 드러내고 있어 천편일률적이고 도식적이라는 느낌을 준다.

그런데 리춘영의 「투쟁」(『문학예술』 5권 7호, 1952.7)은 여의사 김은희의 이야기를 통해 북한 내에 여전히 존재하고 있는 '반동적' 인물들을 어떻게 대할 것인가에 대한 고민의 흔적을 보여준다는 점에서 흥미롭다. 경기도 수원 근처 병점이라는 가난한 농촌 산마을에서 태어난 김은희는 서울서 가정교사 노릇하며 여의전을 다니다가 서대문 적십자 병원에 근무하게 되고, 해방 후에는 진보적 의사들의 선두에 서서 투쟁하다가 미군정의 탄압으로 월북하였는데, 전쟁 이후 한 진료소에 근무하게 되면서 사십이 남짓한 소장과 갈등을 겪게 된다. 왜냐하면 그는 여전히 남한 사회를 기웃거리는 인물로서 무사안일주의적 태도로 생활하고 있기 때문이다. 따라서 김은희는 그에 맞서 싸울 것을 생각하였는데 어느 날 적 비행기의 폭격과 시한탄 폭발로 간호원이 사망하고 자신은 부상을 당하게 되자, '강소장 따위는 문제가 아니라고 생각하며 무고한 인민들을 죽음 속에 몰아넣고 있는 피에 주린 이리떼들을 몰아내야겠다는 불사신 같은 용기'를 보인다는 것이다. 이 작품은 이처럼 '반동적' 인물들이 북한 사회 내에 존재하고 있음을 보여주면서 이들을 어떻게 처리할 것인가에 대해서보다는 우선 당면한 적과 싸우는 데 총력을 기울여야 함을 보여주고 있는 것이다.

한편, 임순득의 「조옥희」(『문학예술』 4권 3호, 1951.6)는 빨치산이 된 여성의 이야기를 통해 김일성을 찬양하고 있다는 점에서 주목할 만하다. 빈농의 딸인 옥희는 광산 노동자에게 출가하였으나 1년이 못되어 남편이 광산 갱내에서 죽게 된다. 나이 스물에 홀몸이 된 그녀는 전쟁 중 후퇴하라는 동료의 말을 듣지 않고 입당하던 날의 각오를 떠올리며, 미군 습격에서 분대장 역할을 맡아 임무를 완수한 후 미군에게 붙잡혀 고문을 받다가 총살당하게 된다.[23] 이 작품은 이처럼 애국적인 전사가 된 옥희의 투쟁활동을 보여주면서, 한편으로는 "조선의 자유와 독립을 위하여 청춘을 바쳐 싸우신 당신을 본받아 인민의 한 사람인 저도 어찌 그 길을 따르지 않으오리까"[24](p.20) 라고 결심하는 옥희의 모습을 통해 '김일성'을 찬양하고 있어 이 시기 북한 소설의 또 다른 특성을 보여주고 있다.[25]

변희근의 「첫눈」(『문학예술』 5권12호, 1952.12)도 이와 유사한 경향의 작품이다. 이 작품은 명옥이라는 여성이 자신을 겁탈하고자 하는 미군에게 반항한 죄로 감옥에 갇히지만 감옥에서 세포위원장인 철웅을 만나 '승리에 대한 신심'을 갖게 되고, 감옥을 나온 후에는 적들의 무기 창고를 폭파하는 공작에 참가하여 결혼 잔칫날 김치부네 집을 수류탄으로 폭파시킨 후 새 투쟁 생활이 기다리고 있는 매봉산을 향해 간다는 이야기를 통해 평범했던 가정주부가 군사적 투쟁의 길로 나서게 된 과정을 구체적으로 보여주고 있다. 그런데 이 작품은 지난 다섯 해 동안의 행복하고 아름다운 생활이 '김일성 장군'의 지도 덕이었으며 이러한 생활을 파괴한 것은 미군과 '리승만 졸개들'이라고 하면서 다음과 같이 투쟁의식을 북돋우고 있는 바, 이것 역시 김일성 체제의 공고화와 밀접한 관련이 있을 것으로 판단된다.

---

23) 리북명의 「조선의 딸」(『문학예술』 5권10호-12호, 1952.10-12)에서는 '조옥희'라는 여성의 생애를 보다 구체적으로 형상화하고 있다.

24) 임순득, 「조옥희」(『문학예술』 4권3호, 1951.6), p.20.

25) 이는 미국의 전쟁 개입으로 1950년 10월에 중국군이 한반도에 들어오자 전쟁은 펑더화이(彭德懷)에게 맡기고 김일성은 정치적 투쟁에 주의를 돌림으로써 경쟁자들을 숙청하고 자신의 체제를 공고히 한 사실과 밀접한 관련이 있다고 생각한다. 서대숙, 『현대 북한의 지도자』(을유문화사, 2001), p.81.

제나라 없인 살아서 뭘 하겠소. 우리는 우리나라를 지켜야 하오다. 김장군께서두 지금 우리가 당하고 있는 고충을 살피시구 무척 상심하구 계실께오다. 그리구 원쑤들을 멸살시킬 계책을 꾸미고 계실거란 말이오다. 우리는 용서없이 원쑤놈들과 싸워서 장군의 상심을 덜어 드립시다.[26]

이상에서 살펴본 바와 같이 한국전쟁기에 발표된 북한 소설은 대부분 한국전쟁으로 인해 사회 활동 혹은 군사적 투쟁에 나서게 된 여성을 맡은 바 임무를 충실히 수행하는 애국적 혹은 긍정적 인물로 재현하고 있다. 이 점에서 북한 소설은 남한 소설보다 진보적인 여성관을 보여주고 있다고 할 것이다. 그러나 북한의 여성정책은 초기의 해방과 평등지향적 성격에서 벗어나, 이제는 오히려 가부장 질서의 강화라는 원래의 사회주의적 질서와 괴리되는 정책을 추구하는 억압적 성격으로 변했으며, 이러한 정책은 체제안정의 요구가 강화될수록 또한 외부로부터의 압력이 체제존속을 위협할수록 강화될 것으로 전망되고 있다.[27] 이런 의미에서 한국전쟁기 북한 소설의 김일성 우상화는 북한 여성 억압의 단초를 보여주고 있는 것으로 판단된다.

---

26) 변희근의 「첫눈」(『문학예술』 5권12호, 1952.12), p.28.

27) 북한의 공식적 입장에 의할 때, 김일성은 1930년대 인민혁명정부 정강에서부터 남녀평등을 정식화하였으며, 조국광복회 10대 정강에서는 보다 명백히 남녀평등뿐 아니라 여성인격 존중과 부녀의 사회상 대우를 제고하도록 선언, 여성해방의 방향을 밝혔다고 한다. 윤미량, 『북한의 여성정책』(한울, 1991), p.59, p.126 참조.

4. 결 론

한국 문학 작품 중에는 전쟁 중 여성이 어떠한 피해를 당하였으며 이로 인해 여성의 삶이 어떠한 변화를 겪었는가를 보여주고 있는 작품이 적지 않다. 본고에서는 우선 한국전쟁기 남북한 소설에서 여성이 어떠한 양상으로 재현되고 있으며 그 의미는 무엇인가에 대하여 살펴보고자 하였다.

한국전쟁기 남북한에서는 여성을 전쟁의 피해자로 재현하고 있는 작품들이 많이 발표되었다. 남한 소설은 대부분 전쟁 중 여성들이 학살당한 사실보다는 강간, 이념 문제, 가부장제적 사회 모순 등으로 인해 고통을 당한 사실을 보여주고 있다. 그런데 일부 작품은 공산주의자에 의해 강간을 당한 여성의 모습을 통해 공산주의에 대한 적개심을 고취하고 있어 한국전쟁기 소설의 특수성을 보여주고 있다. 이에 비해 북한 소설은 대부분 전쟁 피해자로서의 여성을 통해 그 가해자가 적이었음을 강조하고 이들에 대한 적개심을 고취하기 위해 적의 잔학 행위를 구체적으로 묘사하고 있어 남한 소설과 차이를 드러낸다.

전쟁으로 인해 사회적, 경제적, 군사적 활동을 하게 된 여성의 모습을 재현한 작품 역시 남북한에서 많이 발표되었다. 그런데 남한 소설은 여성의 지위 변화를 통해 남성중심적 가부장제 사회가 전쟁으로 인해 다소 변화되었음을 보여주고 있지만, 사회적, 경제적 활동을 하는 여성을 대부분 제한적 혹은 부정적으로 재현하고 군사 활동에 참여하는 여성 역시 남성 보조적 차원에서 재현함으로써 여전히 남성중심적 가치관이 강고하게 자리잡고 있는 남한의 현실을 보여주고 있다. 이에 비해 북한 소설은 대부분 한국전쟁으로 인해 사회 활동 혹은 군사적 투쟁에 나서게 된 여성을 맡은 바 임무를 충실히 수행하는 애국적 혹은 긍정적 인물로 재현하고 있다. 이 점에서 북한 소설은 남한 소설보다 진보적인 여성관을 보여주고 있다. 그러나 북한의 여성정책이 초기의 해방과 평등지향적 성격에서 벗어나, 이제는 오히려 가부장 질서의 강화라는 원래의 사회주의적 질서와 괴리되는 정책을 추구하는 억압적 성격으로 변했음을 고려할 때, 이 시기 북한 소설의 김일성 우상화는 북한 여성 억압의 단초를 보여주고 있는 것으로 판단된다.

이제 남은 과제는 한국전쟁기 이후 남북한에서 발표된 작품에 대한 검토를 통해 본고의 논의를 심화 확장하는 일이다. 한국소설에 있어서 여성들이 어떠한 모습으로 재현되고 있는가에 대한 사적인 고찰은 한국사회의 근대화 과정에 대한 또 다른 의미의 시도가 된다는 점에서 의의를 찾을 수 있다. 그리고 여성의 재현에 있어서 남북한 소설이 어떠한 차이점과 유사점을 보여주고 있는가에 대한 연구 역시 남북한 문학, 나아가 남북한 사회의 특수성을 밝혀낼 수 있다는 점에서 중요한 의의를 지닐 것이다.

Ⅳ. 한국전쟁기 남북한 소설의 탈식민주의적 연구

1. 서 론

한국전쟁은 50여년이 지난 지금까지도 한국인에게 정신적 물질적 측면에서 지속적으로 영향을 주고 있는 사건으로서, 분단이라는 종료되지 않은 민족사적인 현실의 극복여부와 맞물려 더욱 더 중요한 의미를 지닌다. 지금까지 우리는 한국전쟁의 의미를 적극적으로 재해석하고 평가하는 작업을 소홀히 해왔다고 할 수 있는데, 이는 한국전쟁을 언급하고 연구하는 작업이 좌우 이념으로부터 자유로울 수 없었고, 한민족의 동질성 회복이라는 절대적인 명제에 가려 객관적인 시각을 확보할 수 없었기 때문이다. 따라서 통일시대를 대비하는 우리에게 있어 한국전쟁을 이해하고 해석하는 작업은 기존의 정치적인 틀에서 벗어나 보다 폭넓은 시각으로 확대될 필요가 있다. 바로 이러한 점에서 한국전쟁에 대한 문화적인 접근의 필요성을 찾을 수 있을 텐데, 특히 문학 분야에 있어서 문화적 측면의 접근은 그 중요성에도 불구하고 실질적인 성과는 상당히 부진하다고 할 수 있다. 우선 한국전쟁을 다루고 있는 남북한 소설들의 목록조차 온전히 정리되어 있지 않으며, 이 작품들에 대한 연구 또한 좌우 정치 이념에 침윤되어 객관적인 시야를 가지지 못하는 경우도 없지 않기 때문이다.

한국전쟁기의 문학을 문학사의 제대로 된 위치에 복귀시키는 작업은 한국전쟁기 문학을 다루는 연구자들에게 공통된 과제가 될 것이다. 최근에 이루어진 일련의 연구는 이러한 점에서 매우 긍정적으로 평가할 만하다. 하지만 여전히 한국전쟁기 남북한에서 발표된 문학작품들을 종합적이고 포괄적으로 다룰 필요가 있다는 점과 한국전쟁이라는 상황을 단지 남북한이라는 이항대립적인 이념세력 간의 충돌이 아닌 남북한과 미국, 소련, 중국 등의 다국가적이고 다문화적인 권력관계의 얽힘으로 이해하여 당시의 문학을 재해석할 필요가 있다는 점은 아쉬운 부분이라고 할 것이다.

이에 본 연구에서는 우선 연구의 대상을 한국전쟁기에 발표된 남북한 소설로 한정하고자 한다. 그리고 한국전쟁이 일본의 식민지로부터 독립한지 얼마 안 되는 한국으로 하여금 미국, 소련, 중국 등의 이질적인 외부의 문화들을 전면적으로 겪게 하였다는 점에 착안하여, 과연 미국과 소련, 중국 등 열강들이 전쟁 중이었던 남한과 북한에 각각 어떤 담론적 영향을 끼치고 있었으며, 전쟁기 남북한 소설들은 이러한 영향을 어떠한 방식으로 재현하고 있는가, 또한 이와 같은 재현의 양상들은 남북한 체제 강화를 위한 담론의 형성과 어떠한 관계가 있는가에 대해 밝혀보고자 한다.

이를 위해 본 연구는 한 문화와 다른 문화 사이에 발생하는 권력관계, 지배 종속의 관계에 주목하는 탈식민주의 이론을 원용하여 남북한의 문화적인 측면들이 이러한 외부의 이질적인 문화에 대해 어떻게 반응하였는가 하는 사실을 밝혀보고자 한다.[1] 로빈슨에 의하면, 탈식민 연구는 1) 독립

____

[1] 탈식민주의는 최근에 등장한 가장 흥미롭고 도전해볼 만한 학문영역 중 하나로서 인정되고 있다. 그러나 '탈식민주의적'이라고 불리는 이론들의 다양성으로 인해 탈식민주의를 한마디로 정의하기는 어렵다. 탈식민주의는 다양한 분야에 대한 관심을 가지고 있을 뿐만 아니라 그에 대한 해석도 서로 차이를 드러내고 있기 때문이다. 맥러드는 용어의 문제에 대한 검토를 통해, '탈—식민주의'란 용어는 특별한 역사적 시기와 시대를 의미하는 데

이후의 유럽의 전식민지 연구 2) 식민화 이후의 유럽의 전식민지 연구 3) 모든 문화/사회/국가/민족 간의 권력관계 연구 등으로 확대되어왔다고 한다.[2] 곧 탈식민주의 연구는 20세기 독립한 유럽의 식민지 상황만을 대상으로 시작하였으나, 최근에는 더 나아가 억압되고 이상화되거나 보편화되어온 권력관계를 다루는 연구로서 그 영역을 확대해 나가고 있다. 탈식민주의 이론은 이제 식민지－피식민지 관계와 입장을 해명하는 본래의 위치에서 벗어나 지배와 피지배 사이에서 발생하는 억압구조와 같은, 권력적인 관계를 해명하는 데 있어 유용한 방법론으로 쓰이고 있는 것이다.[3] 따라서 이 글에서는 이러한 문제의식을 가지고 한국전쟁 당시 발표된 남북한 소설에서 인종, 민족주의 등의 문제가 어떻게 재현되고 있으며, 이것은 남북한 체제 강화와 어떠한 연관 관계를 맺고 있는가에 대해 중점적으로 살펴보고자 한다.[4]

더 적합한 용어이므로, 엄밀한 역사적 시대구분의 관점에서뿐만 아니라 재현, 독법, 그리고 가치라는 별개의 형태를 언급한다는 의미에서 '탈식민주의'라는 용어를 사용하고 있다. 이 글 역시 이러한 의미에서 '탈식민주의'라는 용어를 사용할 것이다. John McLeod, 박종성 외 편역, 『탈식민주의 길잡이』(한울, 2003), p.13.

2) Douglas Robinson, 정혜욱 옮김, 『번역과 제국－포스트식민주의 이론 해설』(동문선, 2002), pp.25-31.

3) 탈식민주의에서는 민족 신화가 식민주의에 저항하는 민족을 통합하는 데에 주된 힘으로 작용했지만 이는 민족 구성원이 지닌 다양성－성적, 인종적, 종교적, 문화적 차이에서 발생한－을 무시함으로써 가능했다고 하면서, 이러한 문제로 인해 많은 탈식민국가들은 해방의 민족주의가 억압의 민족주의로 변화하는 과정을 목격하는 고통스러운 경험을 겪게 되었음을 지적하고 있다. John McLeod, 앞의 책, p.109.

4) 인종(race)과 민족성(ethnicity)은 개인간의 동질감과 공통적인 유대감을 제기하기 위해 사용되는 개념으로서, 인종이 생리적인 특징을 개인간 동질감의 증거로 우선시한다면 민족성은 이보다 광범위한 기준을 사용하는 경향이 있다고 한다. 특히 탈식민국가의 민족주의는 이러한 개념에 입각하여 통합된 가상의 공동체를 만들어내고 있다고 한다. 위의 책, p.119. 한편, 앤더슨은 민족주의가 특정한 문화적 조형물이라는 것과 이것이 사람들에게 깊은 애착심을 가지도록 한 이유를 설명하고 있다. Benedict Anderson, 윤형숙 역, 『상상의 공동체』(나남출판, 2003), pp.11-261 참조.

2. 인종 재현의 양상과 의미

한국전쟁기는 일제 강점기를 거친 한민족이 미국과 소련, 중국 등의 이질적인 문화에 본격적으로 노출되고 그러한 문화들을 재발견하게 되는 시기이다. 물론 식민지 시기나 그 이전에도 다양한 국가들의 문화를 접한 적이 없지 않았지만, 한국전쟁기 만큼 정치, 문화적인 측면에서 전면적으로 서양의 영향을 받기 시작한 시기를 찾기는 어렵다. 따라서 남북한이 세계사적인 문화지형도에서 서양을 경험하며, 동양에 속한 자신의 정체성을 어떻게 형성해 나갔는가 하는 문제는 한국전쟁과 이후 시기의 남북한이 이데올로기적 차이 속에서 각각의 민족주의를 어떻게 강화시켰는가 하는 사실을 이해하는 상당히 중요한 전제일 수 있다. 즉 일제 식민지 시기 이후에 제대로 된 국가를 형성할 힘을 갖지 못하고 미국과 소련이라는 타문화의 영향 하에서 남북한이 냉전 이데올로기와 문화적인 충돌이라는 두 축이 얽혀있는 전쟁 상황 속에서 외부의 문화들을 어떻게 받아들이며 스스로의 정체성을 확보해 나갔는지 살피는 작업을 수행할 필요가 있는 것이다. 그런데 서구 및 제 3세계에서 배출된 탈식민주의 이론에서 논의되는 많은 작품들은 유색 인종, 특히 흑인들의 백인에 대한 열등감을 주요한 테마로 삼고 있지만 한국전쟁기 남북한 소설들은 인종 재현에 있어서 전쟁이라는 상황의 특수성을 보여주고 있어 주목된다.

가. 남한 소설의 경우

한국전쟁기 남한 소설에서 미국인을 재현하고 있는 태도는 양가적이다. 남한 소설에서 미국은 자유를 중시하는 민주주의 국가로서 선망의 대상으로 표상되기도 하지만, 다른 한편으로 미군은 매춘부와 어울려 다니거나 혹은 인종 차별적 태도를 드러내는 부정적인 인물로서 형상화되고 있기 때문이다.

　장덕조의 장편소설 『십자로』(문성당, 1953)는 미국을 긍정적으로 표상하고 있는 대표적인 작품이다. 이 작품은 전체 14장으로 구성되어 있다. 이 작품은 1949년 3월 16일부터 12월 중순까지의 서울을 배경으로 하고 있는데, 주지하듯이 이 시기에는 남로당 국회 프락치 사건, 반민특위대 해산, 농지개혁법 공포, 김구 피살 등의 주요 사건이 발생했다. 그러나 이 작품은 이와 같은 현실보다는 남녀간의 애정 갈등 문제에 치중하면서 공산주의를 비판하고 애국심을 고취하고 있어 전쟁기 현실의 분위기를 반영하고 있다. 이 작품에서 주목할 만한 것은 미국에 대한 이 작품의 긍정적 재현 태도인데, 이는 어학능력과 미모가 뛰어난 주인공 이영란과 약혼자 최한직 두 사람의 이야기에서 잘 드러난다. 이영란이 다니는 회사의 전무인 최한직은 해방 후 미국에서 돌아온 '젠틀맨'으로서, 미스터·민주주의'라는 별명을 지닐 정도로 '스마트'하고 친절한 남성이라는 것, 결국 이영란은 여러 남자 중에서 최한직과 결혼하여 미국으로 떠난다는 이야기, 그리고 '미국에서 참다운 민주주의 씨를 받아다 한국 땅 위에 찬란한 민주주의의 꽃을 피워줄 것'을 부탁하는 오은희의 편지 내용 등은 그 예에 해당한다고 할 것이다. 해방 이후 남한 사회에는 이와 같이 미국을 선망의 대상으로 재현하고 있는 담론들이 유행하였던 것으로 추정되는데, 이는 박영준의 장편소설 『열풍』, 곽하신의 「여비」, 안수길의 「갱생기」, 이무영의 「0형의 인간」 등 전쟁 당시 발표된 많은 작품들이 미국에 가고 싶어 하는 사람들의 모습을 재현하고 있는 사실에서도 확인할 수 있다.

　그런데 한국전쟁기 남한에서는 동맹군인 미군을 부정적으로 재현한 작품도 발표되었다. 이 중에는 미군과 성매매 여성의 관계를 다룬 작품이 많은데, 유주현의 「기상도」(『전선문학』 4, 1953.4)는 대표적인 작품 중의 하나이다.[5] 이 작품은 비행기 안에서 일어난 일을 다루고 있다. 기상이 나빠 착륙이 지연되자 비행기 안에서는 논쟁이 일어난다. 토건업자인 '신사복'

과 '매춘부'는 불평을 토로하고, 상이군인은 조종사를 믿자고 한다. 이때 'C대령'은 비바람이 심한 까닭에 무전이 통하지 않아 비행장을 찾지 못하고 있다고 하면서 만일의 사태에 대비하여 낙하산을 나누어주고자 한다. 그런데 낙하산이 모자라자 미군은 자기의 것과 '매춘부'의 것으로 두 개를 먼저 집어간다. 그러자 'C대령'은 '매춘부'의 것을 빼앗으며, '레이디 화스트'를 주장하는 미군에게 다음과 같이 말함으로써, 미군과 성매매 행위를 하는 여성에 대해 경멸감을 드러냄과 동시에 미국의 문물과 함께 들어와 당대에 유행하던 '레이디 화스트' 라는 서구적 담론을 비판한다.

> 「그것은 당신 나라의 예절이지만 우리는 지금 한 사람의 매춘부보다는 한 사람의 장정의 목숨이 더 소중하외다.」 [중략] 「예절 예절 하지만 우리 동양의 예절은 양보 정신으로부터 시작되는 법이오. 당신이 순서 있는 행동을 했으면 이 남자들 중에서 누구 하나가 양보해서 그 여자에게 낙하산을 주었을 것이외다.」[6]

대체로 민족주의적 담론에서는 인종적 민족적 그룹의 경계를 재생산하는 자로서의 여성이 다른 인종 그룹이나 다른 사회계급과 성적 관계를 맺는 것을 금기시하고 있다.[7] 미군과 성매매 행위를 하는 여성은 이러한 금기 사항을 위반하였다고 볼 수 있겠는데, 따라서 성매매 여성에 대한 이 작품의 비판의식은 이와 같은 민족주의 담론과 관련이 있을 것으로 판단

---

5) 전쟁 당시 외국인을 상대로 성매매를 한 여성은 매춘부, 양공주, 유엔 마담, 양갈보 등으로 호명되었다. 전쟁 당시 남한에서 성매매 문제가 얼마나 심각했는지는 "어느 집엘 가도 양갈보가 들어차서 그 수효가 무려 팔백명도 넘는다고 한다. 해운대는 과거엔 온천과 해수욕장으로 유명했지만 동란 이후엔 양갈보 촌으로 이름이 새로 높아졌다." 라고 한 김송의 장편 『영원히 사는 것』(백영사, 1952, p.257)에서도 확인할 수 있다. 박영준의 장편 『애정의 계곡』(삼성사, 1953), 최인욱의 「저류」(『자유세계』 5, 1952.8) 등에서도 미군과 성매매 여성의 모습이 나타난다.

6) 유주현, 「기상도」(『전선문학』 4, 1953.4), p.97.

7) John McLeod, 앞의 책, p.127.

된다.8)

박연희의 「소년과 「메리」라는 개」(『문화세계』1, 1953.7)는 소년의 눈을 통해 미군의 인종차별적 태도를 비판하고 있다는 점에서 주목할 만하다. 이 작품은 전쟁 중 다친 한국 사람은 치료하지 않고 개만 치료하는 흑인 병사의 모습을 통해, 백인에게 열등감을 지니고 있는 흑인조차 우리 민족을 짐승보다 못한 존재로 경시하고 있음을 다음과 같은 소년과 엄마간의 대화문을 통해 보여주고 있는 것이다.

> 「엄마, 아까 저기 올 때 사람이 넘어져 있지 않음? 그건 어째 약 발라주지 않소?」
> 「이제 발라 주겠지…」
> 「감안 양코백인 「메리」가 더 귀한 모양이지오?」9)

이처럼 남한에는 전쟁이라는 상황 속에서도 동맹군인 미군을 성매매 여성과 연관시키고, 인종차별적 태도를 지니고 있는 인물로 형상화하고 있는 작품이 발표되었다. 해방 이후 남한에는 서양, 특히 미국 문화의 범람과 함께 이들의 담론이 지배자적인 권력을 행사하였지만, 이에 대한 저항과 비판의식도 적지 않았음을 이와 같은 사실을 통해 확인할 수 있는 것이다.

소련인은 대체로 탐욕스럽고 비인간적인 인물로 형상화되고 있다. 작품

---

8) 이런 점에서 한국전쟁 당시 민족주의 담론은 무너져 가는 가부장제적 사회에 대한 비판의식으로서 가부장제적 가치관을 강화하였을 것으로 판단된다. 서구의 경우, 전승된 역사적 축적물이자 인위적 형성물인 서구 민족주의가 젠더와 관계 맺는 방식은 한편으로는 자연스레 전승된 가부장제를 내면화 한 것이면서, 동시에 서구의 시민 계급을 매개로 성차별주의를 적극적으로 정착시켜 가는 과정이었다. 따라서 서구 민족주의는 시민사회를 관통하는 담론의 도움을 통해 젠더를 위계화 시키고, 민족주의를 떠받치는 국민국가 역시 여성을 차별화하는 기제로 작동하였다고 한다. 정현백, 『민족과 페미니즘』(당대, 2003), p.21.

9) 박연희, 「소년과 「메리」라는 개」(『문화세계』1, 1953.7), p.153.

은 많지 않지만 이들은 대부분 해방 직후 북한에 진주한 소련군의 모습을 다루고 있다. 예를 들자면, 최독견의 장편소설 『애정무한성』(『서울신문』, 1952. 7. 16-1953. 2. 24)에서는 소련군 장교가 등장하여 주인공 성희를 강간하려고 하다가 다듬이 방망이로 머리를 맞고 죽는 것으로, 박연희의 「소년과 「메리」라는 개」(『문화세계』 1, 1953.7)에서는 소련군이 움 속에 들어 있는 사과를 훔쳐가기 위하여 어머니의 배에다 총을 겨누고 사과를 '트럭'에다 실어가는 강도와 같은 인물로 나타나고 있는 것이다.

중국인의 경우에는 한국전 참전 사실이 강조되었다. 대부분의 작품들은 중국군의 참전으로 가정이 파괴되고 많은 인명피해가 있었음을 사실적으로 보여주고 있다. 중국군의 참전으로 가족이 뿔뿔이 흩어지고 마는 경우는 김동리의 「풍우 속의 인정」(『해병과상륙』, 계문사, 1953.3), 안수길의 「고향바다」(『해양소설집』, 1953), 이무영의 「범선에의 길」(『신조』, 1951.7) 등에서 찾아볼 수 있으며,10) 중국군의 참전으로 인한 인명 피해는 김송의 「두개의 심정」(『문예』, 1952.5), 유주현의 「영(嶺)」(『창공』, 1952.3), 박연희의 「무기와 인간」(『해병과상륙』, 계문사, 1953.3) 등에서 잘 드러난다. 그러나 유주현의 「영」과 박연희의 「무기와 인간」은 중국군 재현에 있어서 도식적인 작품들과 차별성을 보여주고 있어 주목할 만하다. 「영」은 "놈들(까마귀)에게는 중공군이고 피난민이고 없었다. 모두가 같은 고깃덩이였다"고 표현함으로써 전쟁 자체를 상징하는 '까마귀'를 통해 전쟁에서는 이념의 차이나 적과 동지의 구분이 하등 무의미하다는 것을 보여주고 있으며,11) 「무기와 인간」은 도솔산 전투에서 죽음을 당한 중국군 병사에 대해 동정적 태도를 보이면서 그 역시 같은 인간이었음을 강조하고 있기 때문이다.

이상에서 살펴본 바와 같이 한국전쟁기 남한 소설은 인종 재현 방식에

---

10) 그런데 이무영의 「범선에의 길」은 우여곡절 끝에 헤어진 가족을 다시 만나게 된다는 점에서 다른 작품들과 구분된다.
11) 장주경의 토론문 「한국전쟁기 남북한 소설의 탈식민주의적 연구에 대하여」 참조.

있어서 작품마다 약간의 차이를 드러내고 있다. 많은 작품들이 타국인을 그 인물이 속한 국가가 우방국이냐 적대국이냐에 따라 다소 도식적으로 재현하고 있으나, 유주현, 박연희 등 일부 작가들의 작품은 전쟁기 중심 담론이었던 '문학의 무기화론'을 벗어나고 있어 주목된다.

나. 북한 소설의 경우

한국전쟁기에 발표된 북한 소설은 대부분 미국인을 부정적으로 재현하고 있다. 미군에 의한 무차별 폭격과 살인, 여성 겁탈 등은 거의 모든 작품에 강조되어 묘사되고 있으며, 이들에 대한 적개심을 고취하고 있다.

한국전쟁기 북한의 대표적 작가인 한설야는 그의 작품을 통해 백인 특히 미국인에 대한 부정적 인식을 단적으로 보여주고 있다. 한설야는 「전별」(1951)에서 '내 부모 형제의 조국을 미군이 짓밟고 있기에' 싸워야 한다는 것을 강조한다.12) 이 작품에서는 미군들이 "질경질경 껌을 씹고 과자를 먹는 놈의 개 이빠디 같은 잇발"(p.404)을 가지고 있으며, "조선의 어머니와 누나의 가슴에 칼을"(p.405) 박거나, "젊은 여자들만 보면 잡아가는 놈들"(p.412)임을 보여주고 있다. 「황초령」(1952)에서는 후퇴 후 반격에 나선 시기인 1951년 초 황초령 부근 병원에 근무하는 복실이라는 간호원에 관한 이야기를 통해 복실의 애국적 활동을 찬양하는 동시에 미국인과 미군의 잔인성과 비겁성을 비판한다. 미국인의 모습은 "두 눈알이 튀여나온 미군 장교놈의 며자귀 같은 낯바대기"(p.501), 승냥이를 연상시키는 미국 선교사 부인 '맥가' 등으로 형상화 되어 나타난다. 유색인종에 대한 백인종의 우월성이 제국주의적인 식민담론이라면 한설야의 소설들은 그러한 식민담론을 역으로 표현함으로써 가치전도를 시도하고 있는 것이다. 또한

---

12) 이하 한설야의 단편소설은 『한설야선집』(조선작가동맹출판사, 1960)에 수록된 작품을 텍스트로 하였다. 이하 인용 시 본문에 페이지 수만 밝히고자 한다.

한설야는 장편소설 『대동강』에서 한국군과 미군에 의해 점령된 평양의 모습과 북한 인쇄 공장 노동자들의 투쟁 활동을 중점적으로 그리고 있다.[13] 작품 속에서 미군 중위 해리슨은 사령부 민정부장 스미쓰가 가장 신임하는 부하로서 수많은 조선 인민을 학살하였으며, 그 공으로 평양에 전임해와서도 역시 이러한 일에 종사하고 있음을 보여준다. 이 작품은 해리슨의 모습을 다음과 같이 묘사한다.

> 키 크고 목이 황새목 같은데 그 우에 코 끝이 뾰죽하게 내민 조그만 대가리를 이고 있었다. 얼른 보기에 소방대 곡괭이 같이 생긴 위인이었다(p.116).

미군의 생김새를 우스꽝스럽게 묘사한 이 작품은 미군들이 '인민군대와 중국 지원군에게 포위 섬멸되어 많은 시체를 유기하고 패주'하였음을 보여주면서 3부작을 완결하고 있다. 이처럼 한국전쟁기 한설야의 작품들은 미군의 잔학성을 폭로하기 위하여 그들을 짐승과 같은 수준에서 묘사함으로써 적개심을 고취하고, 미군이 겁쟁이임을 강조함으로써 인민과 인민군대의 사기를 진작시키고 있는 것이다.

북한소설에서 소련군은 해방군 혹은 은인으로서 재현되고, 소련은 북한이 나아가야 할 이상국가로서 미화되고 있다. 그런데 이러한 경향은 정도가 심각하여 문화적 지배 종속의 관계를 느끼게 만든다. 한설야의 「기적」(1950)은 일본인으로부터 넘겨받은 철도 업무를 잘 수행한 인춘 영감의 책임감, 사명감을 높이 평가하면서 해방 직후 혼란 속에서 모든 인민들이 각자 자신의 일을 책임감을 가지고 수행할 것을 강조한 작품이다. 그런데

---

13) 이 작품은 처음에는 『로동신문』(1952.4.23-29)에 발표되었으나, 이후 3부작(1부 「대동강」, 2부 「해방탑」, 3부 「룡악산」)으로 완결되어 단행본(조선작가동맹출판사, 1955.6.10)으로 출간되었다. 본고에서는 위 단행본을 텍스트로 하고 인용 시 본문에 페이지 수만 밝히고자 한다. 문학과 사상연구회 편, 『한설야문학의 재인식』(소명출판, 2000), p.223 참조

이 작품은 소련과 소련군에 대해 고마움과 친근감을 드러내고 있는데, 이는 일본인 대신 자신을 사장 자리에 앉게 한 이와노브 대위에 대한 인춘 영감의 친근감과 존경심 어린 태도, 그리고 흥남-함흥간 철도 개통이 "오로지 쏘련군 사령부의 혜택"14) 덕분임을 이야기하고 있는 화자의 서술 태도 등에서도 잘 드러난다.

이종민의 「궤도 위에서」(『문학예술』 4권8호, 1951.11)는 기관차 승무원 인순이와 약혼자 송남의 애국심을 재현하고 있다. 송남이는 그의 어머니가 두 번이나 먼 길을 찾아왔으나 승무 업무 중에 있어 못 만나게 된다. 이 사실을 알게 된 기관구장은 송남에게 어머니를 위하여 고향집에 다녀오라고 하였으나 송남은 나중에 차차 다녀오겠다고 할 뿐이다. 왜냐하면 그는 소련의 기관사 쓰제바노비츠의 애국심에 관한 이야기를 들은 바 있기 때문인데, 쓰제바노비츠는 그의 집에 불이 나고 아내와 딸이 폭격에 죽었다는 이야기를 듣고서도 포연 속에서 그의 일을 계속하였다는 것이다. 이처럼 이 작품은 송남이의 애국심이 애국심 강한 소련인 기관사의 영향에 의한 것임을 보여주고 있다.

리북명의 「조선의 딸」(『문학예술』 5권10호-12호, 1952.10-12)은 조옥희라는 여성의 애국심을 재현하고 있다. 조옥희는 아들 상봉이가 급성 폐렴으로 위독하다는 전보를 받았으나 전쟁 현실에서 갈 수 없다고 생각하여 식모를 통해 약을 보낼 정도로 애국심이 뛰어난 여성으로 형상화되고 있다. 이후 그녀는 적에게 체포되고, 자신으로부터 자백을 받으려고 하는 '적'의 고문을 끝까지 참아내다가 사형을 당하게 된다. 그런데 사형장으로 끌려가면서 조옥희는 '사형장으로 끌려가던 쏘베-트 조국의 딸과 자기의 마지막 걸음이 흡사한 데서 어떤 기적과 인연'을 느낀다는 것이다. 이는 조옥희가 소련 여성 '조야'의 투쟁 실기를 두 번이나 읽고, 영화 「조-야」도

---

14) 『한설야 선집』(조선작가동맹출판사, 1960), p.391.

보았기 때문인데, 소련 문화가 북한 문화에 미친 영향은 이러한 내용을 통해서도 잘 드러난다고 하겠다.

북한 소설에서 중국인은 형제와 같은 존재로 재현되고 있다. 이것은 한국전쟁 당시 미국의 전쟁 개입으로 후퇴를 하게 되었을 때, 중국이 북한을 적극적으로 도와준 사실과 밀접한 관련이 있다. 김선려·리근실의 『조선문학사』에서는 '국제주의적 전우애를 주제로 하는 우수한 단편소설'로서 윤시철의 「나의 옛 친우」 외에 리윤영의 「전우」, 박태민의 「돌아온 전우」 등의 작품을 예로 들고 있다. 그리고 이 작품들에 대해서 "조선 인민군 용사들과 중국 인민지원군 용사들 사이에 맺어진 우정이 결코 조국해방전쟁시기에 비로소 이루어진 것이 아니라 이미 일제를 반대하여 싸우던 항일 혁명투쟁시기부터 이루어진 것으로서 그것은 오늘 피 어린 전쟁행정에서 더욱 깊이 있고 열렬한 혈연적 우정으로 공고 발전되고 있다는 사상을 생활적으로 감명깊이 보여주고 있다"15)고 하였다.

그런데 내용은 조금씩 다르지만 중국인민지원군의 긍정적인 모습은 다른 작가들의 작품에서도 나타난다. 한설야는 「기적」(1950.8)에서 중국지원군을 '형제'로, 『대동강』(1952)에서는 '어두운 밤의 태양'으로서 평양을 해방시켜준 은인으로 표현하고 있으며, 「황초령」(1952.6)에서는 중국지원군의 재빠른 공습 대피 모습과 "부상병 한 사람에게 구호대 육 칠 명씩 달려다니는"(p.543) 긍정적인 모습 등을 보여주고 있다. 그리고 이태준의 「고귀한 사람들」(1951)에서는 중국 지원병 진평수와 간호장 김옥실의 형상화를 통해 '적들의 만행'을 규탄하는 동시에 '혁명적 낙관주의' 및 '고상한 국제주의 정신'을 드러내고 있으며, 박웅걸의 「형제」는 북한 인민군과 중국지원군이 한 형제와 같이 어려울 때 서로 도와주고 있다는 것을 보여주고 있다.

---

15) 김선려·리근실, 앞의 책, p.147.

이처럼 한국전쟁기 북한소설의 인종 재현 방식은 매우 도식적이다. 미국인은 모두 비겁하고 잔인한 짐승과 같은 존재로, 소련인은 해방의 기쁨을 가져다 준 은인으로, 중국인은 어려울 때 서로 도움을 주고받는 형제와 같은 인물로 형상화하고 있는 것이다. 인종 문제의 재현에 있어서 모든 작품이 이처럼 철저히 도식적인 양상을 드러내고 있는 것은 그만큼 당의 지침에 따라 창작해야 하는 전시하 북한 문단의 특수성을 반영한다.16)

3. 체제 강화 이데올로기로서의 민족주의 담론

한국전쟁기 남북한 소설은 전쟁 당시 인종 문제를 다루는 방식뿐만 아니라 민족주의 문제를 다루는 방식에 있어서도 흥미로운 양상을 보여주고 있다. 기존의 연구에서는 보통 남한 소설의 경우에, 많은 작품들이 소련과 중국을 국가체제의 형성에 반하는 이질적인 문화로 상정하고 이들에 대한 대응으로 조국 수호를 위해 민족 공동체 수호를 위한 애국심을 고취하는 동시에 김일성을 위시한 북한군을 외적의 앞잡이로 비판함으로써 민족주의를 강조하고 있다고 본다. 반면 북한소설의 경우 대부분의 작품들은 제국주의적인 침략자로서 미국을 비롯한 유엔 연합국을 상정하고 제국주의적인 침략에 대한 대응으로 '인민해방'을 위해 공산주의를 내세우는 것으로 정리되어 왔다. 요컨대 남한의 민족주의와 북한의 공산주의가 대립항으로 도식화된 것이 일반적인 연구경향이었다. 하지만 최근 역사학계의 연구 성과를 참조하면, 민족주의는 단지 남한의 특화된 이데올로기라기보다는 한국전쟁을 겪고 난 남북한의 공통분모에 해당한다.17) 따라서 여기

___

16) 전쟁 시기 북한 소설의 도식성과 단조로움은 무갈등론과도 연관 있을 것이다. 이에 대한 상세한 설명은 신형기·오성호, 앞의 책, pp.135-137, 김재용, 앞의 책, pp.21-26 참조

에서는 식민지시기를 겪고 난 국가에 있어서 독립 이후 민족주의의 발흥이 일반적인 사실이었음을 고려하여,[18] 남한과 북한에 동시적으로 작용하는 이데올로기로서의 민족주의가 남북한 양쪽 체제에 어떤 영향관계를 가지고 재현되고 있는지 살펴보고자 한다.[19]

가. 남한 소설의 경우

한국전쟁기 남한에서는 공산주의자들을 반민족 매국 행위자로 비판하면서 이들을 민족 구성원에서 배제하고자 하는 담론들이 중심을 차지하고 있었다. 이때 그 근거는 민족주의였지만, 당시 제기된 민족주의론은 다분히 감정적이었다. 북한이 공산주의 사상을 들여와서 그것을 가지고 민족 공동체를 파괴하였다고 주장하면서도, 이들 역시 민족주의에 대한 본격적인 논의보다는 미국 등 서구의 자유주의 이데올로기를 이상화하면서 민주주의를 강조하고 있었다.

---

17) 로빈슨은 한국사의 기술상의 문제점으로 어떤 보편성을 식민지 시대의 현실과는 맞지 않는 민족적 애국주의에 기인한 것으로 기술하고 있다는 사실을 든다. 곧 20세기 한국 독립운동의 많은 연구들이 서로 분단되어 정통성을 주장하고 있는 남북한 양국가의 이데올로기적 대립에 영향을 받아 독립운동사에 있어서 민족주의와 공산주의의 이분법을 적용하려는 경향을 보인다는 것이다.(M.Robinson, 김민환 역, 『일제하 문화적 민족주의』, 나남, 1990, p.250.) 그러나 민족주의는 공산주의의 상대어가 될 수 없으며, 좌우익이라는 정치적인 이데올로기와는 다른 차원에서 작동하는, 남북한이 각각의 문화체계 속에서 발전시킨 개념으로 이해해야 할 것이다.

18) 더글러스 로빈슨은 가이안 프라카쉬의 「제3세계의 글쓰기와 포스트-오리엔탈리즘의 역사 : 인도 역사 쓰기의 관점」(1990)의 견해를 소개하며 인도 오리엔탈리즘의 역사를 오리엔탈리즘, 민족주의, 포스트식민의 단계로 나눈다. 그에 따르면 민족주의 역사가들의 관점은 그들이 격퇴하고자 하는 오리엔탈리즘의 서사와 현저하게 유사하다. 그는 결국 민족주의 단계를 오리엔탈리즘의 신화가 영속화하는 단계로 결론짓는다. Douglas Robinson, 앞의 책, pp.32-33.

19) 흔히 민족주의는 민족을 탁월한 집합체로 치켜세우거나 강조하기 위해 이데올로기를 창출하며, 그 이데올로기는 민족적 충성을 위한 올바른 구심점으로 삼고자 하여 독립과 정치적 자치를 회복하고자 하고, 심지어는 전혀 새로운 정치적 실체를 창조함으로써 기존의 상태를 강화하거나 또는 유지하기 위해 마련한 정치적 강령의 기초로 이용된다고 한다. M.Robinson, 앞의 책, p.28.

한국전쟁기에 발표된 남한의 많은 작품들은 이와 같은 현실을 잘 보여준다. 공산주의는 허구에 가득 찬 사상이며, 공산주의 사회는 자유가 없는 감옥과 같은 곳이라는 것, 그리고 공산주의자들은 민족의 적으로서 악과 같은 존재이기에 축출되거나 제거되어야 할 대상임을 강조하고 있다.

정비석의 장편소설 『애정무한』(창조사, 1951)에서는 민족 간의 전쟁을 일으킨 북한 공산주의자들을 비판하면서 공산주의 사상이 인류의 적임을 다음과 같이 강조한다.

실로 인간 최대의 비극이었다. 참혹한 죽음을 당한 그들은 누구이며, 그들을 참혹하게 죽인 자들은 누구란 말인가. 다 같은 동포이면서도 사상을 위하여 동포를 죽인다는 것은 이십세기에서만 볼 수 있는 지구의 비극이다. 사상이란 누구를 위한 것이던가? 사람을 죽임으로서만 성공할 수 있는 사상이라면 인류의 적이 아니고 무엇인가(p.153).

김송의 장편소설 『영원히 사는 것』(백영사, 1952)에는 공산주의에 대한 적개심을 고취하고자 하는 작가의 의도가 강하게 드러나고 있다. 이 작품의 주인공 이형칠은 공산주의자를 매국노로 간주하고 이들을 제거하고자 하였음을 다음과 같이 보여준다.

형칠이도 해방 이후 학교에서 학련(學聯) 책임자로 있었을 때나, 학교를 나와 M동네 청년운동의 선봉자로 활약했던 때나 공산주의 타도에 적극적인 행동을 했던 실적이 있다. 첫째로 신탁통치를 반대하였고 다음으로는 오십(五十) 선거를 추진시키기 위해 사, 오 년 동안 좌익계열과 치열한 투쟁을 했던 것이다. 그는 중간 회색분자나 좌익공산분자들을 적대시하고 그들을 지적하여 매국노라고 타매했던 것이다.[20]

---

20) 『영원히 사는 것』(『한국문학전집』 26, 민중서관, 1976), p.17.

박영준의 장편 『애정의 계곡』(삼성사, 1953)에서는 '괴뢰군'이라는 용어의 사용과 함께 북한군을 반민족적 인물로, 그 행위는 매우 잔인한 것으로 묘사한다. 다음은 북한군들이 병원에 입원했던 환자들을 죽이고 그 시체들을 길가에 버려 까마귀들이 그 시체를 뜯어먹고 있는 광경에 대한 화자의 서술이다.

> 공산주의의 인간성에 동감을 느끼려면 그는 자기의 목숨을 연장시키기 위하여 남의 목숨을 경멸하는 잔인성에 마비가 되지 않으면 안 될 것 같았다. 강압된 관념에 마비가 되지 않은 사람이라면 참말로 눈으로 볼 수도 없는 현상이었다(p.62).

이처럼 전쟁기 남한의 많은 작품들은 공산주의자들의 반민족적 성격을 강조하면서 이들에 대한 적개심과 함께 애국심을 고취하고 있는데, 전쟁 당시 해군 정훈 장교이었던 이무영의 장편소설 『젊은 사람들』[21]은 민족주의를 지배 체제의 공고화에 이용하고 있다는 점에서 주목할 만하다.

『젊은 사람들』은 전체 20장으로 구성되어 있으며, 1946년 추석 무렵부터 1948년 12월 13일까지 충북 '차읍'에서 일어난 일을 다루고 있다. 주인공 신재덕의 가족을 중심으로 한 다양한 인물들의 삶을 통해 '시월 폭동', '5·10 총선', '남한 단독정부 수립' 등의 주요 정치적 사건을 다루고 있는 이 작품은 재덕의 누이인 진숙이 공산주의자인 송종호를 그리워하는 장면으로 시작된다. 송종호는 일제 때 "친일파, 민족반역자에게 희생이 된 사람"(p.458)으로서 감옥 생활을 한 경력이 있는 인물이다. 재덕과 학병 친구이기도 한 송종호는 '가장 영리하다고' 평가받던 인물이기도 하다. 그는 '신탁통치안'을 계기로 재덕과 갈라서게 되며, 이후 '시월 폭동'의 주모자

---

21) 이 작품의 발표 연대가 1951년인지 혹은 1953년인지 정확하지 않다. '문연사'라는 출판사에서 단행본으로 나온 것으로 알려져 있으나, 원본을 구할 수 없어서 이 글에서는 『이무영대표작전집1』(신구문화사, 1975)을 텍스트로 하고자 한다.

가 된다. 그러나 약속했던 인민군 부대가 오지 않고, '시월 폭동'이 실패하게 되자 송종호는 자신이 속았다는 것을 깨닫게 된다. 결국 그는 자수하는 것이 "민족을 구하는 길"(p.548)이라고 생각하여 '이북에서 중대한 지령을 받고 온' 부대원들과 함께 귀순하는데, 송종호의 이 같은 삶이 공산주의의 허구성을 폭로하고자 한 의도의 산물임은 충분히 짐작할 수 있다.

그런데 이 작품은 공산주의의 허구성을 폭로하는 데 머물지 않는다. 공산주의를 나쁘다고만 할 것이 아니라 그에 대항할 수 있는 지도 이념을 찾아, 그것을 실천해야 한다는 것을 주장하고 있는 것이다. 재덕의 친구인 박건은 이러한 생각을 가지고 있는 인물로서 재덕 등의 청년단 활동에 결정적인 영향력을 준다. 박건은 해방 이후 "온 집안이 반동분자로 숙청"(p.463)되어 월남한 인물이다. "무섭게 머리가 좋은 사람"(p.463)으로 소개되는 그는 작가 이무영 자신의 생각을 대변하기도 하는 인물로서 주인공인 재덕과 진숙 등에게 큰 영향을 끼친다. 우선 그는 '초읍' 청년단 활동을 하는 재덕에게 청년단 일을 그만두라고 한다. 당시 재덕의 청년운동이란 일종의 도락에 가깝기 때문에, 그것으로는 이북의 공산주의를 이길 수 없다는 것이다. 이어서 그는 "공산주의를 억누를 수 있는 우리 민족의 자랑이 될 이념"(p.471)을 찾아야 한다고 주장한다. 그 이념은 신라에서 찾을 수 있다고 하였다. 왜냐하면 신라는 "오천년간 우리 민족이 가장 전통을 살렸고 가장 비약을 했고 가장 통일되었고, 그리고 가장 놀라운 문화를 자랑한 시대"(p.471)였기 때문이다. 박건의 말 중에서 주의 깊게 살펴야 할 것은 '통일'이라는 용어이다. 이 용어는 이승만이 즐겨 사용하던 '뭉치자'라는 말과 같은 의미이기 때문이다. 박건의 이 말은 통일된 지도 이념이 없기 때문에 통일된 조직이 없고 오직 혼란한 현실만이 있다는 논리를 대변한다. 미군정기 정치에 대한 비판은 이런 맥락에서 이해할 수 있다. 화자는 당대 현실에 대해 다음과 같이 설명하고 있다.

> 군정이 들어오면서 끽 소리를 못하고 있던 왜정 시대 인물들이 정
> 당을 끼고 돌고, 실정을 모르는 단순한 군인들을 매수해서 갖은 모략
> 과 중상, 음모를 다할 때다. 살인 방화를 하기 위해서 칼을 갈고 화약
> 을 준비하는 공산당원들을 목격하고서도 「현행범이 아니니까, 생각만
> 한다는 것은 범죄가 아니다. 생각은 자유니까. 그것이 민주주의 원칙
> 이니까─」 이렇게 단속도 하지 않았다(p.473).

미군정에 아부하여 개인의 이익을 도모하는 인물에 대한 비판이 이 시기 이무영 작품의 주된 주제에 해당한다고 할 수 있는데, 인용문에 나타난 바와 같이 이 작품 역시 해방 이후 친일분자들이 그들의 기득권을 유지하고자 '한국민주당'을 결성하여 미군정에 참여하고 있음을 비판하고 있다. 이 작품은 이러한 남쪽의 현실을 비판하는 데 그치는 것이 아니라, 이 혼란이 공산당원들에게 좋은 기회가 된다는 것을 보여준다. 사람들은 이북의 정치를 찬양하는 소리에 귀를 기울이게 되며, 급기야는 월북까지 한다는 것이다. '시월 폭동'은 그래서 이 작품에서는 하나의 교훈이 된다. 재덕의 부친 신구영의 다음과 같은 설교 내용이 그것이다.

> 「모두가 우리 죄다. 우리 대의 죄를 너희들이 받는 셈이지. 모두들
> 저 한몸 잘 살 생각만 했지, 한 핏줄에 한 운명을 지고 난 우리네 민
> 족이 이해가 꼭 같다는 것을 깨우친 사람이 없었더니라. [중략] 이런
> 의미에서 난 이번 사건은 우리 민족한테 대단히 불행한 일이었지만
> 또 좋은 교훈이라고 생각한다」(p.503).

신구영은 이어서 "공산주의가 나쁘다 하는 그것만 가지구는 청년운동을 못"(p.504)한다고 하면서, 그 대안을 찾아야 할 것임을 강조한다. 재덕은 부친의 이러한 지적에 공감하고 지난 날 자신의 청년단 활동을 반성하면서, 앞으로 청년단이 나아가야 할 방향을 모색하게 된다. 이때 나타난 인물이

청년단원인 박도진이다. 그는 재덕 등에게 자신의 '청년단 구상'을 밝힌다. 그는 '이승만'을 평소 존경해왔다고 하면서 그를 찬양하며 그의 지도이념을 소개한다. 재덕 등은 이에 공감을 하고 그것을 실천해 나가기로 다짐한다. 재덕 등의 청년단원들은 여러 가지 난관에 부딪히지만 이에 굴하지 않고 그 이념을 실천하기 위하여 노력한다. 재덕은 청년단원들에게 '단결'의 필요성을 강조하고 '추읍'에 있는 세 개의 청년단을 하나로 통합하고자 심혈을 기울인다. 청년단 회관을 정리하는 일부터 시작하여 낮에는 일하고 밤에는 청년단원들을 교육시키기도 한다. 박건은 이북의 실정과 '토지 개혁'의 허구성을 폭로하기도 하고, "국가와 민족을 떠나서 개인이 없다는 것"(p.527)을 역설하기도 한다. 이들의 노력으로 '추읍'에서는 "도합 열개의 작고 큰 단체들이 행동을 같이 하기 위한 합동 대회"(p.549)가 열린다. 여기에 구라파의 청년운동을 연구하고 돌아온 국립대학 교수인 한오진이 참석하여, 이날의 행사는 "민족 단결과 국토 통일에 좋은 시범이 될 것"(p.553)이라고 그 의의를 높이 평가한다. 이후 행진을 마친 군중들은 '총살형'을 받은 송종호를 구해내기로 결의한다는 것으로 이 작품은 끝을 맺고 있다.

이처럼 이 작품은 반공·애국사상과 민족 단결의 필요성을 역설하면서 한편으로는 이승만을 직접적으로 찬양한다. 작중 화자는 UN 총회에서 '총선 실시'가 '46 : 0'으로 결정된 소식을 두고서, "이 놀라운 성공은 이박사 단 한사람의 공이라해도 과언이 아니다"(p.535)라고 서술하고 있는 것이다. 1950년대에 있어서 민족주의에 대한 지향과 열망은 일반대중에 잠재해 있었지만, 민족주의는 정치적 목적을 위한 편의적 수단으로 헤게모니 권력에 의해 동원되었을 따름이고, 지식인에 의해 주목되고 발굴되면서 저항을 위한 자원으로 이용되지는 못하였다고 한다.22) 민족주의 이념으로

____

22) 김경일, 「1950년대 후반의 사회이념—민주주의와 민족주의」, 『한국현대사의 재인식』 4
    (오름, 1998), p.62.

반공노선을 합리화하고 이승만 체제를 공고히 하고자 한 이 작품은 이러한 현실의 모습을 잘 보여주고 있는 것으로 판단된다.[23]

나. 북한 소설의 경우

한국전쟁 당시 북한은 소련, 중국 등과 국제주의적 연대를 강조한 공산주의 국가임에도 불구하고 민족주의를 고수하고 있었던 것으로 보인다. 이와 같은 사실은 한국전쟁기에 발표된 북한 소설들이 반민족적 인물을 비판하고 체제 강화 수단으로서 민족주의를 강조하고 있는 점에서 확인된다.

한국전쟁기 북한 소설에서 반민족적 인물은 소위 '반동적 인물'이다. 반동적 인물이란 '조국해방전쟁'을 반대하는 일체의 인물을 의미하는바, 한국군, 경찰, 치안대원, 유격대원, 지주, 친일파 등은 그 주요 인물에 해당한다. 이들은 성격뿐만 아니라 외모까지도 추악한 인물로 묘사되고 있다.

이북명의 「악마」(『문학예술』 4권1호, 1951.4)에서는 한국군이 여성을 겁탈하고 갓난아기를 밟아 죽이는 야수와 같은 존재로 형상화되고 있다.[24] 특히 한국군 소위 구맹호는 대표적인 인물로서 나이 많은 박첨지를 구둣발로 차는 무지막지한 인물로 등장하는데, 그 생김새 역시 다음과 같이 부정적으로 묘사되고 있다.

> 왼쪽 뺨에 길다랗게 칼 맞은 흠집이 굼벵이처럼 돋으라져 있는 구맹호의 구두발이었다. 막 쥐어잡은 메주뎅이처럼 생긴 이 자는 과거에 권투쟁이로 주먹깨나 쓰던 덕분에 지금 국군소위로 행세하고 있는 것이다. 항상 무엇을 들부시지 않으면 때려부시고 싶어서 주먹을 틀어쥐

---

23) 김도현, 「이승만 노선의 재검토」, 『해방전후사의 인식』(한길사, 1980), p.322.
24) 한국군의 부정적인 모습은 김남천의 「꿀」(『문학예술』 4권1호, 1951.4), 최명익의 「기관사」(『문학예술』 4권2호, 1951.5), 황건의 「안해」(『문학예술』 4권6호, 1951.9)에서도 찾아볼 수 있다.

고 후들 후들 떠는 버릇은 아직 그대로 남아 있다(p.55).

　리정숙의 「보비」(『문학예술』 5권11호, 1952.11)에서는 전화국 교환수 보비의 영웅적 투쟁을 형상화하고 있는 가운데, 민간인을 학살하는 경찰의 잔인성을 고발하고 있다. 다음은 경찰이 민간인을 학살하는 장면을 묘사한 글이다.

　　경관놈들은 모두 네 놈인데 놈들이 삽으로 흙을 메꾸고 있는 구뎅이 속에는 한 녀인이 까무러치게 우는 어린것을 껴안고 있었다. 녀인의 갈래갈래 찢겨진 흰옷은 구뎅이로 쏠려드는 바람에 펄럭이는데 그 하반신은 이미 흙 속에 파묻혀 보이지 않았다. 「중략」 놈들이 퍼 던지는 흙이 가슴에 닿았을 때, 녀인은 신음 소리처럼 '아가'하고는 어린 것을 머리위에 치켜들었다. 갓난애는 더욱 숨이 끊어질 듯이 울어댔다. 사정 없이 뒤덮이는 흙이 어깨 위에 찼을 때 녀인의 두 팔은 꺾이운 듯이 툭 떨어졌다. 어린 것도 땅 위에 굴러내렸다(p.34).

　변희근의 「첫눈」(『문학예술』 5권12호, 1952.12)은 평범한 가정주부 명옥의 이야기를 통해 치안대장 김치부의 모습을 부정적으로 형상화하고 있다. 치안대장 김치부는 주독이 올라 '지지벌건 낯짝'으로 미군과 함께 명옥의 집에 들어와 놀라서 울어대는 명옥의 아들 순돌을 집어 던져 죽게 만든다. 그리고 명옥을 겁탈하려고 하는 애꾸눈 미군에게 반항하였다고 하여 그녀를 감옥에 가둔다. 또한 그는 절름발이인 장로의 딸과 결혼하게 되는데, 이는 '미군놈들이 가장 신임하는 앞잡이인 장로를 꼬여 출세를 하기 위한 술책'에서 비롯된 것으로 나타난다. 이 작품은 김치부에 대해 다음과 같이 설명하고 있다.

쥐상에다 이맛패기에 엇삐듯이 칼자리가 난 김치부는 드소문한 개종패의 우두머리다. 그 놈의 아버지는 빚값으로 채무자의 송장을 전당잡은 것으로 유명한 고리대금업자였다. 그 놈은 5년전 8.15해방 날에 똥매를 맞아 뻐들어졌다. 아들 치부는 동경 가서 공부한다고 네뿔이 삐죽한 모자를 쓰고 우쭐대였는데 실은 글 공부가 아니라 싸움 공부를 했던 것이었다. 놈은 전쟁이 일어나자 인민군대를 도피해서 어데가 처백혔다가 적들과 함께 나타났었다. 그날부터 놈은 이 마을 치안대장이 되었다. 이 졸개는 미군 놈들께 굽신 거리며 사람 백정질에 눈깔이 발끈 뒤집혔다(p.7).

리갑기의 「죽령」(『문학예술』 6권1호, 1953.1)은 부상병 남정우의 이야기를 들려주고 있는 가운데, '반동적' 인물들의 행태를 고발하고 있다. 그 중 대표적인 인물이 정우의 삼촌 '까부리 남참봉'이다. 그는 북한군이 후퇴를 시작한 지 나흘만에 마을에 나타나 공연히 아래 윗마을을 돌아다니고, 후퇴하는 북한군에게 밥을 해주는 형수를 비난한다. 그리고 형수가 자신의 말을 듣지 않는다고 하여 지서에 고자질하러 가다가 북한군의 총에 맞아 죽는데, 이 작품은 이러한 인물의 모습을 다음과 같이 묘사하고 있다.

같은 핏줄을 타고 한 솥에 밥을 먹고 자랐으나 형과는 사람됨이 아주 딴 판이었다. 8.15전 까지 안동읍에서 한방의를 하여 쇳냥이나 모으고 논마지기나 장만하였다. 지붕에도 짚을 걷고 기와를 올렸다. 놀놀한 개수염을 부비며 콧등에 느직하게 돗보기를 올려놓았다. 지금은 마을에서 내랍시고 행세를 하는 판이다. 형수의 집 생활 형편에는 아랑곳이 없었으나 무슨 일이든 형을 비난하는 것이 일수이다. 원체 체신이 적어먹고 그 체신에 지지 않게 옹졸한 위인이였다(p.57).

이처럼 한국전쟁기 북한소설은 한국군을 비롯한 소위 '반동적 인물'을 반민족적 인물로 규정하고 이들을 부정적으로 재현하고 있다. 그런데 한설야의 『력사』(『문학예술』 6권 4호-8호, 1953.4-8)는 김일성을 영웅적으로 형상화하는 가운데 애국적 인물들의 이야기를 통해 민족의식과 민족의 우수성을 고취한다는 점에서 특징적이다.

『력사』는 1935년 봄 주인공 '김일성 장군'이 무송에서 '인민혁명군' 제6사 사장에 취임한 후의 행적을 그린 작품으로서 김일성의 영웅성과 지도자적인 면모를 강조하여 보여주고 있다. 김일성은 웅장한 몸집을 지닌, 그리고 눈치가 빠른 백두산 호랑이 같은 인물로서 사람을 한 번 보면 속까지 들여다보는 사람이지만, 항상 웃는 얼굴의 인자함을 지니고 있으며, 노래도 많이 짓고 연극도 잘 하는 젊고 부드러운 인물로서, "모든 어버이들과 자식들을 지켜주는 말할 수 없이 크고 거룩한 형상"(6권 7호, p.34)을 지닌 인물로 형상화되고 있다. 또한 이 작품은 김일성의 아버지가 독립군으로 항일 운동을 하다가 죽게 되었다는 것, 어머니마저 돌아가시자 김일성은 중국 공산당에 가입하여 유격대 생활을 하고 '김일성 유격대'의 이름은 일본군에게 전율의 대상이 되었다는 것, 그리고 김일성의 철저한 작전 계획에 의해 조선 백성을 착취하고 괴롭히는 '위만군'과 일본군 부대를 습격하여 이들을 전멸시켰다는 내용의 이야기를 들려주고 있다.

이러한 내용에서도 알 수 있듯이, 이 작품은 1936년에 조직된 동북항일연군에서의 김일성의 빨치산 투쟁 경력을 과장, 조작하여 김일성을 민족적 영웅으로 부각시키고 있다. 이 작품에서 주인공 '김일성 장군'은 일개 '사장'이기보다는 민족적 영웅으로서 민족의 지도자처럼 말하고 행동하고 있는 것이다. 아마도 이러한 우상화는 김일성이 한국전쟁 기간 동안 북한 내 경쟁자들의 도전을 제압하고 권력 기반을 더욱 강화한 현실과 밀접한 관련이 있을 것이다.25)

25) 서대숙은 김일성의 항일무장투쟁이 사실 그대로 기술해도 자랑할 만한 것인데, 북한에서는 김일성의 투쟁 경력을 침소봉대하고 김일성의 무장투쟁을 조선 독립운동의 전부인 양 왜곡함으로써 도리어 그의 업적을 훼손하였다고 비판한다. 김일성의 영웅적인 면모를 드러내고자 한 이 작품의 내용 역시 이러한 경향을 보여주고 있는 것으로 판단된다. 위

그런데 이 작품의 또 다른 특징은 민족주의적 담론을 통해 외래 추수적 경향을 비판하고 있다는 사실이다. 물론 이 작품은 소련을 긍정적으로 묘사하고 있다. 소련 소년 '니끼다'의 영웅적 투쟁 이야기를 들으면서 그와 같이 되고 싶어 하는 소년 금철이의 영웅적 활동에 관한 이야기, 서구 자본주의 국가들의 산업합리화가 실업과 빈곤의 증대를 촉진하는 데 비해 소련의 기계화는 생산과 노동자들의 생활을 향상시키고 있다는 이야기 등은 그 예에 해당한다고 할 것이다. 그러나 이 작품은 소련의 우수성을 받아들이되 민족적 전통의 우수성을 잊지 말 것을 강조하면서, 다음과 같이 애국심과 민족적 주체성의 필요성을 강조하고 있는 것이다.

> 나라를 사랑할 뿐만 아니라 나라를 위해 일할 줄 아는 사람을 만들어야겠소 [중략] 그러나 우리들은 흔히 남의 것을 배울 때 거게 꼴딱 반해서 제 바지까지 홀랑 벗어버리고 마오. 남의 홍패 메고 춤추기만 좋아한단 말이오. 그도 글쎄 필요하긴 하지만 자기 춤부터 춰야지(6권 4호, p.50).

이처럼 작중 인물 '김일성 장군'은 '조선의 문화는 조선 사람의 손으로 만들어야 하며, 남의 것도 배워야 하지만 제 그릇이 준비돼야 남의 것을 받아들일 수 있음'을 강조한다. 그리고 아동혁명단 아이들의 사격과 전투 훈련이 우수한 것이 우연이 아니라 조선 사람의 전통에서 비롯되었다고 하면서 외적을 물리친 을지문덕, 강감찬, 이순신 등 민족적 영웅들의 이야기를 통해 조선인의 우수성과 민족적 전통을 강조하고 있다.

요컨대 이 작품은 일제 강점기 김일성의 빨치산 투쟁을 소재로 하여 김일성을 민족적 영웅으로 형상화하면서 북한 인민들의 애국심과 민족의식 고취를 통해 북한식 민족주의를 강화하고 있는 것이다. 그런데 이 작품이

의 책, pp.23-52 참조

이처럼 소련 추종적인 태도를 비판하고 민족적 주체성을 강조하게 된 것
은 미국의 전쟁 개입으로 1950년 10월에 중국군이 한반도에 들어오자 전
쟁은 펑더화이(彭德懷)에게 맡기고 김일성은 정치적 투쟁에 주의를 돌림으
로써 경쟁자들을 숙청하고 자신의 체제를 공고히 하였다는 사실과 밀접한
관련이 있어 보인다.26) 왜냐하면 북한의 민족주의 담론은 이후 주체사상
으로 발전하게 되며, 이것은 김일성 1인 독재체제를 공고히 하는 데 크게
기여하였기 때문이다.27)

4. 결 론

본고에서는 한 문화와 다른 문화 사이에 발생하는 권력관계, 지배 종속
의 관계를 밝혀내는 탈식민주의 이론을 원용하여 한국전쟁기에 발표된 남
북한 소설의 특성을 밝혀보고자 하였다. 이를 위해 본고에서는 전쟁 당시
발표된 남북한 소설에 인종 및 민족주의 문제가 어떠한 양상으로 재현되
었으며 그 의미는 무엇인가에 대하여 살펴보고자 하였다.

한국전쟁기 남북한 소설에는 제 3세계 탈식민국가의 작품과는 달리 피
부색에 의한 열등감 문제는 잘 드러나지 않고 있다. 그보다는 남북한 소
설 공히 우방국이냐, 적대국이냐에 따라 외국인을 긍정적, 부정적으로 형
상화하고 있는데, 이는 전쟁이라는 상황과 밀접한 관련이 있다고 할 것이

---

26) 서대숙, 앞의 책, p.81.

27) 김일성은 소련을 사회주의 진영의 종주국으로 인정하고 사상적으로나 과학, 문화, 군사
등 모든 분야에서 제일 앞선 나라로 받들어 왔지만 한국전쟁을 계기로 반소친중의 사상
을 갖게 되는데, 따라서 이 작품에 나타난 민족주의 담론은 한국전쟁을 계기로 변화되
기 시작한 소련과의 관계를 반영한다고 할 것이다. 김일성의 주체사상과 민족주의의 관
계에 대한 자세한 설명은 위의 책, pp.138-145 참조.

다. 다만 남한의 경우에는 우방국인 미국의 군인을 부정적으로 형상화한 작품도 상당수 발표되었다는 점이 특징적인데, 이는 북한보다는 상대적으로 창작의 자유가 보장된 남한의 현실과 관련이 있을 것으로 추정된다.

그리고 한국전쟁기 남북한 소설은 민족주의 문제에 있어서도 약간의 차이를 드러내지만, 적대적이고 이질적인 타자를 배제하고 남북한 각각의 민족주의를 강화하고 있다는 점에서 공통점을 보인다. 다시 말해서 한국전쟁기 남북한 소설은 이데올로기 전파의 수단으로 적에 대한 적개심을 부추겨서 전쟁 수행에 필요한 동력을 갖추도록 하는 것을 일차적인 목적으로 하지만, 궁극적으로는 민족 내부에서 이질적인 요소를 배제하고자 하는 민족주의 담론을 통해 남북한 각각의 체제를 강화하고 있음을 보여주고 있다. 따라서 이후 남북한의 민족주의 담론은 정치 이데올로기보다 심층적인 근원에서 작동하여 분단 상황을 고착화하는 데 기여하였을 것으로 추정된다.

앞으로는 논의를 확대하여 한국전쟁기 이후의 남북한 소설이 인종 및 민족주의를 어떠한 양상으로 재현하고 있으며 이는 당대 상황과 어떠한 연관을 맺고 있는가에 대하여 살펴보고자 한다. 이러한 연구는 이질적인 것의 배제를 통해 강화된 남북한의 민족주의 담론이 분단 상황을 고착시키는 데 크게 기여하였으리라는 본고의 가설을 입증할 수 있다는 점에서 그 의의를 찾을 수 있을 것이다.

제 2 부

한국전쟁소설론

Ⅰ. 박영준의 전쟁소설

1. 서 론

필자는 그동안 한국전쟁에 대한 문화적 연구의 필요성을 강조하고 그 일환으로서 한국전쟁을 다룬 문학 작품에 대한 일련의 연구물을 발표하여 왔다. 박영준의 전쟁 체험과 그 소설에 관해 살펴보고자 하는 본고 역시 그 연속선상에 있다고 할 것이다.

박영준은 한국전쟁 당시 남한에서 가장 활발하게 활동한 작가 중의 한 사람으로서 많은 전쟁소설을 발표하였는데, 이 중 몇몇 작품들은 문학사적으로 중요한 의의를 지니는 것으로 평가되고 있다.[1] 그러나 박영준의 전쟁소설에 대한 본격적인 논의는 많지 않다. 박영준의 단편집 『그늘진 꽃밭』(1953)에 대한 김상일의 비평이 이루어진 이후에는 「빨치산」(1952), 「용초도근해」(1953) 등이 주로 논의되어 왔다.[2]

---

1) 여기서 전쟁소설이란 6·25 한국전쟁을 다룬 작품을 의미한다. 전쟁소설의 개념에 관한 자세한 논의는 신영덕, 『한국전쟁과 종군작가』, 국학자료원, 2002, pp.19-27 참조.
2) 김상일은 박영준의 전쟁소설이 너무 민족 전체의 이익만을 생각함으로써 개인이 숨쉬고 있는 현실을 제대로 그려내지 못하였음을 지적하였다. 김상일, 「영준 또는 추장의 문학」(『자

조남현은 한국전쟁기 소설에 대해 논의하는 가운데 박영준의 「빨치산」
이 지니는 의의와 한계에 대하여 언급하였으며,[3] 이기윤은 이 작품이 "전
쟁의 충격으로 허물어진 인간관계 즉 윤리적 관계를 회복하려는 인간상을
형상화함으로써, 6·25 한국전쟁이 낳은 하나의 새로운 인간상을 창조하
고 있다"[4]고 하여 그 의의를 높이 평가하였다. 그리고 김윤식은 박영준의
「용초도근해」를 종군 작가단의 성격과 임무에 알맞으면서도 문학적 달성
을 이룬 작품으로서 '포로의 심리와 모랄을 추구한 역작으로 후에 최인훈
의 『광장』(1960)의 전단계를 이룬다'고 평가하였다.[5] 이후 그는 "포로수용
소에서 살아남기 위해 전우를 인민 재판하는 일에 끼어들어 하수인 노릇
을 한 것이 역사 쪽에서 책임져야 할 일인가 개인의 윤리 감각에 책임이
돌아오는 일인가를 묻는 일이 비로소 6·25 소설 속에 등장하였다"[6]고
하여 이 작품의 문학사적 의의를 들었다. 또한 김윤식·정호웅의 『한국소
설사』에서는 「용초도근해」가 반전 휴머니즘을 강조하기 위해 양심의 문
제만을 부각시킴으로써 한국전쟁의 구체성을 무화, 추상화시키고 말았다
고 하여 그 한계를 지적하였다.[7] 김외곤 역시 이와 같은 관점에서 평가하
고 있는 바, 그는 박영준의 전쟁소설이 이데올로기에 대한 환멸로부터 시
작하여 이데올로기를 배제한 채 전쟁의 참상 속에 놓인 인간의 윤리의식
을 문제 삼는 것으로 전개되어 왔다고 하면서, 전쟁의 역사적 의미 규정
을 도외시한 점을 결정적 한계로 지적하였다.[8]

이상에서 살펴본 바와 같이 기존의 논의는 주로 박영준의 단편소설만을

유문학』, 1961.5) 참조.
3) 조남현, 「우리 소설의 넓이와 깊이」(『문학정신』, 1988.10-1990.12) 참조.
4) 이기윤, 「1950년대 한국소설의 전쟁체험 연구」(인하대 박사학위논문, 1989), p.62.
5) 김윤식, 『한국현대문학사』(일지사, 1976), p.49.
6) 김윤식, 『한국현대문학사론』(한샘, 1988), p.86.
7) 김윤식·정호웅, 『한국소설사』(예하, 1993), p.327.
8) 김외곤, 「구세대의 전쟁문학에 나타난 중립적 시각과 윤리의식」(『한국학보』 61, 일지사, 1990),
   p.127.

대상으로 하고 있어 박영준의 전쟁소설이 지니고 있는 성격을 총체적으로 드러내기에는 다소 미흡하다는 느낌을 준다. 따라서 본고에서는 기존의 논의를 참조하면서 장편소설을 포함한 박영준의 전쟁소설 전반에 대해 논의하고자 한다. 그런데 박영준의 전쟁소설은 그의 전쟁 체험 특히 납북체험 및 종군 활동과 밀접한 관계가 있으므로 먼저 이 사실에 관해 살펴보고자 한다.

2. 박영준의 납북 체험과 종군 활동

박영준의 종군활동이 그의 전쟁소설과 밀접한 관련이 있음은 기존의 연구에서 이미 지적된 바 있지만,[9] 이에 관한 연구는 아직까지 본격적으로 이루어지지 않고 있다. 또한 종군작가단의 활동과 관련해서는 사실과 다른 내용이 연구자들 사이에 반복되어 언급되기도 한다. 따라서 여기에서는 보다 신빙성 있는 자료를 통해 그 내용을 재구성하고자 한다.

박영준은 1950년 8월 납북되어 평양 북쪽 개천까지 끌려가서 약 두 달 동안의 노동을 하다가 10월 중순 탈출하여 남한에 돌아왔다.[10] 나이가 많을 뿐 아니라 소위 반동으로 지목된 사람들은 군인으로 보내지 않고 땅 파는 일에 종사시켰는데, 박영준은 "노동하는 축에 끼어 평생 해보지 못한 곡괭이질과 목도일과 또 가래질을 하며 두 달 동안 그야말로 손바닥에 못이 백이고 어깨가 부어 올으도록 일을 했다."[11] 그는 나이 스무 살이 안 된 소위 분대장이란 아이들이 40이 넘은 사람들에게 '개자식'이라고

---

9) 김윤식, 『한국현대문학사』(일지사, 1976), p.49 참조.
10) 박영준의 「노예의 노동생활」(『전시문학독본』, 계몽사, 1951) 참조
11) 위의 책, p.71.

욕설을 하고 비싼 밥이 아깝다고 인간이하의 대접을 하여, 두 달 동안 양치질 한 번 못하고 세수도 한 달 동안 못하였다. 또 옷이나 신발을 갈아 신지 못하여 이가 들끓어 다 헤진 옷을 입고 양지쪽에서 이를 잡는 고통을 겪기도 하였다. 그런데 보다 괴로웠던 것은 정신적인 부자유로서 개인의 자유가 허용되지 않는 생활이었다. 그는 10월 중순 유엔군이 서울을 다시 빼앗고 평양까지 밀려올 때 탈출하여 천신만고 끝에 10월 30일 서울에 도착했다.

이와 같은 납북체험은 박영준의 삶에 많은 영향을 미쳤던 것으로 보인다. 이후 그는 반공주의자로서 반공을 외치며 이를 작품으로 형상화하고자 하였다. 그는 공산주의에 반대하여 싸워야 하는 이유를 「멸공의 전열에로—내가 본 북한괴뢰실태」(『서울신문』, 1950.12.12-13)라는 글을 통해 설명하였다. 첫째, 남한의 침입으로 전쟁이 이루어졌다고 주장함으로써 전쟁 책임을 남한에 전가시키고자 하지만 북한은 오래 전부터 전쟁 준비를 하였기 때문에 물자 부족 현상이 심각하였다는 것, 둘째, 북한 사회가 노동자 본위라는 것도 거짓이라는 것. 북한에서는 한 두 명의 노동자는 우대되지만, 나머지는 기막힌 생활을 할 뿐 아니라 자유가 구속되어 있다는 것이다. 그 예로는 북한 사람들 대부분이 말을 잘 한다는 사실을 들었다. 그에 의하면, 북한 사람들이 말을 잘 하는 것 같은데 실제로 그 내용을 보면 김일성의 연설 내용과 신문 기사 내용을 거의 똑같이 반복하고 있다는 것이다. 그리고 그는 북한 사람들이 김일성을 인간이 아니라 우상으로 받들고 있음을 비판하였다. 결론적으로 그는 민족을 위하여, 인간의 자유발전을 위하여 최후까지 공산주의와 싸워야 한다고 하면서, 이것만이 우리 민족의 운명이라고 하였다.

박영준이 「육군종군작가단」에 가입하여 활발하게 종군활동을 한 것은 이런 신념에서 비롯되었다고 할 것이다.[12] 그는 「육군종군작가단」이 조직된 1951년 5월 26일 상임위원으로 선출되었다.[13] 이후 그는 전쟁에서의 승리를 위해 전쟁을 독려하는 많은 활동을 하였다. 8월 14일 「제1회 종군 보고 강연회」에서는 정비석, 장덕조와 함께 일선 장병들이 싸우고 있는 모습을 전하는 것은 물론 신문이나 기타 잡지에 소개되지 않았던 생생한 무용담과 미담 등을 전하였는데, '붓 아닌 입'을 통한 이런 전달 방식은 청중들에게 색다른 감명과 흥미를 주었다고 한다.14) 9월 20일에는 「제2회 종군 보고 강연회」(서울 중앙극장)가 있었고,15) 연사는 최태응, 김영수, 박영준, 윤고종 등이었다. 12월 1일에는 단원을 강화하기 위하여 김팔봉, 구상, 장만영, 박귀송, 김동진, 박기준 등을 신입 회원으로 가입시키고 역원을 개선하였다. 단장 최상덕, 부단장 김송, 구상, 사무국장 박영준, 상임위원 정비석, 최태응, 김영수 등으로 되었고, 정비석, 김동진, 김영수는 대구 방송국에서 매주 30분씩 종군 방송을 담당했다. 12월 6일에는 「제3회 종군보고 강연회」(대구 문화극장)를 가졌다. 연사는 박영준, 김동진, 장덕조, 장만영, 김영수 등이었다. 그리고 이들은 12월 14일부터 16일까지 「문총 경남지부」의 이름으로 「문화인 시국 강연회」를 개최하였다. 이때 연사는 조지훈, 구상, 최문순, 박기준, 마해송, 최상덕, 양주동, 서동진, 박영준 등이었다. 1952년 5월 1일에는 유엔 기자들과의 좌담회를 서울서 개최하였다. 작가단 측에서는 구상, 박귀송, 박영준 등이 참석하였다. 15일에는 「미완성」 다방에서 정기 총회를 개최하였다. 이 자리에서는 육본 정훈감실과의 연락 관계, 작가단 운영 관계 등이 협의되었고 종군하지 않은 단원 정비 및 역원 개선이 있었다. 단장에는 최상덕, 부단장에는 김팔봉, 구상, 사

---

12) 종군작가단 중 가장 먼저 결성된 것은 「공군 종군문인단」으로서 1951년 3월 9일 조직되었다. 「육군 종군작가단」은 5월 26일, 「해군 종군작가단」은 6월경에 결성되었는데, 이들이 언제 해체되었는지는 분명치 않다. 박영준에 의하면, 전쟁이 끝나고 나서도 몇몇 작가들이 활동을 하였으나, 이후 특별한 절차 없이 자연적으로 해체되었다고 한다. 박영준, 「종군작가단의 주요활동과 업적」(육군71호, 1964.4), p.34 참조.

13) 박영준이 사무국장으로 된 것은 1951년 12월 1일 조직 개편이 이루어졌을 때이다.

14) 『민족의 증언』 7권, 중앙일보사, 1985, p.94.

15) 「작가단 이년간 약지(略誌)」에는 9월 27일로 되어 있다(『전선문학』 5호, 1953.5, p.45 참조).

무국장에는 박영준이 각각 임명되었다. 1952년 11월 22일에는 서울 유엔 종군기자 숙사를 방문하여 「재한 유엔 기자단」이 미국 대통령 양 후보에게 미군철수에 대한 반대 건의를 한 데 대하여 감사장을 전달하였으며,16) 12월 23일에는 건군 7주년 기념행사 「종군보고강연대회」를 개최하기 위하여 김팔봉, 박영준, 이덕진, 김용환, 김기우, 유치환 등이 서부, 중부, 동부 각 전선에 종군하였다. 1953년 1월 15일 오전 10시, 「육군 종군작가단」은 대구 문화극장에서 단장 최상덕의 인사와 정비석의 사회로 「제5회 일선종군 보고강연회」를 개최하였는데, 종군했던 작가 중 김팔봉, 박영준, 이덕진, 김기우 등이 보고를 하였다.

이처럼 박영준은 「육군종군작가단」 임원으로서 매우 활발하게 종군활동을 하였는데, 그는 자신이 종군활동을 가장 많이 한 작가임을 자랑스럽게 밝히기도 하였다.17) 1955년 1월 15일, 최상덕, 김팔봉, 구상, 박영준 등이 육군참모총장으로부터 금성화랑무공훈장을 받게 된 것은 이러한 공로 덕분이었을 것이다. 그런데 전쟁 당시에는 문인들의 종군 활동에 대한 부정적 시각도 많았던 것으로 추측된다. 전쟁기에 열린 「종군 예술가 좌담회」에서 박영준은 '문학인들 중에는 군에 복무하는 것을 무슨 권세 기관에 아부하는 듯이 경원하려는 경향도 있다'고 고충을 토로한 바 있기 때문이다.18)

그러면 박영준이 전쟁 당시 적극적으로 종군활동을 하였던 이유는 무엇일까? 박영준은 종군작가단의 주요활동과 업적을 회고하는 글을 통하여 종군작가단 조직에 나서게 된 심경을 다음과 같이 밝히고 있다.

---

16) 「인류사에 증언자 되라―UN 기자단에 멧세지 전달」, 『전선문학』 창간호, 1952.4, p.79 참조. 29일로 기록되어 있는 글도 있다. 『전선문학』 제5호, p.48 참조.
17) 박영준, 「종군작가시절」, 『한국문단이면사』, 깊은샘, 1983, p.367.
18) 『전선문학』 2호, 1952.12, pp.32-35.

승리를 해야 한다는 것이 국가의 지상과제라면 국민은 전승을 위하여 총 역량을 기울여야 할 것은 물론이다. 국민의 총 역량을 기울이려면 국민 전체가 전의(戰意)를 인식해야 한다. 작가들은 자기의 본업인 붓을 가지고 자기역량을 발휘하므로 국민의 전의를 앙양시켜야 한다. 이것은 불가피한 일이기도 했지만 국가를 사랑하는 작가들의 자의(恣意)에서 우러나는 부르짖음이었다.[19]

'작가들은 자기의 본업인 붓을 가지고 자기역량을 발휘하므로 국민의 전의를 앙양시켜야 한다'는 이 명제는 「육군종군작가단」의 창단 이념이라 할 수 있다. 전쟁 당시 박영준은 이와 같은 이념을 앞장서 실천하였던 것으로 판단된다. 왜냐하면 한국전쟁기에 발표된 그의 전쟁소설들은 대부분 국민의 전의를 앙양시키기 위한 도구로서 창작되었음을 보여주기 때문이다.

3. 전쟁소설의 유형과 특성

박영준은 한국전쟁을 다룬 작품을 많이 발표하였다. 장편소설 두 편을 비롯하여 단편집 한 권과 수많은 단편소설을 발표하였던 것이다. 그런데 이들 대부분은 한국전쟁기에 발표되었으며, 한국전쟁기 이후 발표된 전쟁소설은 별로 많지 않다. 전자가 전의를 고취하고 있는 반면, 후자는 한국전쟁의 비극적 성격을 보다 사실적으로 보여주고 있다. 그러나 두 시기 작품은 애국심과 반공의식의 필요성을 강조한다는 점에서 공통된 특성을 보이고 있는데, 이는 박영준의 납북체험을 통해 형성된 그의 신념과 밀접한 관련이 있을 것으로 추정된다. 여기에서는 박영준의 작품을 크게 두

---

19) 박영준, 「종군작가단의 주요 활동과 업적」, p.28.

시기로 나누어 각 시기별 특성을 살펴보기로 하겠다.

가. 한국전쟁기 전쟁소설

한국전쟁기에 발표된 박영준의 작품 중 전쟁소설에 해당하는 작품으로는 단편 「용사」(『전쟁과 소설―현역작가 5인집』, 계몽사, 1951), 「오빠」(『사병문고』, 1951.3), 「부산」(『신조』, 1951.4), 「어둠을 헤치고」(대한금융연합회편, 『농민소설선집』, 1952), 「암야」(『전선문학』 1, 1952.4), 「봄하늘」(『연합신문』, 1952.4.27-30), 「빨치산」(『신천지』 51, 1952.5), 「변노파」(『문예』 14, 1952.5), 「가을저녁」(『전선문학』 2, 1952.12), 「수운(愁雲)」(『영남일보』, 1952.12.23-29), 「밥 이야기」(『학원』 2권 3호, 1953.3), 「김장군」(『전선문학』 4, 1953.4), 「삼형제」(『협동』 39, 1953.4), 단편집 『그늘진 꽃밭』(신한문화사, 1953), 장편소설 『애정의 계곡』(『대구매일신문』, 1952.31-7.17), 『열풍』(『경향신문』, 1953.1-6) 등이 있다.

위 작품 중 단편소설은 크게 세 가지 유형으로 구분된다. 한국군 및 애국적 인물의 형상화를 통해 애국심을 고취하는 소설, 북한군 및 공산주의자의 비인간성을 형상화하여 공산주의를 비판하고 있는 소설, 전쟁으로 인해 고통을 겪는 민간인의 형상화를 통해 전쟁의 비극성을 사실적으로 보여주는 소설 등이 그것이다.

한국군의 형상화를 통해 애국심을 고취하고 있는 작품으로는 「암야」가 대표적이다. 육사 출신 장교인 임대위는 동생 경재가 '빨갱이'가 되어 포로로 잡혀 있음을 알고 괴로워하다가 아버지 같이 느껴지는 대대장의 말에 공감하여 도망치는 동생을 사살한다는 것이 이 작품의 줄거리이다. 형제 살해 모티브를 통해 애국심과 공산주의에 대한 적개심을 고취하고 있는 이 작품은 사사로운 개인의 정보다는 애국적 견지에서 사태를 파악할 것을 요구하고 있다. 아래 인용문은 대대장이 동생을 사살한 임대위를 위로하는 말로서 이 작품의 주제에 해당한다.

「임대위 ─ 우리는 확실히 불행한 시대에 살고 있오. 부자의 의리와
형제의 의리마저 빼앗겼나 보오. 인간성을 무시하는 공산주의의 잔인
한 선물이 아니겠오. 너머 서러워 말구 다 잊어버리시오. 다만 우리에
게 이 비극의 시대를 극복시켜야 하는 의무가 있다는 것만 생각합시
다. 그것만이 우리의 의무입니다. 청년의 의무인 동시에 세계적 의무
입니다. 아우도 이제 깨달을 수 있을 것이오.」[20]

사사로운 개인의 의리보다는 민족 전체의 이익을 먼저 생각해야 한다는
주장은 「의리와 애정」에서도 잘 드러난다. 이 작품은 여군 장교 임중위의
행위를 통해 개인의 의리가 전체 이익에 배신하는 행동이 되어서는 안 된
다는 사실을 강조하고 있다. 임중위가 자신을 구해주었던 은인인 북한군
의 석방을 위해 변호하는 것은 결코 개인의 의리에서 오는 감정 때문이
아니라, '위대한 민족애'로서의 의리에 입각한 것이라는 사실을 통해 이
작품은 애국심의 필요성을 강조하고 있다.[21]

북한군 및 공산주의자의 비인간성을 형상화하여 공산주의를 비판하고
있는 소설로는 '공비'가 된 해봉이 군당부 간부의 명령 때문에 할 수 없이
자기의 어머니를 총으로 쏘아 죽이게 만들었다는 내용의 「삼형제」, '공비'

---

20) 『전선문학』 1, 1952.4, p.27.
21) 이외에도 국군을 형상화한 작품으로는 용감한 국군 권중사의 이야기를 다룬 「용사」,
유비무환의 정신이 전투 승리의 요건이 됨을 보여준 「김장군」, 용맹한 심하사가 여학
생으로부터 온 위문편지를 잃어버려 애를 태우다가 찾게 되어 기뻐한다는 「위문과
편지」, 잠꾸러기 노병인 김이등병과 소년병간의 인간애에 관한 일화를 기록하고 있는
「노병과 소년병」 등이 있다. 정훈교육이 장병들에게 전쟁의 승리를 위한 정신교육을
목적으로 하면서도, 다른 한편으로는 장병들의 수고를 위로해주는 오락적 기능도 지니
고 있음을 고려할 때, 「김장군」은 주로 전자를, 「용사」, 「위문과 편지」, 「노병과 소년
병」은 후자를 위한 전쟁물이라고 할 수 있다. 그리고 애국적 인물의 형상화를 통해 애
국심을 고취하고 있는 작품으로는 신문사에 근무하는 용칠이 종군기자로서 일선으로
떠난다는 「전주곡」, 전장에서 살아 돌아왔으나 친구가 처자식과 함께 살고 있는 것을
보고, 처자식을 위해, 그리고 '조국'을 위해 다시 전장으로 떠난다는 「가을저녁」 등이
있는데, 이 작품들은 전쟁의 피해상을 사실적으로 보여주고 있다는 점에서 주목할 만
하다.

가 욱실거리는 지리산 운봉에 살고 있는 근배가 '공비'들에 의해 처자식을 모두 잃어버린 후 그들에게 복수한다는 내용의 「지리산 근처」,22) 공산주의 사상 때문에 비인간적 행위를 서슴지 않다가 귀향이라는 여성과의 사랑을 통해 인간성을 회복하게 되는 지식인 김명구의 삶을 그린 「빨치산」 등이 있다. 그런데 「빨치산」은 이러한 유형의 대표작으로서, 이 시기 박영준 문학의 특성을 잘 드러내고 있으므로 이 작품에 대해서 좀 더 자세히 논의해보기로 하겠다.

「빨치산」은 김명구가 빨치산의 부대장으로 지리산에서 교란 작전을 벌이던 중, 국군에 의해 포로가 된 후 자신의 심경을 고백하는 일인칭 서술 형식의 작품이다. 이 작품은 빨치산의 생활과 그의 인간적인 면모를 구체적으로 형상화하는 가운데, 이데올로기와 휴머니즘의 문제를 다루고 있다. 이 작품은 당시 화제작이 되어 많은 갈채를 받았다고 한다. 그런데 이 작품은 "뚜렷한 근거나 필연적인 이유도 없이 빨치산 생활에 염증을 나타내기 시작하고 공산주의의 허구성에 크게 눈뜨기 시작"23)하는 주인공의 모습을 보여주기도 한다는 점에서 비판받기도 한다.

그러면 「빨치산」의 이러한 성과와 한계는 어디에서 기인하는 것일까? 이것은 박영준 자신의 전쟁체험 및 목적의식과 밀접한 관계가 있을 것으로 판단된다. 박영준은 작품집 『그늘진 꽃밭』 서문에서 자신의 풍부한 체험에 대해 남다른 자신감을 표현하고 있거니와, 이 작품의 성과 역시 그 풍부한 체험에서 비롯되었다고 할 수 있다. 박영준은 이 작품이 밀양에 주둔해 있던 기갑부대에서 만난 한 인물을 모델로 하고 있음을 다음과 같이 밝히고 있다.

---

22) 본래는 「어둠을 헤치고」(대한금융연합회 편, 『농민소설선집』, 1952)라는 제목으로 발표되었으나, 이후 단편집 『그늘진 꽃밭』(신한문화사, 1953)에 「지리산근처」로 개제, 수록되었다.
23) 조남현, 「우리 소설의 넓이와 깊이」(『문학정신』, 1988.12), p.254.

모델이 된 그 사람을 직접 만나보았을 때 그는 말뿐 아니라 몸놀림 하나하나 일순의 표정 하나하나 오로지 살고 싶다는 그 일념으로 충만해 있었읍니다만 내 눈엔 그러는 그가 조금도 추해보이지 않았읍니다. 그래서 나는 생명에 대한 애정, 다시 말해 인간애에 눈을 뜨게 된 그를 위해 소속 연대장에게 그를 특사해달라고 청원까지 했읍니다. 그러나 그가 그 후에 어떻게 되었는지 아무런 소식을 못들었읍니다. 아뭏든 나는 그 전쟁의 현장에서 귀중한 체험을 했고 그걸 작품화시켜 보았던 것입니다.24)

인용된 글을 통해서도 우리는 이 작품의 성과가 어디에서 비롯되었는지를 짐작할 수 있게 된다. 그것은 바로 모델이 된 한 실제 인물의 이야기가 지니는 구체성과 빨치산 생활이 지니고 있는 전형적 성격을 드러낼 수 있는 가능성과 관련된 것이었다. 그런데 이 같은 성과는 작가 자신의 목적의식에 의해 제한을 받는다. 즉, 전쟁의 승리를 위해 반공·애국사상을 고취시키고자 한 작가의 목적의식은 「빨치산」으로 하여금 작위적이고도 관념적인 성격을 가지게 하였던 것이다.25)

셋째, 전쟁으로 인해 고통을 겪는 민간인의 형상화를 통해 전쟁의 비극성을 사실적으로 보여주는 소설로는 전쟁에 의해 부모를 잃은 소녀의 이야기를 다룬 「오빠」, 피난지 부산에서 생활의 고통을 겪는 주인공의 이야기를 다룬 「부산」, 전쟁으로 남편과 아들을 모두 잃은 여인의 이야기를 다룬 「변노파」, 친구가 전사한 줄 알고 그의 가족과 함께 살다가 친구가 살아 돌아오게 되어 새로운 곤란을 겪게 된다는 이야기를 들려주고 있는

---

24) 박영준, 「저 산정에 햇볕이」(『문학사상』, 1973.7), p.278.
25) 이같은 현상은 전쟁 당시의 많은 작품들 및 이후 조정래의 『태백산맥』이 나타나기까지 계속된다는 점에서 주목할 만한 가치를 지닌다. 이는 이태준의 빨치산 소설 즉, 「첫전투」(1949), 「고향길」(1950) 등을 비롯한 북한의 빨치산 소설들이 혁명적 낙관주의에 기초한 영웅적 인물의 형상화를 통해 남한 현실의 모순적 성격을 드러내면서 공산주의 사회에 대한 강한 열망을 드러내고 있는 사실과도 대조된다.

「가을저녁」, 역시 전쟁으로 파괴된 가족 이야기를 들려주고 있는 「봄하늘」과 「밥이야기」, 「수운」 등이 있다. 여기에서는 「수운」을 통해 세 번째 유형의 작품이 지니고 있는 특성에 대해 살펴보기로 하겠다.

「수운」은 남편을 잃은 두 자매의 이야기를 들려주고 있다. 언니 경옥은 생활의 방편으로 다방을 운영하고, 동생 경원은 회사에 다니면서 언니의 다방 일을 도와준다. 그러나 벌이는 시원치 않아 여전히 생활의 고통을 겪게 되는데, 보다 고민되는 것은 남자와의 관계이다. 혼자 사는 경옥은 남편이 이북으로 납치되어 간 바람에 생사도 모르는 처지여서 친절을 베푸는 남자들이 적지 않지만 결혼 같은 것은 생각지도 못하고 있고, 동생 경원 역시 남편이 죽은 지 3년이지만 아이가 있어 고민한다. 그런데 두 자매에게 관심을 가진 남자들이 나타난다. 이로 인해 두 자매는 심적인 갈등을 겪지만 결국은 서로를 이해하게 된다는 이야기이다. 이 작품은 이처럼 전의를 고취하기보다는 두 자매의 이야기를 통해 전쟁으로 인한 가족관계의 붕괴, 전쟁기 현실에서 여성이 처하게 되는 정신적, 물질적 고통의 구체적 실상을 보여주면서 자매간 사랑과 이들의 내면 심리 등을 잘 묘사함으로써 읽는 이에게 감동을 주고 있다.

그런데 박영준의 장편소설은 단편소설의 이러한 특성들을 복합적으로 보여주고 있다. 박영준의 『애정의 계곡』과 『열풍』은 다양한 인물들의 이야기를 통해 한국전쟁기 현실의 비극성을 보여주면서 한편으로는 공산주의에 대한 적개심과 애국심을 고취하고 있다.

『애정의 계곡』은 전체 13장으로 구성되어 있다. "대구매일신문에 연재한 지 만 일년 뒤"26)에 단행본으로 출간된 이 작품은 한국전쟁이 발발했던 1950년 6월 25일부터 1951년 6월 30일까지 약 1년 동안에 일어났던 사건을 다루고 있다. 그 동안 이 작품은 연구자들의 관심을 받지 못하였으

---

26) 『애정의 계곡』(삼성사, 1953), p.5. 이하 인용시 페이지 수만 밝히고자 한다.

나, 전쟁의 실상과 그것의 비극적 성격을 다양한 인물들의 삶을 통해 비교적 구체적으로 보여준다는 점에서 주목할 만한 가치가 있다.

D여자 중학교 선생인 황연길과 국민학교 여선생인 김현주의 삶은 그 한 예에 속한다. 연길과 현주는 서로 사랑하는 사이이다. 먼 인척 관계인 까닭에 양부모는 결혼을 반대하나, 두 사람은 장차 결혼할 것을 약속한다. 그러나 이들의 약속은 전쟁 발발로 인해 파국을 맞게 된다. 연길은 전쟁 발발 소식을 듣고 전전긍긍하면서 은신하다가 현주와 헤어지고 급기야는 인민군에 의해 납북 당한다. 북한으로 끌려가던 중 겪게 되는 고통과 '제3 야영훈련소'에서의 고된 생활에 대한 묘사는 매우 구체적이어서 독자로 하여금 흥미를 갖도록 한다.

> 입에는 누룽지를 문 채 양손을 들고 걷기를 시작했다. 운동장을 한 바퀴 돌고는 식당에 들어 와서 전원이 점심을 다 먹을 때까지 만인 주시 앞에 그러고 서 있어야 했다. 물론 점심은 먹이지도 않았다. 연길은 땅 속에 잦아들고 싶었다. 세상에서 이러한 창피도 당할 수가 있을 것인가(p.187).

위 인용문은 훈련 생활 중 배고픈 나머지 식당에서 누룽지 하나를 훔치다가 '인민군'에 의해 발각되어 혼이 나는 장면에 관한 묘사이다. 연길은 이처럼 훈련소 생활을 하는 가운데 배고픈 고통과 고된 훈련, 구타 등을 당하면서 탈출을 결심하고 이를 결행한다.27) 우여곡절 끝에 서울로 돌아온 그는 현주를 만나게 되지만, 중공군의 참전과 유엔군의 서울 철수로 인해 이들의 사랑은 비극적으로 끝나게 된다. 현주가 피난길을 떠난 후, 연길은 아픈 몸을 이끌고 추운 겨울의 피난길에 나서다 고통을 이기지 못

---

27) 이 같은 내용은 박영준 자신의 납북 체험 내용과 유사하다. 박영준, 「노예의 노동생활」, 『전시문학독본』 참조.

해 자살하고 만 것이다.

전쟁의 비극적 성격은 연길의 제자였던 이초희, 중간파 지식인에 해당하는 박재만, 애인 양심덕, 음악가 최순일 등의 삶을 통해서도 드러난다. 연길을 사모하는 이초희는 고아원 보모로서, 곤란에 처한 연길을 돕고자 애를 쓴다. 그녀는 비행기 폭격으로 인해 부모를 잃게 되고, 공산주의자인 정인한으로부터 강간을 당하게 된다. '1·3 후퇴' 때, 그녀는 다섯 명의 고아와 함께 대구로 피난한다. 여기서 그녀는 생활의 곤란을 겪다가 '유엔 마담'의 길을 걷게 된다.

연길과 같은 학교의 수학 선생이었던 박재만은 서울이 인민군 점령하에 들어가자, '현실과 타협'하고자 한다. 공산주의자가 아니었지만, 공산주의 세상에서도 살아야겠다는 생각에서 그들의 일을 도왔던 것이다. 그러나 그는 납북 체험을 통해 공산주의의 허구성을 실감하고 연길과 함께 탈출하여 서울로 돌아온다. 그는 남한의 '제이국민병'에 자원하였다가, 다리 한 쪽을 잃은 상이군인이 되었으며, 그의 애인 양심덕은 '유엔 마담'이 된다.

본래 피아니스트였던 최순일 역시 전쟁의 피해자이다. 그는 전쟁이 발발하자 처자식을 버리고 월남한다. 피난 도중에 그는 현주의 피난 짐을 옮겨주다가 손가락을 다쳐 장지 한 마디를 끊게 되는 비운에 처하게 된다. 전쟁으로 인해 처자식과 이별하게 되고, 피아니스트로서의 꿈마저 버려야 하는 처지가 되었던 것이다.

이 작품은 이처럼 다양한 등장인물들의 삶을 통해 전쟁의 참상과 그것의 비극적 성격을 잘 드러내고 있다. 물론 이외에도 이 작품은 한국전쟁의 실상을 구석구석 치밀하게 보여주고 있다. 전쟁이 발발하자 당장 쌀값이 올라 불안해 하다가, 한강 다리가 끊어지고 인민군이 서울을 점령하게 되자 '인민군 만세'를 부르는 서울 시민들의 모습, 인민재판의 현장과 전쟁 중에도 여전히 번잡한 시장의 모습 등이 그 예에 속한다고 할 것이다.

그런데 이 작품은 비극으로 끝나는 것이 아니라 오히려 행복한 결말을 보여준다. '유엔 마담'으로 전락했던 초희가 상이군인이 되어 돌아온 재만과 희망에 찬 새로운 생활을 하게 되고, 순일이 슬픔을 극복하고 작곡가로서 성공하게 된다. 그러면 이러한 결말은 어떠한 의미를 가지고 있는 것일까? 그 의미는 '행복'의 계기에서 잘 드러난다. 이들은 한결같이 민족과 조국을 위해 희생적으로 노력함으로써 자신의 개인적 불행과 슬픔을 극복할 수 있었던 것이다. 이것은 '애국심 고양'이라는 이 작품의 목적의식과 밀접한 관련이 있다고 할 수 있다. 그런데 이런 목적의식은 이 작품의 서사적 가능성을 위태롭게 할 정도로 부정적 영향을 미치고 있다. 이 작품은 북한 공산주의와 관련된 것은 모두 부정적으로 묘사하는 반면, 남한 사회에 대해서는 대체로 긍정적인 태도를 취하는 등 극히 편향된 서술태도를 취하고 있는 것이다.

북한 공산주의에 대한 태도는 한마디로 적개심에 해당한다. '괴뢰군'이라는 용어의 사용과 함께 이들은 악한 인물로서, 그 행위는 매우 잔인한 것으로 묘사된다. 다음은 공산군들이 병원에 입원했던 환자들을 죽이고 그 시체들을 길가에 버려 까마귀들이 그 시체를 뜯어먹고 있는 광경에 대한 화자의 서술이다.

공산주의의 인간성에 동감을 느끼려면 그는 자기의 목숨을 연장시키기 위하여 남의 목숨을 경멸하는 잔인성에 마비가 되지 않으면 안 될 것 같았다. 강압된 관념에 마비가 되지 않은 사람이라면 참말로 눈으로 볼수도 없는 현상이었다(p.62).

공산주의자들의 부정적인 모습은 경찰서에서 동회장과 청년 단장을 총살하는 모습, "조국을 위하고 인민을 위한다고 하면서도 결국은 강도질을 하는"(p.70) 치안대원들의 모습, 공포를 주기 위한 인민재판, 납북 과정에서의 인민군들의 잔인한 행위, 야영 훈련소 인민군들의 잔인하고 탐욕스런 모습, 부역자 김명구의 비굴한 모습 등에서 잘 드러난다.

그런데 이 중에서 보다 큰 비중을 두고 다루고 있는 인물은 좌익 계열의 선생이었던 정인한이다. 그는 학생들을 선동하여 우익인 연길을 학교에서 쫓아내려다 자신이 도리어 쫓겨난다. 인민군이 서울을 점령하게 되자, 그는 동 인민위원장이 되고 이후에는 시 인민위원회 교육과 일을 맡게 된다. 이런 점에서 볼 때, 그는 소위 '문제적 인물'로서의 속성을 지니고 있다. 그러나 그는 전쟁을 계기로 막강한 권한과 함께 물질적 풍요를 누리면서 개인적 보복을 꿈꾸고, 급기야는 권총으로 협박하여 초희를 강간하는 치한에 불과한 인물로 묘사될 뿐이다.

이와 대조적으로 남한 사회에 대한 이 작품의 태도는 매우 긍정적이다. 북한의 '의용군' 제도는 "기만적"(p.79)인 것으로 묘사하면서, 당시 많은 물의를 일으켰던 남한의 '제이국민병' 제도의 문제점에 대해서는 눈감은 채, 그것의 긍정적 의의만을 다음과 같이 강조한다.

「지원해서 나가는 사람이 많습니다. 조국을 사랑하는 마음도 마음
이려니와 공산주의에 대한 증오심이 크기 때문이라고 생각합니다. 나
두 그렇습니다」(p.273).

또 하나의 장편 『열풍』(『경향신문』, 1953.1-6)은 어떠한가.[28] 이 작품은 모두 14장으로 구성되어 있다. 1952년 크리스마스 전후 피난지 부산의 세태를 그리고 있는 이 작품은 여주인공 이경옥이 미국에서 삼 년 동안 음악 공부를 하고 귀국하는 장면으로 시작한다. "한국의 일류 성악가"(p.22)로서 소프라노가 전공인 그녀의 눈을 통해 피난지 부산의 세태는 부정적으로 드러난다.

---

28) 이 작품은 이후 단행본 『열풍(熱風)』(세문사, 1954)으로 출간되었다. 이하 인용 시 본문에 이 텍스트의 페이지 수만 밝히고자 한다.

언니 경순은 윤리적으로 타락한 인물로 묘사된다. "육이오 때 남편이 괴뢰군에게 총살을 당한"(p.11) 경순은 다방을 경영한다. "남편이 죽은 지 거의 삼년이 된 오늘"(p.15) 그녀는 미군까지 상대하며 장사를 한다. 다방을 개업하기까지의 모든 비용은 모리배 김명구가 대준 것이다. 그녀는 김명구를 "생활을 향락하기 위해서는 버릴래야 버릴 수 없는 존재"(p.52)로 여기며 그와 육체적 관계를 가진다. 그녀는 또 돈도 없고 지위도 없는 충림에게서는 "악몽 속에서 깨어나 진정한 자기로 돌아온 것 같은 행복감을 느낀다"(p.52). "양면 생활을 모두 만족시키기 위해서는 김명구나 최충림이나 두 사람 전부가 필요불가결한 것"(p.52)이라고 생각하는 것이다.

무역회사를 경영하는 김명구는 모리배로 등장한다. 경옥은 그에게 "세상에서는 선생님 같은 분들을 모리배라구 욕을 한다지요?"(p.31)라고 빈정대면서, 그를 "애정 세계에서까지 주판을 놓는 상인"(p.169)으로 생각한다. 경순은 그를 '색마'라고 부른다. 실제로 그는 "세상은 제멋대루 내버려두구 우린 우리 멋대루 살아야"(p.230)한다고 주장하면서, 경옥을 건드리려다 실패하기도 하는 인물이다.

경옥의 옛 애인 최충림은 전쟁 이전에는 촉망받던 피아니스트였지만 현재는 "파티의 악사루 팔려다니구 티―룸 피아니스트로 팔려 다니는"(p.21) 인물이다. '1·3 후퇴' 이후 늙은 부모를 부양하기 위하여 음악을 하나의 생활 수단으로 팔지 않을 수 없게 된 것이다. 그가 경순의 유혹에 빠진 것은 이러한 생활 때문이다. 이 사실을 나중에 알게 된 경옥은 다음과 같이 현실을 비판한다.

> 「결혼할 상대가 없어. 예술가는 돈이 없구 의사는 이중 삼중의 생활면을 가졌구 관리는 속 없이 허세만 부리구 실업가는 지적 수준이 얕구 교수는 융통성이 없구 그러니 누구와 결혼을 해?」(p.72).

이 작품이 이처럼 피난지 부산의 타락상을 고발하고 있는 것은 애국심을 고취하고자 하는 박영준의 목적의식과 무관치 않다. 자신의 타락한 생활을 청산하기 위해 제주도에 있는 ○○훈련소에서 연예대 일을 보기로 한 최충림의 말에서도 이 사실은 잘 드러난다.

> 「싸우는 국군의 긴장된 마음을 가져보려 합니다. 예술이니 뭐니 하지만 현재의 예술가들은 자기의 생활을 합리화시켜가면서 목숨을 연장시키는 데 급급할 뿐 아닙니까? 최소한도 예술은 남을 위해 봉사하는 정신 속에서 울어나와야 할 것입니다. 六・二五 사변이 일어난 뒤 우리에겐 그것이 너무나 결여된 것 같습니다」(p.212).

이 말은 종군작가단원으로서 애국심을 고취하는 작품을 창작하고 있는 박영준 자신의 이야기로 받아들여도 좋을 것이다. 전쟁고아 완석에 대한 경옥의 다음과 같은 생각도 이 점에서 예외는 아니다.

> 「완석을 생각함으로 민족 전체를 생각하고 싶다는 것이 어째 사치스런 생각이냐. 내가 음악을 버리려는 것두 결국 비참한 민족 속에서 나만이 명예의 눈이 어둡고 싶지가 않기 때문야. 어느 것이 진실인진 몰라두 민족전체를 생각할 수 있는 환경 속에서 살라면 호화스런 무대를 버려야 할 것 같아」(p.66).

경옥은 "불쌍하다는 동정감과 민족적인 정의감 같은 데서"(p.99) 완석을 거짓 없는 마음으로 대한다. 고아원을 경영하는 완석의 아버지 심제삼의 일을 거들기도 하고 경영 자금을 마련하기도 한다. 심제삼은 "전쟁에 나가 병신이 되었어도 나라를 위해 일하려는 마음"(p.92)에서 눈을 잃은 가운데 고아원 원장으로 일하는 인물이다. 경옥은 심제남과 최충림 사이에서 고민한다. 이때 언니 경순이 과거의 생활을 청산하고자 한다며 용서를 구하자,

경옥은 심제삼과 결혼하기로 결심하고 충림에게는 자신을 단념케 한다.

이러한 결말에서도 애국심을 고취하고자 하는 작가의 목적의식을 엿볼 수 있겠는데, 이것은 공산주의에 대한 비판으로 나타나기도 한다. 화자의 다음과 같은 설명이 그 한 예이다.

> 남을 망하게 하기 위한 질투와 시기란 인간을 어떠한 한계 속에서만 저울질하여 그 한계 속에서도 일정한 양의 인간만을 뽑아내는 다시 말하면 인간성의 발전을 극도로 제한하는 공산주의 사회에서나 인정할 수 있는 일이다(p.84).

이처럼 공산주의에 대한 이 작품의 비판은 지극히 감정적이다. 이와 같은 맹목적 비판은 "한국민족은 공산주의와 비슷한 일제의 강압되고 제한된 사회제도 밑에서 너무나 큰 제물이 되었던 것"(p.84)이라고 생각하는 경옥이 친구 영애에게 "세상에서 빨갱이처럼 단순하구두 어리석은 삶은 없을거야. 네가 그런 바보가 되문 나는 어떻게 될 것 같으니? 외로울거야. 자꾸 울기만 할거야"(p.88) 라고 말하는 장면에서도 잘 드러난다.

이상에서 살펴본 바와 같이 한국전쟁기에 발표된 박영준의 전쟁소설 중에는 전의를 고취하려는 목적의식을 드러내고 있는 작품이 많다. 그 결과 이 시기 그의 작품들은 풍부한 체험을 바탕으로 다양한 인물들의 형상화를 통해 한국전쟁기 현실의 구체적 실상을 보여주기도 하였지만, 독자로 하여금 작품의 진실성을 의심케 만들기도 한다. 이 시기 박영준의 전쟁소설이 지니는 의의와 한계는 바로 이러한 점에서 찾을 수 있을 것이다.

나. 휴전 이후의 전쟁소설

박영준은 1953년 7월 27일 휴전이 된 이후에도 많은 작품을 발표하였다. 그러나 한국전쟁을 다룬 작품은 많지 않은데, 조사한 바에 의하면 1969년까지 발표된 작품은 단편소설만 9편 정도이다. 「통곡하는 어머니」(『문화세계』2, 1953.8), 「용초도근해」(『전선문학』, 1953.12), 「자멸」(『현대공론』, 1954.5), 「금반지」(『현대공론』11, 1954.11), 「초점」(『새벽』2, 1954.12), 「피의 능선」(『사상계』19, 1955.2), 「도하기」(『현대문학』17, 1956.5), 「궁극의 위치」(『자유문학』, 1960.8), 「파풍」(『현대문학』, 1969.3) 등이 그에 해당한다.

이 작품들은 공산주의자를 주인공으로 한 작품이 없다는 점, 전의를 고취하기보다는 한국전쟁의 비극적 성격을 보여주는 데 치중한다는 점 등에서 한국전쟁기 전쟁소설과 차이점을 드러낸다. 따라서 여기에서는 크게 국군을 형상화한 작품과 일반인을 형상화한 작품으로 나누어 이들의 특성을 살펴보고자 한다.

국군을 형상화한 작품으로는 「용초도근해」, 「자멸」, 「피의 능선」, 「도하기」, 「궁극의 위치」 등이 있다. 이들은 국군의 영웅적인 모습을 보여주던 한국전쟁기의 작품과는 달리 주로 국군 포로, 전사자 등을 통해 전쟁의 비극적 성격을 보여준다는 점에서 공통점을 지닌다.

「용초도근해」는 한국전쟁 중 포로가 되었던 한 지식인이 포로교환 협정에 의해 그토록 그리워하던 남한으로 오게 되었으나 결국에는 자살하고 만다는 이야기를 들려주고 있다. 주인공 용수는 사랑하는 여인 혜민을 북한에 두고 혼자 남한으로 왔다는 것과 수용소에서 살아남기 위해 전우를 인민재판 하였다는 사실 등에 대한 죄의식 때문에 자살한 것이다. 전쟁 포로인 주인공이 심적인 괴로움을 못 이겨 바다에 뛰어들어 자살한다는 이야기는 한국문학사에서 기념비적인 위치를 차지하고 있는 최인훈의 『광장』(1960)과 유사하다는 점에서 많은 평자들로부터 주목을 받고 있다. 그런데 이 작품은 주인공의 자살이 한 개인의 윤리적 차원에 머물러 있고 반공 이데올로기에 갇혀 있다는 점에서 비판받기도 한다. 실제로 최인훈의 『광장』에서는 주인공의 자살이 당대 현실의 모순과 보다 밀접하게 연관되어 있음에 비해, 「용초도근해」에서는 주인공의 자살이 개인적 성격에서 비롯된 것처럼 나타나기 때문이다. 그러나 주인공 용수의 자살이 단순히 한 개인의 윤리적 차원에서만 이루어졌다고 보기는 어려울 것 같다. 왜냐하면 어떤 사람이 다른 사람을 밀고하여 그로 하여금 고통을 조금 더 받게 말하였다고 해서 자살까지 하게 된다는 것은 개연성이 부족하다는 느낌을 주기 때문이다. 따라서 주인공의 죽음은 정갑이 전우라는 사실과 관련지어 생각해 볼 수 있다. 사실 용수의 잘못은 당시 환경의 특수성 때문에 비난하기 어려울 정도인데, 그럼에도 주인공이 그토록 괴로워하다가 자살까지 하게 되는 것은 다른 사람이 아닌 전우에게 고통을 주었다는 사실을 강조하고자 한 작가의 의도와 관련 있다고 생각한다. 어쩌면 작가는 용수보다 더 큰 죄를 짓고도 자기반성 없이 살고 있는 사람들 곧 민성주와 같은 인물들을 비판하고자 하였는지도 모른다. 어쨌든 이 작품이 「육군종군작가단」 기관지 『전선문학』 마지막 호에 실려 있는 작품이고, 박영준이 한국전쟁 당시 일관되게 반공의식과 애국심의 필요성을 강조해왔다는 사실을 고려할 때 이러한 추정은 가능하리라 생각한다. 따라서 남파된 공작원 민성주가 그토록 쉽게 공산주의에 대해 환멸을 느끼고 전향을 결심하는 것도 이러한 사실과 관련 있다고 할 수 있다. 이 점에서 이 작품은 한국전쟁기 소설과 가장 가깝다고 할 것이다.[29]

「피의 능선」은 전장의 모습을 보여주면서 애국심을 고취하고 있다. 이 작품은 1951년 8월 전투가 치열했던 전장의 모습을 통해 많은 인명이 살상되었음을 보여준다. 중대장 원광철 중위는 명령이 떨어지자 나무가 하나도 없는 산이기 때문에 포대를 하나씩 메고 가서 그것을 은폐물로 삼아 사격을 해야 하고, 며칠 째 비 맞은 총이기 때문에 총신이 녹슬어 총알이

---

[29] 이후에 발표된 「자멸」이라는 작품도 이와 같은 관점에서 해석할 수 있다. 왜냐하면 포로였던 주인공이 죽음의 길을 택하게 된 것은 자신의 밀고 행위가 적을 이롭게 하였다는 사실에 대한 각성 때문이었던 것이다.

나가지 않는 경우도 있는 어려운 환경 가운데서도 전투에 나선다. 첫 전투에서 대부분의 소대원을 잃고 대여섯 명을 데리고 돌아오게 된다. 대부분의 병력을 희생시키고 자기만 살아왔다는 것이 정말 미안했기에 그는 재차 전투에 참가하나 실패한다. 세 번째 공격에서는 자신의 고집 때문에 노련한 김상사를 죽게 만든 것 같아 괴로워한다. 그는 죽기를 각오하고 다섯 번째 전투에서 결사대의 선두에 섬으로써 고지를 점령하게 된다. 그러나 그는 적의 기관포탄에 장딴지를 맞아 입원하게 된다. 병원에서는 일 년 육 개월이면 다리를 자르지 않고 고칠 수 있다고 하였으나, 원중위는 고개를 젓는다. 왜냐하면 수많은 전우들이 죽음을 당했는데, 자기만 불구자가 되지 않기 위해 병원에 누워 있을 수가 없다고 생각하였기 때문이다. 이 작품은 이처럼 원중위의 전우를 생각하는 마음과 애국적 행위를 형상화하고 있는데, 이 역시 애국심을 고취하고자 하는 목적의식에서 비롯되었다고 할 것이다.

「도하기」는 평양을 배경으로 전쟁의 상처를 보여주고 있다. 점령한 지 두 달이 못되어 철수를 완료한 1950년 12월 초순, 선우 대위는 하사관 한 명만 데리고 최후까지 남아 시민들이 실망과 슬픔을 갖지 않도록 포스터를 써서 붙이는 임무를 맡았다. 정훈국 평양분실장으로 부임한 그는 9·28 수복 때 유격대장으로 대구를 출발하여 서울에 이르기까지 한 달 이상 '괴뢰군'과 직접 싸운 경험이 있는 인물이다. 그는 끊어진 다리를 통해 서로 먼저 도강하려다 죽기도 하는 피난민들의 모습과 은행 금고를 곡괭이로 부수는 남자들과 함부로 널려 있는 붉은 지폐를 치맛자락에 마구 싸는 부인들로 혼란 상태인 평양 시내의 모습을 보여줌으로써 전쟁의 실상을 잘 보여주고 있다. 결국 그는 목수들을 모아 다리를 고치게 하고 도강 질서를 세우면서 많은 인명을 구하고 자신도 대동강 철교를 넘게 된다. 그러나 그는 다리를 고쳐 만 하루 동안에 넘어온 사람이 십만 명은 되지만, 넘지 못하고 서성대고 있는 사람들도 그만한 수효 못지않을 것 같아 안타

까움을 느낀다. 이 작품은 이처럼 전쟁 중 있었던 일들을 통해 전쟁기 북한 현실을 구체적으로 증언하고 있다. 그러나 북한을 지옥과 같이 여기는 박영준의 생각은 이 작품에서도 잘 드러난다. 남들은 모조리 국군을 따라 남으로 피난을 가는데 피난을 못 간다고 해서 남의 물건과 돈을 훔치려는 사람들과 이것을 보고 가슴이 허전함을 느끼는 주인공의 모습 등은 그 예가 될 것이다.

「통곡하는 어머니」는 지숙이라는 여성의 삶을 통해 전쟁의 상처를 보여주고 있다. 북한에서 살다가 남한으로 피난 온 지숙은 남편과 두 아들을 잃고, 어린 딸 경순이와 함께 못마땅해 하는 시삼촌댁에 얹혀살아야 하는 고통을 겪는다. 시삼촌댁 내외가 작은아들을 면회하고 온 것을 쓸데없는 짓을 한 것처럼 여기는 데서 아픔을 느낀 그녀는 문제는 돈 때문이라고 생각한다. 그녀는 돈을 벌고자 삼촌댁에게 돈을 빌려 미군 바지와 와이셔츠 장사를 시작하였지만, 미군 '엠피'에게 걸려 물건을 모두 빼앗겨버리는 아픔을 당한다. 더욱이 포로 교환이 시작되면서 북한 의용군으로 남한에 잡혀 있던 작은 아들은 북한으로 가고, 국군으로 북한에 잡혀 있던 큰 아들은 남한으로 내려오게 된다는 사실을 알게 되면서, 지숙은 이 기막힌 현실에 눈물을 흘리며 통곡하게 된다. 이 작품은 이처럼 지숙이라는 한 여성의 삶을 통해 전쟁이 우리 사회에 남긴 상처를 보여주고 있다. 전쟁으로 인한 가족의 해체, 전쟁으로 인해 여성이 감당해야 하는 제반 고통, 그리고 포로 문제 등이 그에 해당한다고 할 것이다. 그런데 이 작품은 이러한 전쟁의 책임이 공산주의, 보다 정확히는 북한 정권에 있음을 보여주면서, 공산주의에 대한 적개심의 필요성을 강조하고 있다.[30] 이 점은 첩을 데리고 살다가 뻔뻔스럽게 돈을 빌리러 나타난 남편에 대한 지숙의 다음과 같은 생각 속에서도 잘 드러난다.

---

30) 「금반지」는 금반지에 대해 집착하는 한 노인의 이야기를 들려주고 있는데, 이 작품에서도 비인간적인 북한군의 모습을 통해 공산주의에 대한 비판 의식을 드러내고 있다.

> 이북이 싫어서 월남했다면 무엇보다도 이북을 저주하는 말이 한 마
> 디라도 있어야 할 것이다. 더구나 자식들을 그놈들 때문에 다 잃어버
> 리고도 생각해서 소용없는 일이라고 말한다면 세상에 자식 될 놈이
> 어디 있을 것인가. 지숙은 참으로 남편이 밉기까지 했다(p.139).

「초점」은 전쟁고아와 '양부인'의 문제를 통해 민족주의적 애국심을 고취하고 있다는 점에서 주목할 만하다. 특수 임무를 띠고 최후까지 서울에 남아 있던 선우 대위 부대는 1951년 1월 4일 새벽 2시경 출발을 하였는데, 네 살쯤 되어 보이는 어린애를 발견하게 되어 할 수 없이 안고 간다. 게다가 그는 '양부인' 난수를 만나게 된다. 무엇보다 양부인을 싫어하던 그였지만, 그녀의 처지를 이해하게 되자 어쩔 수 없이 그녀마저 떠맡게 된다. 많은 전쟁소설들이 고아와 성매매 여성의 문제를 다룬 바 있지만, 이 작품은 다음과 같이 난수의 항변을 통해 '양갈보'에 대한 한국 정부와 한국인들의 이중적 태도를 보여주고 있다는 점에서 주목할 만하다.

> 양갈보라구 그러는 거지요? 홍! 양갈보가 없어만 보세요. 나라에서
> 돈을 주구 양갈볼 뽑아내게 될 테니까…… [중략] 양갈보는 죽어야 하
> 나요. 하구 싶어서 그 짓을 하는 년이 어디 있다구……하면서 울기를
> 시작했다. 그리고 또, "나두 중공군에게 몸을 더럽히지 않으려구 피난
> 가는 거에요.. 그런데다가 미군들은 코리안이라구 업신여기고 한국사
> 람은 더러운 년이라 욕하구…… [31]

실제로 '양갈보'는 한국 정부에 필요악과 같은 존재였다고 할 수 있다. 전후 한국정부는 주한미군의 주둔과 관련된 성매매 여성들에 대해서는 국가와 미군의 필요성에 따라 적극적인 양성은 아니더라도 기지촌의 형성, 댄스홀의 허가, 성병관리 등으로 준공식적 존재로 취급하고 묵인하였으나,

---

31) 『박영준전집』 2(동연, 2002), p.324.

대부분의 한국인들은 미군상대의 성매매 여성들을 이 땅에서 치워버려야 하는 오물 정도로 간주하였기 때문이다. 즉 미군 상대의 성매매 여성은 민족적 감정을 토로하는 대상이 되었던 바, 미군에 대한 선망과 열등과 굴욕감이라는 중첩된 감정이 이들에게 그대로 전가되었다.[32] 그런데 이 작품은 '양갈보'인 난수조차도 미군에 대한 혐오감을 드러내고 있음을 보여준다. 물론 이것은 미군의 한국인에 대한 인종 차별적 태도와도 관련 있는 것으로 나타난다.

> "철도 옆에서 대변보는 사람을 보구 막 욕을 하지 않아요. 사실 나두 보기가 흉하기야 했지만 그 사람들이 '썬아부삐치'니 하고 욕하는 말을 들으니까 속이 좋지 않아 당신네들은 빙 둘러앉아 대변을 보면서 무얼 남의 흉을 보느냐고 그러지 않았어요. 그랬더니 내 멱살을 잡구 때릴 듯이 덤비면서 코리안이니 뭐니 그러지 않아요. 분해서 눈물이 나오더군요. 울고 있으니까 나가라고까지 그러지 않아요. 그래서 뛰어나오고 말았지요."[33]

'양갈보'를 혐오하던 선우 대위가 난수를 쉽게 받아들일 수 있었던 것은 미군의 인종차별적 태도에 대한 반감에서 비롯된 민족적 동질감 때문이었을 것이다. 별다른 죄의식 없이 선우 대위가 난수와 함께 미군들의 '레이션'을 훔쳐오고, 전쟁 중 아내가 기다리고 있음에도 '주고 보자'는 생각으로 어린애와 갈 곳 없는 난수를 앞세우고 대구 거리를 걷는다는 이 작품의 결말에서도 민족적 동질감을 강조하는 작가의 민족주의적 태도를 확인할 수 있다. 이와 같은 태도는 당시 반공주의와 민족주의를 동일시하는 당시의 지적 지형도 속에서 반공 이데올로기 체제를 강화하는 데 기여하였을 것으로 판단된다.[34]

---

32) 이임하, 『한국전쟁과 젠더—여성, 전쟁을 넘어 일어서다』(서해문집, 2004), p.228.
33) 『박영준전집』 2(동연, 2002), p.328.

4. 결 론

본고에서는 그동안 학계에서 주목받지 못하였던 박영준의 전쟁소설에 대하여 살펴보고자 하였다. 박영준은 상당한 양의 전쟁소설을 발표하였음에도 불구하고 기존 연구는 대부분 몇몇 특정 작품만을 논의하고 있어, 박영준의 전쟁소설 전체를 대상으로 하여 그 특성과 의의에 대하여 살펴보고자 하였다.

한국전쟁 당시 박영준은 공산주의는 우리의 길이 아니며, 이를 표방하는 북한 김일성 정권은 우리가 싸워 물리쳐야 할 적이라는 확고한 신념을 지니고 있었던 것으로 판단된다. 따라서 그에게 있어서 북한 정권은 더 이상 같은 민족이 아닌 배제되어야 할 타자였던 것이다. 이와 같은 생각은 그의 작품에도 나타나고 있는 바, 한국전쟁기에 발표된 그의 전쟁소설은 대부분 하나의 무기로서 생산되었다고 할 수 있다. 왜냐하면 이 시기 그의 작품은 대부분 국민의 전의를 고취하고자 애국심과 공산주의에 대한 적개심의 필요성을 강조하고 있기 때문이다.

1953년 7월 27일 휴전이 된 이후에도 박영준은 많은 작품을 발표하였으나 전쟁소설은 많지 않다. 이 시기 박영준의 전쟁소설들은 대부분 한국전쟁기에 일어났던 일들과 전쟁 이후의 제반 피해상 등을 보여주지만, 작품 곳곳에서 애국심과 공산주의에 대한 적개심을 고취하고 있다는 점에서 한국전쟁기 전쟁소설의 현실인식과 큰 차이가 없음을 보여준다. 다만 이 시기 작품에는 민족주의적인 태도가 보다 강화되고 있는데, 이는 반공주의와 민족주의를 동일시함으로써 반공 이데올로기를 통한 체제의 강화를 도모하는 데 기여한 남한의 지적 지형도와 밀접한 관련이 있다고 할 것이다.

---

34) 한국전쟁기 남북한 소설의 민족주의 문제에 대해서는 신영덕, 「한국전쟁기 남북한 소설의 탈식민주의적 연구」(『현대소설연구』 제23호, 2004.9), pp.81-85 참조.

  이와 같은 사실은 물론 박영준 자신의 작품에서만이 아니라 많은 문인들의 작품에서도 찾아볼 수 있으리라 생각한다. 따라서 이 점에 대한 보다 깊이 있는 연구는 앞으로의 과제가 될 것이다.

II. 황순원의 전쟁소설

1. 서 론

황순원의 전쟁소설은 황순원 문학에서뿐만 아니라 한국문학사에 있어서도 중요한 위치를 차지하고 있는 것으로 평가되고 있다. 이에 대한 지금까지의 연구는 크게 두 가지 방향에서 이루어져 왔다. 하나는 작가론의 관점에서 황순원의 전 작품을 논의하는 가운데 전쟁소설에 대해 언급한 것이고, 다른 하나는 작품론으로서 일부 특정 작품만을 분석 대상으로 하여 논의한 것이다.[1]

이 글에서는 기존의 연구 성과를 참조하면서 황순원의 전쟁소설이 한국전쟁을 어떻게 인식하고 있으며 이를 어떻게 형상화하고 있는지를 중점적으로 살펴보면서 그 특성과 문학사적 의의에 대해 논의하고자 한다. 그런데 황순원은 개작을 많이 한 작가이므로 실증적 연구가 병행되어야 하리

---

[1] 황순원 문학 전반에 관한 연구로서 대표적인 것으로는 양선규, 「황순원 소설의 분석심리학적 연구」(경북대 박사논문,1991), 박혜경, 「황순원 문학 연구」(동국대 박사논문, 1994), 장현숙, 「황순원 소설 연구」(경희대 박사논문, 1994), 임진영, 「황순원 소설의 변모양상 연구」(연세대 박사논문, 1999) 등을 들 수 있다.

라 생각한다. 왜냐하면 필자는 한국전쟁기 문학 작품에 대한 자료를 찾다가 이제까지 알려지지 않았던 황순원의 작품 「포화 속에서」(『서울신문』, 1952.1.15-18)를 발굴한 바 있기 때문이다.2) 그래서 이 글에서는 작가가 최종 확정한 작품 즉, 문학과지성사간 『황순원전집』(1991)을 기본 텍스트로 하되 시기적 특성과 관련된 경우에 한해서는 해당 시기에 발표된 판본을 참고하고자 한다.

그리고 이 글에서는 황순원의 전쟁소설을 한국전쟁기와 그 이후의 작품으로 구분한 후, 각 시기별 작품의 특성과 문학사적 의의에 대해 살펴보고자 한다. 이렇게 두 시기로 나누어 연구하고자 한 이유는 각 시기의 작품들이 한국문학사에 있어서뿐만 아니라 황순원 문학에 있어서도 큰 차이를 보여주고 있기에 유의미하다고 생각하였기 때문이다.3)

2. 전쟁 비판과 이상 세계에 대한 동경

1950년 6월 25일 한국전쟁이 발발하자 한국문단은 전시체제로 재편성되었다. 전쟁 발발 다음 날인 26일 「전국문화단체총연합회」 간부들은 문예사 사무실에 모여 비상사태에 대한 대책을 논의하고, 27일에는 「비상국민선전대」를 조직하여 국방부 정훈국에서 요구하는 제반 업무를 시행하였다. 정훈국 명의의 많은 발표문과 벽보, 보도문을 이들이 기안하였으며, 젊은 시인들은 각 방송국에 배치되어 수시로 애국시를 낭독하거나 격문을

---

2) 이 작품에 대해서는 제Ⅱ장에서 상술하고자 한다.
3) 김윤식·김현 역시 황순원의 경우 한국전쟁기와 그 이후의 작품이 차이를 드러내고 있음을 지적한 바 있다. 이들은 황순원의 현실인식 태도를 낭만주의적인 것으로 규정하면서, 그의 낭만적 정열이 현실의 무게를 느끼게 되는 것은 휴전 직후 발표한 『카인의 후예』에서부터 였다고 설명하고 있다. 김윤식·김현, 『한국문학사』(민음사, 1981), pp.239-244 참조

읽었던 것이다. 그러나 사태가 악화되자 몇몇 문인들은 대전으로 후퇴하여「문총구국대」를 조직하고 '반공전쟁 수행에 끝까지 행동을 통일할 것을 다짐'하고 종군활동을 하였다. 이후 이들은 각군의 지원을 받아 정식으로「공군종군문인단」(일명「창공구락부」, 1951년 3월 9일),「육군종군작가단」(1951년 5월 26일),「해군종군작가단」(1951년 6월 경) 등을 조직하여 보다 체계적으로 종군 활동을 하였다.[4]

한국전쟁기 많은 문인들은 이와 같은 분위기 속에서 전쟁문학의 필요성과 구체적인 창작방법에 관해 논의하면서, 그 취지에 부합하는 '전쟁독려 문학' 작품들을 발표하였다.[5] 김동리가 이 시기의 문단을 '종군문단기'로 규정한 것은 이러한 특성 때문이었을 것이다.[6] 토인비는 전쟁이 문명의 쇠퇴를 가져왔음을 강조한 바 있거니와,[7] 한국전쟁기의 많은 작품들이 미학적으로 미숙함을 보이고 있는 것은 그 한 예가 될 수 있으리라 생각한다.[8]

그런데 이와 같은 현상은 전쟁을 겪은 대부분의 나라에서 공통적으로

---

4) 한국전쟁기 문인들의 종군작가단 조직 및 활동에 관한 자세한 내용은 신영덕,『한국전쟁과 종군작가』, Ⅱ장 참조.
5) 여기서 '전쟁독려 문학'이란 전쟁에서의 승리를 위해 반공사상 및 애국심을 고취하고 있는 작품을 의미하는바, 이들은 전쟁 당시 공산주의 이론의 허구성 및 공산주의 사회 모순 폭로, 북한의 김일성 및 소련의 스탈린에 대한 비판, 공산주의자 및 부역자들의 모습 부각, 전의고취, 애국적 인물 및 국군의 영웅적 형상화, 일선 지원 독려, 후방 사회의 타락상 비판, 이기적 인간 비판 등의 특성을 드러내고 있다. 이에 대한 보다 자세한 내용은 위의 책, 제Ⅳ장 참조.
6) 김동리,「문단 10년의 개관」(『연합신문』, 1958.8.15) 참조. 이하에서는 이 시기를 한국전쟁기 혹은 전쟁기로 칭하고자 한다.
7) 토인비는 인류사에 있어서 공멸적이 아닌 전쟁은 없었다고 하면서, 군사적 기술의 진보는 문명 쇠퇴의 징후로 보아야 한다고 주장하였다. Arnold Joseph Toynbee, *War and Civilization* (New York : Oxford University Press, 1951) 참조.
8) 한국전쟁기 문학에 대한 부정적 평가는 미학적 측면 이외에도 한국전쟁이 같은 민족간의 전쟁이었다는 사실과 밀접한 관련이 있으리라 생각한다. 왜냐하면 한국문학사에 있어서 애국심을 강조하였던 작품들은 미적 형식에 있어서 다소 문제가 있다고 하더라도 대체로 좋은 평가를 받아 온 것이 사실이지만, 한국전쟁을 제재로 한 작품 중 애국심을 고취하고 있는 작품들은 대부분 '반공문학' 혹은 '어용문학' 등으로 평가되고 있기 때문이다.

나타났던 것으로 보인다.9) 특히 일본의 경우는 우리의 사정과 매우 유사하였음을 알 수 있다. 1937년 중일전쟁 이후 시작된 일본 당국의 문화간섭과 탄압정책은 1940년 전쟁 개시 전후부터 매우 극심해졌으며, 이때부터 일본 문단에는 '전쟁문학'과 '국책문학'이 범람하기 시작하였고, 당시에 이루어진 육·해군 종군작가부대의 결성과 작가들의 종군활동은 작가들의 비판정신을 크게 후퇴시켜, 무반성적인 정치와 문학의 결합을 가져왔던 것으로 오늘날 평가되고 있기 때문이다.10)

황순원 역시 한국전쟁기에 「공군종군문인단」에 가입하였다.11) 김윤식은 한국문학사 혹은 전쟁소설사에 있어서 전쟁 체험세대를 소위 구세대로 구분하고 이들 작품의 특징과 그 성격을 일반화한 바 있다.12) 그런데 구세대 작가에 속하는 황순원은 다른 작가들과는 달리 전쟁독려 문학 작품을 거의 발표하지 않았던 것으로 보인다. 이 시기 황순원 문학의 의의는 이런 점에서도 찾을 수 있을 것이다.

황순원이 한국전쟁기에 발표한 전쟁소설 중 중요 작품으로는 단편 「참외」(1950.10), 「메리크리스마스」(1950.12), 「곡예사」(1952.1), 「목숨」(1952.5), 「학」

---

9) 독일문학도 이 점에서 예외는 아니었던 것으로 판단된다. 덴함은 독일 전쟁문학에 대한 연구를 통해, 세계대전 당시 많은 애국시들이 발표되었지만 좋은 작품은 별로 없음을 밝힌 바 있다. Scott D. Denham, *Visions of War : Ideologies and Images of War in German Literature Before and After the Great War* (New York : Lang, 1992), p.46.

10) 여기에서 전쟁문학이란 주로 전쟁독려 문학을 지칭하고 있다. 三好 行雄 編, 『日本文學全史－現代』(學燈社, 1979), pp.256-260 참조.

11) 「공군종군문인단」은 1951년 3월 9일 마해송(단장)을 비롯하여 조지훈(부단장), 김동리(부단장), 최인욱(사무국장), 이상로, 유주현, 곽하신, 방기환, 박두진, 최정희, 박목월, 이한직, 박훈산, 전숙희, 김윤성, 황순원 등으로 구성되었다. 그러나 「공군종군문인단」 발족 당시에는 황순원, 김동리, 전숙희, 박훈산 등은 없었으며 이들은 발족한 지 1년 지난 후에 추가로 단원이 되었는데, 황순원, 김동리는 부산에 거주하여 상시로 행동을 같이 할 수 없었으며, 전숙희는 대구, 부산 등을 내왕하면서 일을 보았다고 한다. 비록 정신적인 유대만은 잘 뭉쳐 있었다고 하나 황순원이 전쟁 당시 종군활동을 적극적으로 하지 않았다는 점, 그리고 전쟁을 독려하는 작품을 단 한 편도 발표하지 않았다는 점을 고려할 때, 황순원의 종군작가단 가입은 단지 명목상의 것에 불과하였던 것으로 판단된다. 한국문인협회 편, 『해방문학 20년』(정음사, 1966), p.98.

12) 김윤식, 『한국현대문학사』(일지사, 1988), pp.46-49 참조.

(1953.5) 등을 들 수 있다. 작가 연보에 따르면, 황순원은 전쟁이 발발하자 경기도 광주로 피신을 하였다가 1·4 후퇴 시 대구, 부산 등으로 피난한 것으로 되어 있다. 「참외」, 「메리 크리스마스」, 「곡예사」 등은 이러한 작가 자신의 피난 체험과 밀접한 관련이 있는 것으로 판단되는 바, 이들은 황순원의 전쟁소설이 지니는 초기적 성격을 보여준다.

「참외」는 작가 황순원이 광주로 피난 가기 직전의 상황을 소설화 한 것으로 보인다. 일인칭 주인공 시점으로 서술하고 있는 이 작품은 전쟁이 발발하자 광주 방면 일원리라는 마을로 먼저 피난했던 화자인 '나'의 어머니가 손자들에게 주기 위하여 남의 밭에서 참외를 가져왔다는 사실을 알고 '나'가 불쾌한 감정을 느끼게 된다는 내용의 이야기를 들려주고 있다. '나'가 불쾌감을 느끼게 된 것은 "여지껏 감취었던 어머니의 추한 면을 엿보는 것"13) 같아서였는데, 그것은 평소 어머니를 "그저 남 주시기 좋아하시는"14) 선한 분으로 생각하고 있었기 때문이다. 그런데 이러한 이야기에서 주목되는 것은 이 작품이 어머니의 행위를 비난하기보다는 다음과 같이 오히려 두둔하고 있다는 점이다.

> 아들아, 그 참외는 결코 값없이 손에 넣은 물건이 아니다. 그 값은 넉넉히 갚았다. 이미 갚았을 뿐만 아니고 지금도 갚고 있고 앞으로도 더 갚을 작정이다. 그 값에 지나칠 만큼 그렇게 얼마든지.15)

` 위 인용문에서도 확인할 수 있듯이 이 작품은 다소 어색하다는 느낌이 들 정도로 어머니를 두둔하고 있는데, 이는 어머니에 대한 작가 황순원의 신뢰가 절대적이라는 사실과 관련이 있을 것이다.16) 따라서 '나'의 불쾌감

---

13) 『황순원전집』3 (문학과지성사, 1991), p.68.
14) 같은 곳.
15) 같은 곳.
16) 장현숙, 『황순원문학연구』(시와시학사, 1994), p.181 참조.

은 어머니에 대한 것이라기보다 선한 어머니로 하여금 죄를 짓게 한, 더 나아가 많은 사람들로 하여금 이보다 더 큰 죄를 짓게 한 전쟁에 대한 분노에서 비롯된 것임을 알 수 있다.

「메리크리스마스」 역시 작가 자신의 피난체험을 소설화한 것으로 보인다. 이 작품은 일인칭 주인공 시점으로 화자인 '나'의 피난 과정과 피난지 현실의 모습에 대하여 서술하고 있다. '나'의 피난과정과 고통은 "서울에서 부산까지 밤낮 닷새 동안을 빈 깨솔린 드라므통이 실린 화물차 지붕 꼭대기에 쪼그리고 앉아 비 섞인 눈도 맞아가면서 흔들리고 온"[17] '나'의 모습을 통해 잘 묘사되고 있다. 그리고 피난지 현실의 비참함은 "모든 물가가 부산은 대구에 비겨 곱장이가 된다는 바람에"[18] 대구에서 내린 '나'의 가족과 역 앞에서 땅 위에 떨어진 화려한 '크리쓰마스 추리'의 솜을 긁어모아 아이의 거적 밑에 깔아주는 산모 등의 모습을 통해서 잘 드러나고 있다. 그런데 방금 전 아이를 낳은 산모가 '크리쓰마스 추리'의 솜을 긁어모아 아이의 거적 밑에 깔아준다는 행위는 작가가 다음과 같이 밝혔듯이 다분히 감상적이지만, 더 이상의 고통이 없는 이상세계를 동경하는 작가 자신의 마음을 표현하고 있다.

> 이번 피난 중, 한 여인이 기차 지붕 위에서 애를 낳았다. 눈 비 섞어 내리는 어슬막이었다. 산모나, 곁에 있던 우리는, 이 새로 태어난 생명에 대해서 어찌해 주는 도리가 없었다. 크리쓰마쓰날 새벽, 대구 역전에서 크리쓰마쓰 추리를 대하자, 나는 며칠 전 기차 지붕 위에서의 해산을, 이 크리쓰마쓰 추리 밑에서나마 시키고 싶었다. 이런 의미에서 나는 로만티스트다.[19]

---

17) 『곡예사』(명세당, 1952), p.58.
18) 위의 책, p.56.
19) 위의 책, p.184.

이상세계에 대한 작가의 희망은 이후에 발표된 「곡예사」에서도 나타난다. 이 작품 역시 작가 자신의 피난지 생활 체험을 소설적으로 형상화한 것으로 보인다. 화자이자 주인공인 '나'의 이름이 황순원임을 밝히고 있는 이 작품은 이런 점에서 앞의 두 작품과 구별된다. 이 작품에는 전쟁으로 인해 야박해진 인심과 집 없는 피난민들의 고통이 잘 묘사되어 있다. 그러나 이 작품은 이러한 고통을 가져오게 한 전쟁에 대한 분노를 직접적으로 표출하기보다는 다음과 같이 미적으로 승화시킴으로써 독자로 하여금 전쟁에 대한 작가 자신의 분노에 공감하게 한다.

> 그래 마음대로들 너희의 재주를 피워 보아라. 나는 너희가 이후에 오늘의 이 곡예를 돌이켜 보고, 슬퍼해 할는지 웃음으로 돌려버릴는지 어쩔지 울었는지 어쨌는지를 몰라도 좋은 것이다. 그저 원컨대 나의 어린 피에로들이어, 너희가 이후에 각각 자기의 곡예단을 가지게 될 적에는 모쪼록 너희들의 어린 피에로들과 더불어 이런 무대와 곡예를 되풀이하지 말기를 바란다.[20]

전쟁에 대한 작가의 분노는 「목숨」에서도 잘 드러난다. 이 작품은 본래 「포화 속에서」라는 제목으로 1952년 1월 15일부터 18일까지 『서울신문』에 연재, 발표되었으나, 이후 「목숨」(『주간문학예술』, 1952.5)으로 개제, 발표되었다. 황순원 문학에 대한 많은 연구가 이루어졌음에도 불구하고 이러한 사실이 밝혀져 있지 않았다는 것은 한국전쟁기 문학에 대한 실증적 연구의 필요성을 보여준다고 생각한다.[21] 그리고 황순원은 "연재소설을 쓰지 않는 작가로 유명"[22]하다고 하는 평가가 있음을 고려할 때, 이 작품은

---

20) 위의 책, p.89.
21) 『황순원전집』에서는 신문연재본 작품의 자구 및 문장을 전반적으로 수정함으로써 표현을 세련되게 하거나, 사건의 인과관계를 분명히 하고자 한 작가의 노력을 보여주고 있다. 그러나 『전집』에도 신문연재본에는 없던 오자 및 탈자가 있음을 볼 때, 문학 연구에 있어서 실증적 연구의 필요성을 절실히 느끼게 된다.

다소 예외적인 작품에 해당한다고 할 것이다.

「목숨」은 아이 둘과 아내가 있는 농사꾼 강서방이 전쟁이 터지자 인민군으로 불려나와 훈련을 받고 전장에 투입되었다가 열 네 살의 인민군 소년이 죽는 것을 보게 되자, "사람의 목숨이 이렇게 죽어서 된단 말이냐."[23] 하며 노하여 부르짖는다는 이야기이다. 생명의 존엄성을 파괴하는 전쟁에 대한 작가의 비판의식은 이러한 이야기에서도 확인할 수 있을 것이다.[24]

전쟁에 대한 황순원의 비판의식은 「학」에서는 유년시절에 대한 동경으로 나타난다. '어려서 단짝 동무였던' 성삼이와 덕재가 전쟁으로 인해 한순간 적대관계에 놓이게 되지만 곧 서로를 이해하게 되고 '학사냥 놀이'를 통해 우정을 회복하게 된다는 내용의 이야기가 그것이다. '학사냥 놀이'를 통한 우정의 회복이란 부역자 처단을 강조하던 전쟁 당시의 상황을 고려할 때 다소 비현실적이지만, 작가는 이러한 이야기를 통해 이데올로기에 의한 무조건적 단죄보다는 인간 이해를 통한 화해의 정신이 보다 필요하다는 사실을 강조하고 있는 것이다.[25]

이상에서 살펴본 바와 같이 한국전쟁기에 발표된 황순원의 전쟁소설은 대부분 전쟁에 대한 분노와 이상세계에 대한 동경을 드러내고 있다. 남태제는 전쟁 이전의 황순원 문학이 속악한 현실에 대한 거부와 초월적 세계에의 동경이라는 낭만주의적 세계관을 바탕으로 하고 있음을 밝힌 바 있

---

22) 오생근, 「전반적 검토」, 『황순원전집』12(문학과지성사, 1993), p.11.

23) 『서울신문』, 1952.1.18.

24) 유종호는 황순원이 "꾸준히 강조하고 있는 것은 생에 대한 외경과 생명의 존엄성"이라고 한 바 있다. 「어둠 속에 찍힌 판화」(1952.1) 역시 화자인 '나'와 가족의 모습을 통해 피난의 고통을 보여주면서 집주인의 이야기를 통해서는 생명에 대한 작가의 외경심을 보여주고 있다. 유종호, 「겨레의 기억」, 『황순원전집』2(문학과지성사, 1981), p.329.

25) 황순원 문학의 이러한 특징은 전쟁을 다루지 않은 이 시기 다른 작품에서도 잘 드러나는바, 대부분의 작품은 순수한 동심의 세계라든지 화평한 농촌의 모습을 그려내고 있다. 특히 순수한 어린이의 세계와 타락한 어른의 세계를 대비하여 보여준 「매」라는 작품은 애국심 및 적개심을 고취하고자 한 작품들이 많이 실려 있는 소설집 『해병과 상륙』(계문출판부,1953)에 게재되었다는 점에서 주목할 만하다고 하겠다.

는데, 이러한 특성은 한국전쟁기에 발표된 황순원의 전쟁소설에서도 나타
나고 있음을 알 수 있다.26)

3. 이데올로기에 대한 중도적 태도와 전쟁의 객관화

한국전쟁은 많은 인적 물적 피해를 남긴 채 1950년 7월 27일 휴전으로
일단 중지되었다. 그러나 이 전쟁으로 인해 경직된 이데올로기는 감정의
차원으로 폭넓게 정착하게 된다. 전후 한국전쟁을 객관화함으로써 그 원
인을 파악하고 이를 해결하고자 하는 노력이 우리 민족사에 요구되는 그
무엇보다 중요한 작업이었으나, 이러한 노력은 경직된 이데올로기로 인해
극도로 제한될 수밖에 없었다.27) 그런데 황순원의 휴전 이후 작품들은 이
러한 현실 속에서 좌우 이데올로기에 대해 일정한 거리를 유지하면서 중
도적 태도로 전쟁을 객관화하여 보여주고 있는 바, 이 시기 작품의 의의
는 이와 같은 점에서 찾을 수 있으리라 생각한다.

황순원은 서울로 돌아온 후 본격적인 창작활동을 재개하였다. 휴전 이
후 그는 많은 전쟁소설을 발표하였는데, 그 중 대표적인 것으로는 「산」
(1956.6), 「비바리」(1956.9), 「소리」(1957.2), 「모든 영광은」(1958.5), 「이삭주이」
(1958.5), 「너와 나만의 시간」(1958.7), 「안개구름 끼다」(1958.11), 「가랑비」
(1961.3), 장편 『나무들 비탈에 서다』(1960.5) 등을 들 수 있다.28)

---

26) 남태제, 「황순원 문학의 낭만주의적 성격 연구」(서울대 석사논문, 1997), p.86.
27) 김윤식·김현, 『한국문학사』(민음사, 1981), p.230.
28) 이외의 작품으로는 어미 곰의 모성애에 관한 이야기를 듣고 부끄러움을 느낀다는 내용
　　의 「부끄러움」(1954.12), 필묵장수 서노인의 이야기를 다룬 「필묵장수」(1955.4), 전후 고
　　아원의 문제를 다룬 『인간접목』(1955.12), 송아지에 대한 소년의 애정을 그린 「송아지」
　　(1961.10), 전시하 모성애의 문제를 다룬 「어머니가 있는 유월의 대화」(1965.6), 전쟁의
　　상처를 극복하고자 노력하는 윤노인의 모습을 그린 「원색 오뚜기」(1965.11) 등이 있는데,

「산」은 산 속에 묻혀 사는 '바우'라는 순박한 청년이 전쟁 중 겪게 된 일을 들려주고 있다. 이 작품은 북한 '인민군' 낙오병들이 여인을 데리고 다니며 교대로 추행하기도 하고, 민가를 덮쳐 양식을 빼앗은 후 무고한 양민을 살해하고, 육체의 욕망을 채우기 위해 민가에서 처녀를 잡아다가 성적 노리개로 삼기도 한다는 것을 보여주고 있다. 이 작품은 이처럼 '인민군'의 부정적인 모습을 사실적으로 보여주고 있는 까닭에 반공이데올로기의 소설로 간주되기도 한다.29) 그러나 이 시기 황순원의 작품 중에는 국군의 부정적인 모습을 묘사한 작품도 적지 않기 때문에, 있을 수 있는 사실을 그려냈다는 점만으로 이 작품을 반공 이데올로기 소설로 단정하는 것은 문제가 있다고 생각한다. 따라서 이 작품은 반공 이데올로기의 작품이라기보다는 문명의 산물인 전쟁의 폭력성과 그로 인한 피해상을 고발하고 있는 작품으로 보아야 할 것이다.

좌우 이데올로기에 대한 황순원의 중도적 태도는 1·4 후퇴 때 제주도로 피난 온 준이라는 청년과 제주도에 살고 있던 한 처녀 비바리간의 사랑 이야기를 다룬 「비바리」에서 보다 잘 드러난다. 이 작품은 처녀 비바리가 빨치산이었던 오빠를 살해하였기에 동네 사람들로부터 '독한 년'이라는 소리를 듣고 있었지만, 그녀가 오빠를 살해한 것은 그 누구보다도 오빠를 사랑하기 때문에 어쩔 수 없었다는 이야기를 들려준다. '4·3 사건' 및 한국전쟁 등을 통해 좌우 이데올로기 대립의 비극을 보여주고 있는 이 작품에서 우리는 황순원이 빨치산이라든가 공산주의자에 대한 일방적 비판보다는 인간에 대한 이해를 보다 중시하고 있음을 확인할 수 있는 것이다.

전쟁으로 인해 돌변한 덕구의 이야기를 들려주고 있는 「소리」 역시 전

전쟁에 의한 피해상은 이들 작품에서도 잘 드러난다.

29) 임진영은 황순원의 전쟁 소재 소설의 특성이 '피해자/가해자의 전도 혹은 그 대립의 무화'에 있다고 하면서도 이 작품만은 반공 이데올로기 소설로 규정하고 있다. 임진영, 「황순원 소설의 변모양상 연구」(연세대 박사학위논문, 1999), pp.114-117, pp.141-146 참조

쟁의 파괴적 성격을 보여준다. 본디 겁이 좀 많고 덩치에 비해 소심하고 인색한 편이었던 덕구가 전쟁을 겪은 후 돌변하여 매우 잔인해지고 건달처럼 된다는 내용이 그것이다. 그런데 이 작품은 덕구가 '거의 병아리가 된 달걀'을 삶아 먹으려다가 생명의 소리를 듣고서 어떤 무서움보다도 색다른 난생 처음 맛보는 야릇한 두려움을 느낀다는 것으로 결말을 맺음으로써 황순원의 생명에 대한 외경심을 보여준다.

「이삭주이」는 3편의 짤막한 이야기로 구성되어 있는 바, 전쟁과 관련된 것은 첫 번째, 두번째 이야기이다. 첫 번째 이야기는 아버지가 병정으로 나간 뒤 소식이 끊겨 '애보개'로 생활하게 된 순네의 이야기를 통해 전쟁의 피해상을 보여주고 있다. 그런데 두번째 이야기는 찔러 죽인 '적'이 '다른 사람 아닌 바로 그 자신'이었음을 발견하게 된다는 내용을 통해 한국전쟁이 동족간의 전쟁임을 상징적으로 보여준다.

한국전쟁에 있어서 '적이 곧 나'라는 인식 태도는 작품 「탈」에서도 나타난다. 다리에 총탄을 맞고 쓰러졌다가 일어나려고 하는 '일병'의 가슴을 대검으로 찌른 자가, 죽어서 소로 변한 '일병'의 살점을 먹고서는, 자신을 '일병'과 동일시한다는 내용의 이야기를 통해 이 작품은 한국전쟁이 동족간의 전쟁이었음을 상징적으로 표현하고 있다.

전장과 국군 낙오병의 모습을 묘사하고 있는 「너와 나만의 시간」은 전장의 예측할 수 없는 상황과 인물들의 부상과 낙오, 죽음에의 공포와 이로 인한 심리적 갈등 등을 잘 묘사하고 있다. 허벅다리에 관통상을 당하였지만 권총을 지니고 있는 중대장 주대위, 주대위가 자결할 것을 바랬으나 그렇지 않자 혼자 도망치다가 벼랑에서 떨어져 죽고 마는 소대장 현소위, 자신의 몸을 가누기도 힘든 상황이지만 주대위의 협박조 명령 때문에 그를 업고 결국은 인가까지 가게 되는 김일병. 이들의 심리에 대한 묘사를 통해 극한 상황에서의 인간의 존재 문제를 다룬다는 점에서 황순원 문학에 미친 실존주의의 영향을 짐작케 한다.

한편, 황순원은 피난 생활 중 보고 들었던 내용을 액자구성 형식의 소설로 창작하기도 하였는데, 「안개구름 끼다」, 「모든 영광은」, 「가랑비」 등이 이에 해당된다. 이들 작품은 작가 자신의 피난 시절 생활을 엿보게 한다는 점에서 한국전쟁기 신변체험소설과 유사성을 지니지만, 액자구성의 형식으로 작가 자신에 관한 이야기보다는 타인의 삶을 중점적으로 형상화하고 있다는 점에서 차이를 드러낸다.[30]

「안개구름 끼다」는 화자인 '나'의 피난 생활 모습을 보여주면서 '파쭉'이라는 별명을 가진 사내아이와 명자라는 창녀에 관한 이야기를 들려주고 있다. 이 작품은 '펨프'인 파쭉과 창녀인 명자의 삶을 통해 피난지 부산 뒷골목 세계의 모습과 전쟁의 피해를 사실적으로 보여주고 있는데, 뒷골목 세계의 은어 및 비어 등에 관한 작가의 자료조사는 이 작품의 사실성을 보다 강화해주고 있는 것으로 판단된다.[31]

「모든 영광은」은 화자인 '나'의 피난시절 이야기와 그 당시 만났던 한 사나이에 관한 이야기가 중첩되어 있다. 이 작품의 화자는 단순한 이야기 전달자로서가 아니라 등장 인물로서 활동을 하며 작품에 있어서 중요한 역할을 하고 있는 것이다. 이 작품은 이러한 형식적 장치를 통해 이데올로기에 의한 동족간 전쟁의 아픔을 사실적으로 보여주고 있다. 부역자 밀고 문제로 주인공이 죄의식에 사로잡혀 괴로워한다는 모티프는 한국 전쟁

---

30) 권영민은 액자형식의 작품에서는 '나'가 등장 인물이면서 동시에 허구적 서술자이며, 객관적인 현실에 대한 인식이나 작품 내적 상황에 대한 조명이 모두 '나'를 통해 가능해진다고 하면서 그 특성을 밝힌 바 있다. 권영민, 「황순원의 문체, 그 소설적 미학」, 『말과 삶과 자유』(문학과 지성사, 1985), p.157.

31) 이 작품의 전쟁소설로서의 또 다른 특징은 파쭉의 누이가 미군에 의해 겁탈 당한 후 총살을 당하였다는 내용에서도 발견할 수 있다. 한국 전쟁소설에서는 미군이 많이 등장하는데 이들이 어떠한 모습으로 형상화되었고 그것이 역사적으로 어떻게 변모되어 왔는가에 대한 연구 역시 한국 전쟁소설 연구에 있어서 주목할 만한 가치가 있다고 생각한다. 왜냐하면 전쟁 당시 미군을 선인 혹은 은인으로 묘사한 작품이 많이 발표되었을 것으로 추정되었으나, 실제로는 그들의 부정적인 모습을 고발하는 작품들이 더 많이 발표되었기 때문이다.

소설에서 많이 나타난 바 있지만, 이데올로기에 대한 작가의 태도가 중도적이라는 점에서 차이를 보여주고 있다.32)

「가랑비」역시 이데올로기에 의해 갈라진 동족간의 살육과 그 참혹성을 보여준다. 이 작품은 한 때 경찰관이었던 어떤 사내가 피난 생활을 하고 있던 화자인 '나'에게 자신의 이야기를 들려주는 형식으로 되어 있다. 이 작품의 형식적 특성은 독자로 하여금 이러한 사실을 작품 결말에 가서야 알게 함으로써 여운을 남긴다는 점에서 찾을 수 있다. 이 작품의 주된 내용은 자신의 처자를 죽인 빨치산에게 복수하기 위해 그의 처자를 총살하려다가 아이의 모습을 보는 순간 마음이 바뀌어 경찰을 그만두고 지금은 복덕방 '집주름 사내'33)가 되었다는 것이다. 이데올로기에 대한 작가의 중도적 태도는 전쟁과 전혀 관계없는 많은 생명들이 이데올로기에 의해 죽어갔음을 보여주고 있는 이 작품에서도 확인할 수 있다.

한국전쟁에 대한 작가 황순원의 객관화 노력은 장편소설『나무들 비탈에 서다』에서도 나타난다. 이 작품은 본래 1960년 1월부터 7월까지『사상계』에 연재되었다가, 9월에 사상계사를 통해 단행본으로 간행되었으며, 다음 해 황순원은 이 작품으로 예술원상을 수상하였다.34) 이 작품은 전체 2부로 구성되어 있으며, 제1부에서는 1953년 7월 초순경부터 1954년 4월 초순까지 전장 및 전선 근처 부대에서 있었던 일을 동호의 삶을 중심으로

---

32) 동료 밀고로 죄의식을 느낀다는 모티프는 한국 전쟁소설 중 중요한 작품으로 평가받고 있는 박영준의「용초도근해」(1953)에서도 찾아볼 수 있다. 그런데 이 작품에 드러난 이데올로기에 대한 작가의 태도는 다소 편향되어 있음을 볼 수 있다.

33) 집 흥정 붙이는 일을 업으로 삼는 사람을 말한다.

34) 김재영은 이 작품의 개작 과정에 대한 검토를 통해 사상계사에서 단행본을 간행할 시에 이미 큰 작품 경개에 대한 개작이 있었고, 그 이후의 개작은 대부분 세부의 구체성을 강화하거나 대화의 현실성을 높이는 정도의 수준에서 이루어졌음을 밝힌 바 있는데, 여기에서는 이 점을 염두에 두고 문학과지성사 판본을 텍스트로 하여 논의하고자 한다. 김재영,「피부에 남은 전쟁의 기억」(『작가연구』2호, 새미, 1996.10), pp.355-356 참조. 최초본 (연재본)과 최종본의 관계에 대해서는 강상희의「황순원의『나무들 비탈에 서다』고」(『단국대 국문학논집』, 1994), pp.454-457 참조. 그리고 작품 인용시에는 본문에 페이지 수만 밝히고자 한다.

다루고 있고, 제2부에서는 1957년 1월 5일부터 6월 초순까지의 전후 사회의 모습을 현태의 삶을 중심으로 하여 그려내고 있다. '나무들 비탈에 서다'라는 제목이 암시하듯 이 작품은 전쟁이라는 위태로운 상황에서 살아가고 있는 젊은이들의 모습을 보여주고 있다.

제1부의 이야기는 순수한 한 젊은이가 전쟁에 의해 어떻게 타락하고 파멸되고 있는지를 보여준다. 동호는 '시인'이라는 별명을 지니고 있을 정도로 사색적이면서, 전투 중 동료의 도움을 받은 것을 수치스럽게 여길 정도로 자의식이 강한 인물로서 순수성을 상징하는 인물이다. 이 작품은 동호의 이와 같은 순수성이 전쟁에 의해 파괴되는 과정을 보여준다. 동호의 순수성은 동료인 현태, 윤구 등이 술집 여자들과 어울려 관계를 맺고 다니는 것을 불결하게 생각하고 숙과의 정신적 사랑에 만족하고 지내는 것으로도 표현된다. 그러나 이러한 순수성은 옥주라는 술집 여성을 만나게 된 후부터 서서히 파괴되기 시작한다. 동호는 자신의 결벽성을 '소녀 취미에 지나지 않는 따분한 것'으로 생각하게 되고 숙과의 거리감을 느끼기 시작하다가 급기야는 질투심에 옥주를 죽인 후 자살하고 만다. 결국 이 작품은 동호의 죽음을 통해 순수한 세계의 존재가 전쟁의 파괴적 속성으로 인해 불가능하게 되었다는 사실을 상징적으로 보여주고 있는 것이다. 전쟁의 파괴적 성격은 '유리'와 '원테이 고개'라는 상징물을 통해 잘 드러난다.[35] 유리는 "숨 막히게 앞을 막아서는 것",[36] '날이 선채 모조리 몸에 들어박힐 것'(p.191), '살에 박히기만 하면 자꾸 속으로 파고드는 무서운 것'(p.197), '손목의 동맥을 끊는 것' 등으로, 원테이 고개는 '동호와 숙과의 사이를 가로막고 있는 위험한 곳'(p.267)으로 묘사됨으로써 전쟁은 인간의 순수성을 파괴하고 인간의 생명까지 앗아가는 것임을 보여주고 있다.

---

35) 동호와 숙과의 순수한 사랑이 파국으로 치닫게 되리라는 것은 동호가 숙에게서 온 편지를 태워버리는 장면과 '원테이 고개' 꿈 등에서 암시적으로 나타난다. 천이두, 『종합에의 의지』(일지사, 1974), p.160.

36) 『황순원전집』7, p.189. 이하 인용 시 본문에 페이지 수만 표시하고자 한다.

제2부에서는 중심적 인물인 현태를 통해 전쟁의 피해가 전쟁 당시뿐만 아니라 전후에도 계속되고 있음을 보여준다. 전후에도 계속되는 전쟁의 피해는 '살 속에 박힌 유리가 몸 속을 파고드는 것'과 같이 전후에도 그 영향을 미치고 있으며, 그것은 "비가 오려거나 눈이 내리려면 언제나 전쟁터에서 받은 팔꿈치의 상처 자국이 먼저 근질거리고 저리곤 하는 것" (p.335)으로 묘사된다. 그런데 전쟁의 피해는 여기에서 머물지 않고 현태 자신을 파멸시키는 것으로 나타난다. 현태는 '이조 백자기' 같은 기생 계향이에게서 안식처를 구하고자 하였다가 기대가 무너지자 계향이로 하여금 자살하게 만들어 무기징역을 구형 받게 된 것이다. 이 작품은 이처럼 전쟁의 피해가 '살 속에 박힌 유리가 몸 속을 파고드는 것'과 같이 전후에도 그 영향을 미치고 있음을 보여주면서, 다른 한편으로는 전쟁이 인간을 피해자로 만들뿐만 아니라 가해자로도 만들 수 있다는 사실을 보여주기도 한다. 자살한 동호, 살해당한 죄 없는 여인, 육체를 허용한 후 죽은 미란, 강간을 당한 숙의 모습 등은 분명 가해자로서의 현태와 밀접한 관련이 있는 것이다. 그리고 전쟁 때 부모를 학살당한 뒤 복수의 차원에서 부역자를 총살한 후 '몸을 비틀면서 웃음을 띠고 쓰러지는' 부역자의 환영에 시달리다가 결국 정신병원에 갇히고 마는 선우상사의 이야기도 이와 관련이 있다고 할 것이다. 전쟁은 피해자를 가해자로도 만든다는 이러한 역설은 동족간의 전쟁인 한국전쟁의 비극적 성격을 보여주고자 한 작가의 의도와 관련 있을 것으로 판단된다.

그런데 이 작품은 한국전쟁의 피해를 극복하고자 하는 인간들의 모습을 보여준다는 점에서 특징적이다. 제대 후 신학대학에 다니면서 신앙을 통해 상처를 극복하고자 하는 안중사, 타산적이지만 매우 현실적인 윤구, 그리고 자신에게 주어진 고통을 감내하고자 하는 숙 등이 그 대표적인 인물들이다. 이 세 사람 중에서 작가가 보다 관심을 부여하고 있는 인물은 윤구와 숙이다. 특히 윤구의 모습은 매우 치밀하게 형상화되고 있다. 이는 당대 현실에서 대부분의 사람들이 윤구와 같은 방식으로 세상을 살아가고 있었음을 보여준다. 윤구는 부역자의 환영에 시달려 괴로워하는 선우상사의 모습을 보고 동정하기보다는 "흥, 연기가 아주 제법인데."(p.242) 하고 비웃을 정도로 매정한 인물이다. 그는 미란과 결혼함으로써 재무부의 국장으로 있는 그녀의 부친을 발판으로 하여 출세의 터전을 마련해보려는 속셈을 가지고 있다가 미란이 수술 후유증으로 죽게 되자 "죽은 미란은 미란이요 자기는 자기대로 살아나갈 방도를 강구"(p.312) 하는 타산적인 인물이기도 하다. 윤구의 이러한 비정하면서도 타산적인 성격은 작품 곳곳에서 생생하게 묘사되고 있는데, 이러한 윤구의 이야기에서도 전쟁의 피해상을 객관화하여 보여주고자 한 작가의 노력을 찾을 수 있다.37)

한편, 숙의 모습은 구체적으로 형상화되지 않고 있으나 작가 자신의 신념을 대변하고 있는 것으로 판단된다. 작가는 숙을 통해 전쟁의 피해 속에서 어떻게 살아가야 할 것인가에 대한 방향을 제시하고 있는 것이다. 이는 윤구의 만류에도 불구하고 현태의 아이를 낳아 기르겠다는 뜻으로 "어쨌든 이 일을 감당해야 한다."(p.394)고 한 숙의 모습을 통해 잘 나타난다. 황순원은 이러한 삶의 태도를 전후 고아들의 문제를 다룬 장편『인간접목』(1955)에서도 보여준 바 있다. 주인공 종호는 "자기에게 지워진 고통이면 자기가 짊어지구 그것을 처리해 나가야 하지 않을까요?"38) 라고 반문하면서 자신의 현실을 받아들이고 그 극복을 위해 노력해야 한다는 것을 강조하였다.39) 이러한 점을 고려할 때,『나무들 비탈에 서다』결말에서의 숙의 자세는 부조리한 현실이지만 절망하지 않고 자신의 책임을 다하

---

37) 조남현은 기존의 평가와 달리 이 작품에서의 윤구라는 인물이 작품의 사실성을 강화하는 역할을 한다는 점에서 긍정적 의의를 지니고 있음을 밝힌 바 있다. 조남현, 「나무들 비탈에 서다, 그 외연과 내포」(『문학정신』, 1989.5), pp.235-246.

38) 『황순원전집』7, p.118.

39) 「원색 오뚜기」(1965.11)에서는 고통 속에서도 꿋꿋하게 살아나가는 인간들의 모습을 아름답게 묘사하고 있다.

겠다는 작가의 굳은 의지를 나타낸 것으로 판단된다. 이는 일제하 암흑기 당시에 발표할 곳이 없어도 체념하거나 포기하지 않고 한글로 된 작품을 창작하였던 황순원 자신의 현실 대응 방식과 관련이 있다고 할 것이다.[40]

　이상에서 살펴본 바와 같이 휴전 이후 황순원의 전쟁소설은 전쟁기의 작품이 현실도피적으로 이상향을 추구하는 것과는 달리 좌우 이데올로기에 대한 중도적 태도를 견지하면서 전쟁의 피해상을 객관화하여 보여줌으로써 한국전쟁이 아군과 적군, 가해자와 피해자, 나와 타인, 선과 악의 차이를 무화시킨 동족간의 비극적 전쟁이었음을 깊이 인식케 한다. 물론 이 시기의 전쟁소설 역시 전쟁으로 인한 '개별자들의 상처'에 몰두한 나머지 한국전쟁의 역사적 의미를 충분히 보여주지 못하고,[41] "우리의 사회·역사를 사회 경제적으로, 물질적으로 이해하지 않고 정신적으로, 개개인의 윤리적 태도로서 추상화"[42] 시킨 면이 없지 않다.[43] 그러나 한국 전쟁소설에 있어서 한국전쟁에 대한 객관적 시각의 확보 문제가 가장 중요한 과제 중의 하나임을 고려할 때, 이 시기 황순원의 전쟁소설이 지니는 문학사적 혹은 전쟁소설사적 의의는 바로 이러한 점에서 찾을 수 있으리라 생각한다.

---

40) 김인환은 『별과 같이 살다』, 『카인의 후예』 등에 대한 분석을 통해 황순원의 이러한 창작정신을 '인고의 미학'으로 규정한 바 있다. 김인환, 「인고의 미학」, 『황순원전집』6 참조
41) 김재영, 앞의 글, p.369.
42) 정과리, 「사랑으로 감싸는 의식의 외로움」, 『황순원전집』5, p.300.
43) 이러한 특성은 황순원 자신의 문학관 및 세계관과 밀접한 관련이 있으리라 여겨진다. 황순원은 많은 문학인들이 리얼리즘의 중요성을 강조하고 있던 1986년 당시에도 "로맨티시즘을 옳게 거치지 않은 작가의 리얼리즘 작품을 나는 신용하지 않는다."라고 하여 당대의 리얼리즘론에 대해 거부감을 표시한바 있기 때문이다. 황순원, 「말과 삶과 자유」, 『황순원 전집』11, p.205.

4. 결 론

본고에서는 황순원의 전쟁소설에 대하여 연구하고자 하였다. 그 결과, 황순원의 전쟁소설은 휴전을 전후로 하여 차이를 드러내고 있으며 각 시기의 작품은 문학사적으로도 중요한 의의를 지니는 것으로 나타났다.

한국전쟁기에 발표된 황순원의 전쟁소설에는 한국전쟁기 현실의 추악함에 대한 비판의식과 이러한 현실로부터 벗어나고자 하는 작가 자신의 희망, 순수한 이상세계에 대한 동경의식이 잘 드러나고 있다. 이들 작품은 다분히 감정적이고 주관적이라는 점에서 비판을 받을 수 있다. 그러나 전쟁 당시 많은 작가들이 관제적 성격이 강한 전쟁독려 소설을 발표하고 있을 때, 휴머니즘적 태도로 전쟁의 비인간성을 비판하였다는 사실은 문학사적으로 중요한 의의를 지닌다고 생각한다.

휴전 이후의 전쟁소설에서는 이상세계에 대한 희망보다는 한국전쟁의 피해와 성격에 대한 보다 깊이 있는 인식을 드러내고 있다. 이데올로기적으로 경직된 상황 속에서도 중도적 태도로 좌우 이데올로기에 대해 일정한 거리를 유지하면서 한국전쟁을 객관화하여 보여준 것은 이후 한국 전쟁소설이 추구해야 할 올바른 방향성에 해당하는 바, 이 시기 황순원의 전쟁소설이 지니는 문학사적 의의는 이 점에서도 찾을 수 있으리라 생각한다.

이제 남은 과제는 다른 작가들의 전쟁소설에 관한 연구가 될 것이다. 한국 전쟁소설이 역사적으로 어떻게 변모되어 왔으며, 그 이유는 무엇인가에 대한 고찰은 한국전쟁에 대한 보다 폭넓은 이해의 지평을 마련할 수 있을 것이다. 아울러 한국전쟁소설은 한국소설사에 있어서 중요한 위치를 차지하고 있는 만큼 이에 대한 연구는 한국 소설사의 특성을 해명하는 데에도 크게 기여할 수 있으리라 생각한다.

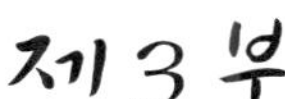

제 3 부

1950년대 군 기관지 소설론

Ⅰ. 한국전쟁기 해군 정훈문고 『해양소설집』의 특성

1. 서 론

한국전쟁 당시 문인들은 군과 밀접한 관계를 지니고 있었다. 그 중에서도 문인들과 해군의 관계는 보다 특별하였다. 염상섭, 윤백남, 이무영 등의 문인이 해군 특별교육대에서 훈련을 받은 후 해군 영관 장교로 임관하여 정훈업무를 담당하였으며, 이선구, 안수길 등은 해군본부 정훈감실에서 문관으로 근무하였고, 박계주, 안수길, 이선구, 박연희, 공중인, 이봉래, 김규동, 이종환, 허윤석, 박용구, 박화목 등은 「해군종군작가단」 단원으로서 활동하였기 때문이다.[1]

전쟁 당시 이들은 다양한 종군활동과 함께 해군 진해통제부 기관지 『군항』, 해군본부 기관지 『해군』, 『해군과 해병』 등을 창간하고, 시집 『청룡』, 소설집 『해병과 상륙』, 『해양소설집』 등을 발간, 여기에 당대 주요 문인들의

---

1) 손소희, 윤금숙 등도 처음에는 해군 종군작가단원이었으나 '여자는 군함을 탈 수 없다는 이유' 때문에 이종환, 허윤석, 박용구, 박화목 등으로 교체되었으며, 이후 손소희는 육군 종군작가단원이 되었다. 종군작가단 결성에 관한 자세한 내용은 신영덕, 『한국전쟁과 종군작가』(서울 : 국학자료원, 2002), pp.27-45 참조.

작품을 게재하였다. 해군 장병들에게 문학 작품을 읽게 함으로써 교양을 증진시키고 정신전력을 강화하고자 하였던 것이다. 이러한 사실은 한국전쟁기 현실의 특수성을 보여주는 바, 작품집의 발간 경위와 작품의 내용, 그리고 장병들의 교양과 정신전력에 미친 영향 문제 등에 대한 연구는 보다 깊이 있는 한국전쟁 연구를 위해 필요한 작업이라고 할 것이다.

따라서 필자는 그동안 한국전쟁 관련 문학 작품에 대한 연구의 필요성을 강조하고 작품의 특징과 의의에 대해서 논의하고자 하였다. 이제 본고에서는 해군 정훈문고 『해양소설집』(1953)에 대해 검토하고자 한다.2) 한국전쟁 당시 『해양소설집』이 어떠한 목적으로 발간되었으며, 이는 전쟁 당시 해군 정훈활동과 어떠한 관계를 지니고 있는가, 그리고 작품집에 게재된 작품들은 어떠한 특성을 지니고 있으며 그 의의는 무엇인가에 대해 밝혀보고자 한다.

2. 『해양소설집』의 발행인과 발간 목적

1953년 3월 해군본부 정훈감실에서 발행한 이 작품집의 편집 겸 발행인은 이무영으로 되어 있다. 한국문학사에서 농민작가로 잘 알려진 이무영이 해군 중령으로서 해군본부 정훈감이 되어 이 작품집을 발행하였음을 보여주고 있는 것이다. 그런데 이 사실에 대해서는 정확한 연구가 이루어져 있지 않으므로, 여기에서는 우선 이무영이 어떻게 해군본부 정훈감이 되었으며, 어떠한 동기에서 이 작품집을 발행하게 되었는가에 대해 살펴보겠다.3)

---

2) 이 작품집 표지에는 "해군정훈문고 단편 소설집(1)," 내용지에는 "해양소설집"이라는 제목이 쓰여 있다. 앞으로 본고에서는 이 작품집을 『해양소설집』이라 칭하고자 한다.

한국전쟁이 발발하여 해군본부는 1950년 7월 1일 부산으로 이전하면서 정훈감실을 잠정 폐편하였다. 그러나 전쟁의 양상이 격렬해지면서 장병들의 정신무장 강화와 선무공작 전개의 필요성이 높아지자 해군본부에는 다시 정훈관실이 설치되었다.[4] 그리고 9월 12일에는 『해군정훈공작강화 확립방안』이라는 소책자를 제작하여 전 간부들에게 배포하였다. 대외비로 제작된 이 책은 1. 문제제기의 근본의도, 2. 정훈공작의 존재 의의, 3. 정훈공작 실시 이래의 실적 검토, 4. 정훈공작의 재인식 5. 해군정훈공작의 특수성과 강화방안 6. 목하의 공작중점, 7. 공작의 구체적 범위, 8. 실제 조치 등에 대해 언급하고 있다.

『해군정훈공작강화 확립방안』에서 주목할 만한 사실은 '우리나라의 역사적, 사회적, 문화적 모든 조건과 현실, 국제환경은 공산당의 발호 침투에 유리한 조건을 많이 제공하고 있으며, 유엔군도 경악하는 공산군의 필사적 감투정신과 공격력은 그 원인이 주로 사상성, 정치성에 있으므로 우리 군대 역시 정신적 강화를 무엇보다도 먼저 꾀하지 않으면 안 된다'는 사실을 강조하고 있는 점이다. 이 책은 구체적인 방법으로서 여러 가지 사항을 제시하고 있는데, 그 중에는 문화선위공작의 일환으로서 '해군문고 설치, 민간인 특히 유능인사의 포섭 및 활용, 민간측 문화단체 및 육군 정훈당국과의 활발한 연계공작, 정훈장교 모집 훈련, 민간 유능 애국인사로서의 선무정공 인원의 징용 및 단기 정치훈련의 실시, 선무 정치 등 공작대의 결성 촉성 및 활동 전개 또는 후원' 등을 제안하는 내용이 들어

---

3) 이무영에 관한 주요 자료로는 김주연 편, 『이무영』(서울 : 지학사, 1985)과 이동희, 「이무영 연구」(경희대 대학원 박사학위논문, 1987), 권영민 편, 『한국현대문학사연표 1』(서울 : 서울대학교 출판부, 1987)와 『한국근대문인대사전』(서울 : 아세아문화사, 1990), 이선영 편, 『한국문학논저 유형별 총목록』(서울 : 한국문화사, 1990) 등이 있다.

4) 해군은 9월 28일 서울이 수복되자 서울에 정훈분실을 설치하고, 12월 10일에는 참모총장 직속의 정훈감실을 부활시켰다. 「해본작명편 제21호」(1950.8.17), 「해본작명편 제34호」(1950.12.10) 명령, 『해군 정훈 50년사－반세기를 넘어서』(해군본부 정훈공보실, 1999.12), p.59에서 재인용.

있다.5)

한국전쟁 당시 해군 총참모장이었던 손원일 제독이 이무영을 만나 해군을 위해 일해 줄 것을 요청하자 이무영, 염상섭, 윤백남 등이 해군에 입대하여 정훈장교로 활동을 하고, 안수길, 이선구 등이 해군본부 정훈감실에서 문관으로 근무하다가 박계주 등과 함께 「해군종군작가단」 활동을 하게 된 것은 이와 같은 맥락에서 이루어졌다고 할 수 있는 것이다.

그런데 이 시기 이무영은 해군의 의도를 가장 잘 이해하고 그 실천을 위해 적극적으로 활동하였던 것으로 보인다. 1950년 12월 1일 해군 특별교육대에 입대한 그는 한 달 반가량 젊은 후보생들과 함께 군사훈련을 받은 후 다시 한 달 반가량 견습사관 훈련을 받고 1951년 3월 1일 해군 소령으로 임관하였다.6) 그리고 이후 해군본부 정훈감실에서 지도과장으로 근무하다가, 1951년 11월 19일 진해에 있는 해군 통제부 정훈실장으로 부임하여 약 1년 3개월 동안 근무하면서 많은 활동을 하였다. 이 시기 이무영은 희곡 「이순신」을 창작, 진해 해양극장에서 상연하기도 하고, 「벽(壁)」이라는 희곡과 함께 장편소설 『사랑의 화첩(畵帖)』 등 많은 작품을 발표하였으며, 통제부 기관지 『군항』을 창간하였다. 『군항』에는 이무영 자신의 작품은 물론 여러 작가의 작품을 게재하였다. 그리고 이무영은 1953년 2월 3일 해군본부 정훈감으로 부임하였다. 인사기록부에 의하면, 1953년 2월 5일에 해군 중령으로 진급한 그는 해군본부에서 약 1년간 근무하다가, 1954년 2월 24일 국방부로 파견되어 3월 1일 대령으로 진급하고, 5월 5일부로 국방부 정훈부 차장이 된 후 7월 15일 전역한 것으로 되어 있다.

이러한 사실을 고려할 때, 『해양소설집』은 이무영이 해군본부 정훈감으

---

5) 『해군 정훈 50년사－반세기를 넘어서』(해군본부 정훈공보실, 1999.12), pp.91-98 참조.

6) 윤백남은 중령으로, 이무영과 염상섭 등은 소령으로 각각 임관하였는데, 윤백남은 정훈감실 초대 편집과장, 이무영은 지도과장, 염상섭은 편집 장교로 임명되었다. 그리고 이들은 1951년 3월 29일부터 5월 29일까지 '62함대' 생활을 하였는데, 염상섭은 이에 관한 종군기를 작성하였다. 이에 관한 자세한 내용은 신영덕, 앞의 책, pp.106-107 참조 바람.

로 부임하기 이전부터 준비되어 있었을 것으로 보인다. 왜냐하면 이 작품집은 1953년 3월 5일에 인쇄되고 3월 10일 발행되었던 바, 부임한 지 한 달만에 책을 기획하고 발행하기는 어려울 것이기 때문이다. 따라서 이무영이 이 작품집의 발행인이 된 것은 이무영이 이 시기 정훈문고 발행의 책임자인 해군본부 정훈감이었기 때문인 것으로 보아야 할 것이다.

그러나 그럼에도 불구하고 이 책은 직간접적으로 이무영의 영향을 받았을 것으로 추정된다. 이 책에 이무영 자신의 작품을 게재하였다는 사실이 우선 그러하고 군의 속성상 최고 책임자의 영향을 무시할 수는 없기 때문이다. 실제로 이 작품은 해군 정훈문고로서 발행되었기 때문에 일반 문예 단편집과는 성격을 달리 하고 있는 것이다. 책 표지에 '해군정훈문고'임을 표시하고 있음을 고려할 때, 이 작품집은 장병들의 정훈교재로서의 활용을 염두에 두고 발행되었을 것으로 판단된다.

정훈이라는 용어는 본래 '정치훈련'에서 비롯되었다. '정(政)'과 '훈(訓)'을 떼 내어 결합시킨 이 용어는 장병들의 정신전력 강화를 목표로 하고 있다고 할 수 있겠는데, 이를 위해 군에서는 정훈활동으로서 투철한 국가관 확립, 확고한 사상무장 그리고 필승의 군인정신 함양을 위한 정훈교육, 문화홍보, 공보활동 등을 실시하고 있다.[7] 그리고 한국전쟁 당시 창간된 기관지 『해군』이 장병 정신전력 함양은 물론 장병 교양증진, 정서함양을 목적으로 지금까지 간행되고 있음을 고려할 때, 정훈문고 역시 이러한 목적을 위해 기획, 발행되었을 것임은 분명하다고 할 것이다.

실제로 이무영은 「전쟁과 문학」(『전선문학』 5호, 1953.5)이라는 글에서 '전쟁문학'의 필요성을 제안하면서 '좋은 문학'을 가지려고 하기보다는 '민족의 고민'을 생리적으로 같이 고민하는 데 먼저 노력을 경주해야만 할 것이라고 주장하였다. 그리고 그는 문학 작품 역시 전쟁에서의 승리를

---

7) 『해군정훈50년사』, pp.21-30.

위해 정신전력의 무기로서의 역할을 담당해야 한다고 하면서 문학 작품에서 내용 층위에 우선권을 부여하고 있다. 따라서 장병들의 정신전력 강화라는 목적 수행을 위해 정훈 활동을 해야 하는 해군 정훈장교로서의 임무와 이에 충실하고자 하는 이무영의 노력은 『해양소설집』의 발행에도 적지 않은 영향을 미쳤으리라 여겨지는데, 이 작품집에 게재된 작품들은 이러한 사실을 잘 보여주고 있는 것으로 판단된다.

3. 『해양소설집』의 특성과 문학사적 의의

『해양소설집』은 당대 주요 문인들의 작품을 수록하고 있다는 점에서 우선 주목할 만하다. 여기에는 공중인의 서시 「바다의 간주곡」을 비롯하여, 안수길의 「고향바다」, 최태응의 「장산곶」, 곽하신의 「해녀」, 이선구의 「어머니」, 염상섭의 「가위에 눌린 사람들」, 윤금숙의 「편지」, 박연희의 「섬사람들」, 윤백남의 「군부인」, 이무영의 「원균후일담」, 유치진의 희곡 「청춘은 조국과 더불어」 등 총 11편의 작품이 수록되어 있다. 공중인의 시 「바다의 간주곡」과 유치진의 희곡 「청춘은 조국과 더불어」는 『해양소설집』의 첫 부분과 끝 부분에 게재됨으로써 작품집의 시작과 끝을 알리는 역할을 하고 있다.

그런데 작품집의 이름이 '해양소설집'임에도 바다의 문제를 전문적으로 다룬 작품은 없다. 바다를 배경으로 하고 있는 작품으로 안수길의 「고향바다」, 최태응의 「장산곶」, 곽하신의 「해녀」, 박연희의 「섬사람들」 등이 있을 뿐이다.8) 그럼에도 '해양소설집'이라 한 이유는 무엇일까. 여러 가지

---

8) 박연희의 「섬사람들」은 바다보다는 주로 섬을 배경으로 하고 있으나, 섬 자체가 바다를 연상케 한다는 점에서 같은 유형의 작품으로 묶어 다루어보고자 한다.

이유가 있을 수 있겠지만, 작품 내용 혹은 작가 자신이 해군과 직간접적 연관을 맺고 있었다는 사실이 중요한 근거가 되었을 것으로 판단된다. 이선구의 「어머니」, 윤금숙의 「편지」, 유치진의 「청춘은 조국과 더불어」 등은 해군 혹은 해병대원의 이야기를 다루었으며, 염상섭의 「가위에 눌린 사람들」과 이무영의 「원균후일담」, 윤백남의 「군부인」 등은 작가 자신이 해군 장교였다는 점에서 그 관련성을 찾을 수 있다.9) 그러면 이제부터는 이 작품집에 실린 작품들을 세 유형으로 나누어 작품의 특성을 살펴본 후 이들의 문학사적 의의에 대해 논의하고자 한다.

가. 『해양소설집』의 작품과 특성

1) 바다를 배경으로 한 작품

작품집의 서시로서 씌어진 공중인의 「바다의 간주곡」은 총 3장으로 이루어져 있다. 1장, 2장은 각 3연, 3장은 4연으로 구성되어 있는데, 1장에서는 보랏빛 바다를 찬미하고 있으며, 2장에서는 충무공과 '노르만디 상륙작전의 용사들'과 같은 영웅들을 회상해내고, 3장에서는 바다가 자유를 위한 투쟁의 장이었음을 보여주고 있다. 다소 격앙된 어조로 영웅들의 이야기를 통해 애국심을 고취하면서 이를 바다의 이미지와 연관시켜 노래하고 있는 이 작품은 『해양소설집』의 서시로서의 성격을 잘 보여주고 있다.

안수길의 「고향바다」는 바다를 배경으로 전투 중에 있는 해군 장교 진우의 이야기를 들려주고 있다. 전쟁이 발발하자 동굴에 숨어 지내던 진우는 국군이 북으로 진격해 오자 적이 물러간 뒤의 치안유지와 청년운동을 위해 열심히 활동한다. 그런데 중공군 참전으로 흥남 지구 철수 명령이 발표된다. 진우는 배를 마련하여 가족과 함께 떠나고자 하였으나, 친정에

---

9) 이무영의 「원균후일담」은 해군의 이야기를 다루었지만, 이무영 자신이 해군 장교였으므로 '작가 자신이 해군인 유형'에 포함시켜 논의하고자 한다.

갔던 아내가 돌아오지 않아 할아버지와 아내를 남겨두고 눈물을 흘리며 혼자 탈출한다. 이후 그는 다시 추억의 고향 앞 바다에 왔으나, 적 때문에 고향에 포격을 하지 않으면 안 되는 처지가 되어 포격을 하면서 눈물을 흘린다.[10) 이 작품은 이처럼 바다를 배경으로 하면서 전함을 타고 전쟁을 수행하는 인물을 주인공으로 설정하고 있으나, 해전에 관한 구체적인 사실보다는 주로 주인공의 비극적 체험을 과거 회상의 형식을 통해 보여주고 있다. 따라서 이 작품에서의 바다는 전쟁과 그 비극의 현장으로서 의미를 지닌다고 하겠는데, 이는 전쟁 당시 전함을 타고 전투에 참여할 수 없었던 안수길 더 나아가 해군 종군작가들의 체험의 한계와도 밀접한 관련이 있을 것으로 판단된다.

최태응의 「장산곶」 역시 바다와 관련된 이야기를 들려주고 있다. 주인공 몽석이는 부모와 형제를 모두 잃고 고아로서 숙부와 함께 살던 중 1945년 6월 경 물에 빠진 '왜놈들'을 구해주었지만 오히려 개 돼지 취급을 받자 이들 모두 죽여 버리고 살인죄로 유치장에 갇히게 된다. 그런데 8·15 해방이 되자 몽석이는 "민족을 위해서 큰일을 한 사람이오 애국인이요 출옥 동지요 알짜 무산계급에 진짜 노동자"[11)로 높임을 받는다. 그러나 이후 발동선을 맡게 된 그는 일한 대가와 관계없이 쌀을 배급해주는 북한 공산주의 체제에 불만을 가지게 되고, "간혹 술잔이나 먹고 노상 촌 술집 갈보들이나 있는 데서면 허리춤에서 권총을 비죽거리며 정치보위부니 인민군 총위니 하고 잘나서 너덜거리는 버릇이 있는 김총위"(p.38) 등을 죽인 후 장산곶에 수장하고 월남한다. 이때 태극기를 준비하던 기관수 삼

---

10) 이 작품은 이후 작품집 『벼』(『한국단편문학전집』 10권, 정음사, 1978)에 게재되었다. 대부분의 내용은 유사하나 결말 내용이 약간 다르다. 개작본에서는 배가 진우의 집이 있는 포구에 당도하자 적의 기관총 사격이 퍼붓고 이에 진우는 '의무감과 적개심'으로 '적'을 향해 발포 명령을 내린다는 것으로 되어 있다.
11) 『해양소설집』(해군본부 정훈감실, 1953.3), p.37. 이하 이 책 인용 시 본문에서 페이지 수만 밝히고자 한다.

돌이는 애국가를 부른다. 이 작품은 이처럼 배운 것이 없는 뱃사람 몽석의 이야기를 통해 해방 이후 북한 공산주의 사회가 드러내고 있는 문제점을 비판하고 있는 것이다. 따라서 장산곶 앞 바다는 공산주의를 버리고 남한 사회를 선택하는 장소로서의 의미를 지니게 된다.

곽하신의 「해녀」는 전쟁 당시 부산에서 조금 떨어진 ○○섬에 사는 해녀 옥녀에 관한 이야기를 들려주고 있다. 남편이 병으로 앓고 있으나 돈이 없어 치료하지 못해 고민하던 옥녀는 돈을 벌어 약을 지어 오고자 부산으로 나선다. 그런데 그녀는 부산에 사는 남편의 친구 경식의 집에서 지내던 중 그에 의해 겁탈을 당하여 집에 돌아가지도 못한다. 어느 날 ○○섬에 사는 사람으로부터 남편이 죽어간다는 이야기를 듣게 되자, 옥녀는 자신의 잘못을 깨닫고 경식에게 배를 마련해 달라고 한다. 하지만 경식은 헤엄쳐서라도 가겠다고 하는 옥녀에게 닷새 정도 기다리라고 한다. 그러나 옥녀가 이튿날 아침 사라진 것을 알게 된 경식은 자신의 죄를 깨닫게 되고 옥녀를 찾아 배를 타고 바다로 나간다. 그리고 그는 만약 옥녀가 죽어 있으면 자신도 죽겠다고 다짐한다. 그런데 멀리 바다 위에 옥녀의 머리가 물결 따라 솟구쳤다가 가라앉았다가 한다는 것이 이 작품의 결말이다. 작품 구성이 허술하고 등장인물의 성격도 불분명하다는 문제점을 지니고 있지만, 피난지 부산의 풍경과 피난민들의 구차한 삶, 그리고 흉흉한 인심 등을 통해 한국전쟁기 현실의 비극성을 잘 보여주고 있다. 따라서 이 작품에서의 바다는 전쟁기 현실의 비극을 상징하는 의미를 지니고 있다고 할 것이다.

한편, 박연희의 「섬사람들」은 전쟁 기간 중 적치하에 들어간 섬마을에서 일어난 일을 다루고 있다. 섬마을 사람인 용옥과 준혁은 사랑하는 사이였으나, 공산군이 들어오면서 이들의 사랑은 위기를 맞게 된다. 준혁은 동생 준삼의 요구로 민청부위원장이 되었다가 용옥과 몰래 만났다는 사실 때문에 의용군으로 뽑혀나갔으며, 용옥의 부친은 아들을 해군에 보냈다는 이유 때문에 반동분자로 몰려 총살을 당한다. 그리고 토지를 준다는 바람에 공산군을 따라 앞장섰던 준삼은 국군이 올라온다는 소식을 듣고 도망치다가 죽고 만다. 짧은 분량의 소설 속에 많은 인물들의 이야기를 다루다보니 인물의 성격이 구체적으로 형상화되지 못하고 갈등 관계도 피상적으로 이루어지고 있다. 그러나 준삼이가 용옥이를 찾아가 잘못했다고 사과하고, 용옥과 그녀의 어머니가 그를 용서한다는 이야기에서도 드러나듯이 이 작품은 북한 공산주의의 비인간성을 비판하는 데 초점을 두고 있다. 따라서 이 작품에서의 섬은 전쟁의 폭력성과 공산주의의 비인간성을 보여주는 장소가 되고 있다.

2) 해군 장병의 이야기를 다룬 작품

한국전쟁기 소설 중에는 해군 장병이 주요 인물로 등장하는 작품이 적지 않다. 해군 장병의 용감성과 애국심을 형상화하고 반공의식을 고취하고자 하는 목적의식이 이러한 결과를 가져왔을 것이다. 그런데 좀 더 깊이 있게 살펴보면, 이들 작품 중 해전을 다룬 작품은 별로 없음을 알 수 있다. 이는 전쟁 당시 해군에서 전선은 위험하다고 하여 작가들을 전함에 태워주지 않았으며, 작가들 역시 "대부분이 그날그날 일에 쪼들리는 형편이라 장기간 살림을 팽개치고 해양생활을 할 수 없었"[12]기 때문이다. 『해양소설집』의 작품 역시 이러한 사실을 잘 보여준다. 해군 장병이 등장하는 작품으로는 안수길의 「고향바다」, 윤금숙의 「편지」, 이선구의 「어머니」, 유치진의 「청춘은 조국과 더불어」 등이 있지만 해전을 다룬 작품은 안수길의 「고향바다」 뿐이고, 이 작품조차도 이미 살펴본 바와 같이 해전의 구체적인 상황보다는 주인공의 회상을 통해 전쟁의 비극성을 드러내는 데에 치우치고 있을 뿐이다.

---

12) 이선구, 「6.25 해군종군기」, 『해군』(1965.6), p.104.

윤금숙의 「편지」는 전장을 배경으로 한 작품으로서 해병대원 강이등병조와 전우 이이등병조에 관한 이야기를 들려주고 있다.[13] 강이등병조에게 누이동생의 편지가 온 것을 부러워하는 이이등병조는 사랑하는 여성에게 수차례 편지를 보냈으나 답장이 없어 비관하여 늘 술을 마시고 싶어 한다. 그런데 어느 날 전투에서 모든 부대원이 죽고 강이등병조만이 혼자 살아남게 되자, 그는 전사한 이이등병조의 주머니에서 애인에게 보내는 마지막 연서를 발견하고 그의 최후 소원을 들어주기로 결심한다. 이 작품은 이처럼 단순한 구조의 이야기를 통해 일선 군인들의 생활상과 비극적인 전장의 모습을 보여주면서, 한편으로는 전쟁을 독려하고 있다. 한 연구자는 이 작품의 가장 중요한 특징으로 전투장면을 들고 있으나, 전투장면이 매우 피상적으로 드러나고 있어 이 작품의 주요 특성으로 보기는 어려울 것 같다.[14] 역시 이 작품의 보다 중요한 특성은 전의를 고취하는 데 있다고 생각하는데, 강이등병조의 누이동생이 보낸 편지 내용 중 '남북통일을 염원하고 있다는 것, 후방에서도 분투노력하겠다는 것, 일선 장병들의 눈부신 전공을 기대한다는 것' 등은 그 대표적인 예에 해당한다고 할 것이다.

　이선구의 「어머니」에는 해군 장병이 등장하지만 작품 속에서 큰 비중을 차지하지 못하고 있다. 그보다는 해군 이등병조인 명기의 어머니가 중심인물로 등장한다. 한국전쟁 당시 어머니 나이는 예순 셋. 그녀는 서른네 살 때 남편을 폐결핵으로 잃고 아들 넷, 딸 둘만을 바라보며 살아오면서 농사와 재봉일 등을 통해 자식을 성공시킨다. 그런데 전쟁이 일어나자 교원이었던 큰아들 준기는 반동으로 끌려가고, 의사인 사위는 총살을 당하

---

13) 한국전쟁 당시 이등병조란 일본 해군 계급 체계를 따른 것으로 현재의 하사에 해당한다. 참고로 밝히면 견습수병은 이병, 이등수병은 일병, 일등수병은 상병, 삼등병조는 병장, 이등병조는 하사, 일등병조는 중사, 병조장은 상사 계급에 해당한다.

14) 니시야마 준코는 한국전쟁기 여성종군작가들의 작품에 논의하는 가운데, 전투장면은 다른 여성 종군작가들의 작품에서는 볼 수 없었다고 하면서 '전투장면이 나오는 점'을 이 작품의 가장 주요한 특징으로 보았다. 니시야마 준코, 「한국여성종군작가연구」(동국대 대학원 석사학위논문, 2002), p.30.

였으며, 둘째 아들 순기는 의용군으로 끌려가고, 셋째 아들 신기는 학도병으로서 육군에 들어가 동부전선에 출정하였다가 전사하고 만 것이다. 이에 어머니는 식음을 전폐하고 앓아눕고 만다. 그런데 막내아들 명기마저 곧 전투에 나서야 되고, 딸 진숙은 육군 군의로 종군하고 있는 약혼자로부터 '간호부'로 와달라는 부탁을 받고 있는 상황이다. 이 사실을 알게 된 어머니는 극력 반대하지만, 결국에는 명기와 진숙에게 자신은 염려하지 말고 나라를 위해 떠나라고 당부하기에 이른다. 이 작품은 이처럼 한 여인의 삶을 통해 전쟁의 비극성을 보여주면서 전쟁을 일으킨 공산주의자들의 잔악성을 고발하고 애국심의 필요성을 고취하고 있다.

유치진의 희곡 「청춘은 조국과 더불어」는 한국전쟁이 발발한 다음날인 1950년 6월 26일부터 27일까지 이틀 동안에 일어난 사건을 다루고 있다. 서울 시내 옥란의 집을 무대로 한 이 작품에는 주인공 옥란을 비롯하여, 옥란 모 박씨, 옥란이 사랑하는 청년 이연길, 옥란을 좋아하는 김주사, 북한군 동무A, 동무B 등의 인물이 등장한다. 이 작품은 이러한 인물들을 통해 전쟁이라는 급박한 상황에 처한 인간들의 성격과 심리를 흥미 있게 보여준다. 전쟁이 발발하자 대학생인 이연길은 결사대에 지원하여 전선으로 떠나게 되는데, 옥란을 좋아하는 김주사는 이를 기회로 여기고 옥란 등에게 피난을 종용하고, 옥란 모 박씨는 자신에게 잘 해주는 김주사의 말에 솔깃해 한다. 그런데 27일 연길이 부상당한 몸으로 찾아오고, 김주사는 옥란을 차지하고자 하는 욕심에 연길을 제거할 목적으로 빨간 완장을 찬 동무A와 동무B를 데려옴으로써 사건은 절정에 다다른다. 동무A가 연길의 거처를 대라고 옥란을 닦달하다가 끝내는 죽이려고 하자 김주사가 이를 막다 총에 맞아 죽고, 동무A와 동무B를 죽인 연길은 옥란, 박씨 등과 함께 피난을 떠난다. 전쟁이라는 절박한 상황 속에서도 자신의 욕심을 채우고자 비애국적인 활동을 서슴지 않는 김주사와 나라를 위해 목숨을 바치고자 하는 연길 등의 갈등이 김주사의 죽음과 연길의 승리로 끝을 맺는다는 이야기는 이 작품의 주제가 무엇인지를 잘 보여준다. 따라서 죽음을 감수하고 연길을 보호하려는 옥란의 다음과 같은 말은 사족에 불과하다고 할 것이다.

> 　어머니, 가엾은 우리 어머니. 우리는 우리의 젊은이를 한 사람이라
> 도 더 살려 이 어지려진 나라를 바로 잡어야 하잖겠어요? 그래야 아버
> 지의 원수도 갚을 수 있을게 아녜요?(p.210).

3) 해군 작가의 작품

『해양소설집』에는 윤백남의 「군부인」, 염상섭의 「가위에 눌린 사람들」, 이무영의 「원균후일담」 등의 단편소설이 게재되어 있다. 앞 장에서 살펴본 바와 같이 세 사람은 모두 한국전쟁 당시 해군 정훈장교로 근무하였다는 점에서 공통점을 지닌다. 윤백남, 염상섭 등의 작품이 해양 문제를 다루지 않았음에도 불구하고 『해양소설집』에 게재된 것은 이들이 당시 해군 정훈장교였기 때문인 것으로 판단된다. 여기에서는 이들 작품에 대해서 살펴보기로 하겠다.

　윤백남은 한국전쟁 당시 해군 정훈장교로 근무하면서 주로 역사소설을 발표하였다.[15] 「군부인」 역시 해양 문제와는 관계없는 조선시대를 배경으로 한 작품이다. 월산대군의 부인이 연산군의 아이를 돌보아주기 위해 궁에 들어갔다가 조카 되는 연산군에 의해 몸을 더럽히게 되자, 대성통곡을 한 후 미음 외에 아무 것도 먹지 않다가 세상을 떠났다는 내용이다. 비극적인 생을 마친 월산대군의 부인의 이야기를 통해 연산군의 패륜행위를

---

15) 윤백남은 군내에서 나이가 가장 많다는 이유로 각별한 대접을 받았다. 훈련시절 '교장'이라는 별명과 중령으로의 임관은 이러한 사실을 잘 보여주고 있다. 그러나 그는 환갑이 넘은 나이로 인한 건강 때문에 정훈 장교생활을 오래하지는 못하였다. 구체적인 날짜는 알 수 없으나, 1953년 군복을 벗고 서라벌 예술대학 초대 학장으로 취임하였다고 한다. 이에 대한 보다 자세한 내용은 신영덕, 앞의 책, pp.187-194 참조.

보여주고 있는 이 작품은 한국전쟁기 윤백남의 역사소설 대부분이 그러하
듯이 독자의 흥미를 끄는 데 초점을 두고 있다.[16]

염상섭은 해군 정훈 장교 생활을 하면서 한국전쟁기 현실을 다룬 많은
작품을 발표하였다.[17] 염상섭의 「가위에 눌린 사람들」 역시 한국전쟁 직
후 한 농촌 마을에서 있었던 일을 다루고 있다.[18] 다양한 인물들의 심리
와 행위 묘사를 통해 독자의 흥미를 끌면서 전시 하 농촌 마을의 모습을
사실적으로 보여주고 있다는 점에서 이 작품은 단연 돋보인다. 이 작품은
한국전쟁이 소위 이념의 차이에 의해 빚어졌다고 보는 다른 작품과 달리
이념이라는 명분 하에 자신의 이익을 관철시키려는 인간들의 모습을 중점
적으로 그려냄으로써 이념이란 하나의 명분에 지나지 않으며 인간들은 이
기회를 통해 자신의 물욕과 애욕을 채우려 한다는 사실을 보여주고 있다.
차득이라는 인물은 서울에서 인쇄공을 하다가 전쟁이 발발하고 공산주의
세상이 되자, 서울에서 '지도원이라는 젊은 애'를 고향으로 데리고 와서
동네일을 좌지우지 한다. 자신의 아버지 삼룡이를 인민위원장으로, 어머니
는 여성동맹 위원장으로 만들고, 평소 눈에 거슬린 이들은 반동이라 하여
잡아들이고 고문을 하고 유치장에 가두며, 그들의 식량과 물건을 빼앗는
다. 특히 그는 친척 형제이면서 자신으로 하여금 열등감을 갖게 만든 상
기를 붙잡아 매질을 하고 유치장에 가둔다. 별다른 죄가 없는 상기를 이

---

16) 윤백남은 해방 이전부터 신문소설을 통해 대중에게 '자미스럼'과 '희망'을 주어야 함을
역설하였는데, 이 작품에도 이와 같은 생각이 반영되었던 것으로 보인다. 윤백남, 「신문
소설의 의의와 기교」, 『조선일보』, 1933.5.14.

17) 해군본부 인사기록부에 의하면, 염상섭은 1951년 3월 1일 이무영 등과 함께 해군 소령
으로 임관하였다. 그리고 1951년 10월에는 정훈감실 편집과장으로 임명되고 1952년 7월
부터는 지도과장을 겸임하였는데, 이무영이 해군 중령으로 진급되어 1953년 2월 3일 해
군본부 정훈감으로 부임하게 됨으로써 문단 선배인 염상섭의 직속상관이 되었다. 그리
고 박영준의 회고에 의하면, 이때 염상섭은 술에 취해 출근도 제대로 하지 않아 이무영
이 곤란을 겪었다고 한다. 박영준, 「횡보 옆에서」, 『현대문학』, 1963.5, p.50.

18) 염상섭은 이 작품을 「자전거」(195.6.25 탈고)라는 제목으로 처음 발표하였으나, 이후 가
필 첨삭하여 「가위에 눌린 사람들」, 「생지옥」 등으로 발표하였다. 김종균, 『염상섭 연구』
(고대출판부, 1974), p.226.

처럼 심하게 다룬 것은 그의 집안과 상기 네 집안이 '전대부터 사촌이 땅을 사면 배 아픈 관계'라는 사실 때문이기도 하지만, 평소 마음에 두고 있던 완희가 상기와 혼인할 것이라는 이야기와 또 최근에는 두 사람이 자전거를 타고 어울렸다는 소문 등을 들었기 때문이다. 이 작품은 이처럼 공산주의가 무엇인지도 모르면서 '동무' '숙청' 등을 되뇌고 다니면서 개인적 욕망을 채우고자 하는 차득이와 자전거를 이용하여 탈곡 행위를 하다가 발각되어 다시 끌려가 매를 맞고 유치장에 갇히면서도 자전거를 빼앗길 것을 염려하는 상기 등과 같은, 이념과는 거리가 먼 인물들을 통해 한국전쟁을 일상의 수준에서 그려내고 있다. 전쟁을 일상의 수준에서 바라봄으로써 오히려 전쟁을 낯설게 하고 있는데, 이와 같은 낯설게 하기는 이 시기 염상섭 소설의 주요 특징에 해당한다.19)

이무영의 「원균 후일담」은 『해양소설집』의 발간 의도에 맞추어 창작한 작품이라 할 수 있다. 이 작품은 해군 일조 박진학과 친구 장수봉 일조에 관한 이야기를 들려주면서 한편으로는 민족의 영웅 이순신의 애국심을 찬양함으로써 애국심을 고취하고 있다. 어느 날 박진학은 친구 장수봉을 총으로 쏘아 죽게 만듦으로써 재판을 받게 되는데, 변호인인 '나'를 비롯한 많은 사람들은 총기 오발에 의한 살인으로 보았으나 박진학은 자신의 계획적인 살인이었음을 재판정에서 진술함으로써 주위 사람들을 놀라게 한다. 박진학은 평소 장수봉이 원균과 같은 나쁜 성정을 타고났다고 생각하여 나라를 위하여 그를 죽여 없애고 싶어 했는데, 우연히 총기 오발로 그를 죽게 만들었던 것이다. 박진학은 평소 장수봉이 장성하면 원균 같은 사람이 될 것이라고 생각하였다. 그 이유는 장수봉이 교활하고 이기적이며 자기 본의적이고 인색하며 얌체 같은 짓을 많이 하였기 때문이다. 이순신 장군에 관한 많은 책을 읽으면서 "간신이오 배신자요 이기주의의 화

___

19) 전쟁 기간 동안 염상섭이 발표한 작품에 관한 자세한 내용은 신영덕, 앞의 책, pp.164-187 참조.

신이듯싶이한 원균에게 대한 분노와 저주”(p.176)를 지닌 박진학은 장수봉이에게서 원균을 발견한 것이다. 그래서 박진학은 처음에는 순수한 총기오발로 가장하고자 했지만 양심의 가책 때문에 계획적인 살인과 다름없다는 사실을 자백한 것이다. 이기적인 장수봉의 모습을 통해 원균을 비판하고 이순신을 찬양함으로써 애국심을 고취하고자 이 작품의 서술자는 다음과 같이 설명하고 있다.

> 삼백 육십년간 민족의 혈관속에 가징하게도 교묘히 스미어 흘러 나려오며 민족을 좀 먹고 급기어는 민족과 강토를 팔아먹게까지 한 원균의 더러운 피를 피고는 피해자의 살빛에서 보아왔었다(p.177).

다분히 감정적인 이러한 서술 내용에서도 알 수 있듯이 이 시기 이무영은 무엇보다도 작품의 내용과 목적을 중요시하였던 것으로 보인다. 다소 유치할 정도로 그는 원균과 장수봉을 동일시하면서 이들을 비판하고 있는데, 이러한 단순화는 ‘표현 층위’보다는 ‘내용 층위’를 우선시하는 이무영의 창작방법론에서 비롯되었다고 할 것이다.

나. 『해양소설집』의 문학사적 의의

김동리는 한국전쟁기를 ‘종군문단기’로 규정한 바 있는데,[20] 『해양소설집』의 문학사적 의의는 바로 이러한 사실에서 찾을 수 있을 것이다. 이미 살펴본 바와 같이 『해양소설집』은 한국전쟁 당시 해군 정훈 활동의 일환으로서 이무영, 염상섭, 윤백남, 안수길, 이선구 등의 당대 작가들에 의해 기획, 발간되었으며, 이 작품집에 작품을 발표하였던 작가들 역시 유치진을 제외하고서는 모두 종군작가였기 때문이다.

---

20) 김동리, 「문단 10년의 개관」(『연합신문』, 1958.8.15) 참조.

그런데 이 작품집의 보다 중요한 의의는 게재된 작품의 성격에 있다고 할 것이다. 왜냐하면 여기에 게재된 작품들은 한국전쟁기 문학의 주요 경향을 전형적으로 보여주고 있기 때문이다. 특히 『해양소설집』의 전쟁소설은 한국전쟁기 전쟁소설과 마찬가지로 반공사상 및 애국심을 고취하면서도 한편으로는 한국전쟁의 모습을 사실적으로 보여줌으로써 이후 발표된 전쟁소설의 원형을 보여주고 있기에 그 의의는 중요하다고 할 수 있다. 전쟁의 폭력성 앞에서 비인간화된 인간들의 모습, 가정의 파괴와 이산의 아픔, 피난민들의 구차한 삶과 거주민들의 흉흉한 인심, 일선 군인들의 생활상과 전장의 모습, 전쟁이라는 급박한 상황에 처한 인간들의 성격과 심리, 전쟁이라는 절박한 상황 속에서도 자신의 욕심을 채우고자 비애국적인 활동을 서슴지 않는 인간들의 모습 등은 전쟁 이후 발표된 전쟁소설에서도 꾸준히 등장하고 있는 바, 『해양소설집』의 전쟁소설이 지니는 의의는 이러한 점에서도 찾을 수 있을 것이다.

물론 『해양소설집』의 전쟁소설은 전쟁에서의 승리를 위해 전쟁을 독려하고자 하는 목적의식을 작품 표면에 드러내거나, 편향된 시각으로 한국전쟁을 피상적 혹은 감상적으로 보여주는 데 그치고 만다는 점에서 그 한계를 보이기도 한다. 그러나 이와 같은 한계는 한국전쟁기에 발표된 대부분의 작품에서도 찾아볼 수 있는 만큼 이는 한국전쟁기 현실의 특수성과 밀접한 관련이 있는 것으로 판단된다. 물론 이에 대해서는 보다 깊이 있는 연구가 요구되지만, 지금까지 발표된 한국전쟁소설의 변모 양상이 한국 사회의 변화 과정과 긴밀하게 연결되어 있음을 고려할 때 이와 같은 판단은 크게 무리가 없으리라 생각한다.[21]

---

21) 한국전쟁을 다룬 소설의 가장 큰 변화는 최인훈의 『광장』, 조정래의 『태백산맥』 등에 의해 이루어졌으며, 이는 1960년의 4·19 혁명과 1987년의 6월 항쟁과 밀접한 관련이 있다고 생각한다.

4. 결 론

본고에서는 한국전쟁 당시 『해양소설집』이 어떠한 목적으로 발간되었으며, 이는 전쟁 당시의 해군과 어떠한 관계를 지니고 있는가, 그리고 작품집에 게재된 작품들은 어떠한 특성을 지니고 있으며 그 의의는 무엇인가에 대해 밝혀보고자 하였다.

『해양소설집』은 해군 장병들의 정훈교재로서의 활용을 염두에 두고 발행되었다. 전쟁 당시 해군에서는 장병들의 정신무장 강화와 선무공작 전개의 필요성을 절감하고 문인들을 해군에 영입하여 이들을 활용하였던 바, 이 작품집은 그 산물에 해당한다고 할 수 있다.

『해양소설집』의 문학사적 의의는 이 작품집에 게재된 작품들이 한국전쟁기 문학의 주요 경향을 전형적으로 보여주고 있다는 점에서 찾을 수 있다. 특히 『해양소설집』의 전쟁소설은 반공사상 및 애국심을 고취하면서도 한편으로는 한국전쟁의 모습을 사실적으로 보여줌으로써 한국전쟁기 이후 발표된 전쟁소설의 원형을 보여주고 있기 때문이다.

이처럼 군에서 발행한 기관지와 정훈문고는 한국문학사뿐만 아니라 한국사에 있어서도 매우 중요한 가치를 지니고 있다. 그럼에도 이들에 대한 연구는 아직까지 논의조차 되지 않고 있는데, 이는 앞으로 우리가 해결해야 할 과제라고 생각한다.

II. 한국전쟁기 군 기관지 소설의 특성

1. 서 론

1950년 6월 25일 이후 1960년 4월 19일까지의 시기는 한국사에 있어서 매우 중요한 시기로 구분, 평가된다. 민족 통일을 표방한 한국전쟁으로 인해 이 기간에 민족의 분열과 대립이 심화되었고, 나아가 남북한 두 정권의 독재 체제가 강화되었기 때문이다.[1] 이와 같은 시기 구분은 문학사적으로도 어느 정도 타당한 것으로 받아들여지고 있는 실정이다. 전후문학 혹은 1950년대 문학의 성격을 구명하고자 하는 기존 연구는 이러한 사실을 잘 보여준다.

1950년대 문학에 대한 연구는 대부분 소위 '신세대 작가'들의 작품에 치중하고 있어 연구 대상의 불균형성을 느끼게 한다. 또한 1950년대 문학 작품 전반에 대한 실증적 검토조차 이루어지지 않고 있어 그 문제가 심각하다. 예를 들면, 1950년대 군에서 발행한 기관지의 경우 여기에는 한국문

---

1) 강만길, 『한국현대사』(창작과비평사, 1985), pp.175-181 참조.

학사에서 중요한 비중을 차지하고 있는 많은 문인들의 작품이 게재되어 있음에도 불구하고 이에 대한 연구는 물론 실체조차 파악되지 않고 있다.[2]

따라서 본고에서는 이러한 문제점을 해결하고자 그 일환으로서 한국전쟁기에 발행된 군 기관지와 여기에 게재된 소설에 대하여 논의하고자 한다.[3] 시기를 한국전쟁기로 한정한 것은 군 기관지에 게재된 작품의 양이 매우 방대하여 연구대상을 한정할 필요가 있기 때문이다.[4] 먼저 한국전쟁기에 어떠한 군 기관지가 발행되었는가에 대하여 살펴본 후, 최근 필자가 새로 발굴한 작품을 중심으로 하여 군 기관지 소설의 특성과 의의에 대해 논하기로 하겠다.

2. 한국전쟁기 군 기관지의 유형과 성격

한국전쟁 당시 군 정훈감실에서는 장병들의 교양과 정훈 교육을 위해

---

2) 서정주, 조지훈, 박목월, 박두진, 유치환, 김수영 등의 시와 염상섭, 이무영, 윤백남, 김동리 등의 소설이 그것이다. 그런데 이 중에는 아직까지 실체조차 알려지지 않은 작품도 다수 있다. 예를 들면, 서정주의 「우일즉흥」(『해군』44호, 1956.8), 「송년음」(『코메트』41호, 1959.10), 조지훈의 「패강무정」(『해군』44호, 1956.8), 박목월의 「일모」(『해군』9호, 1953.9), 「설정」(『코메트』31호, 1957.12), 「청록십유」(『코메트』33호, 1958.4), 「친척」(『코메트』44호, 1960.6) 등의 시와 김동리의 「우물과 감나무와 고양이가 있는 집」(『공군순보』17-18, 1952.6), 「부자」(『해군』, 1956.6) 등의 소설이 그러하다. 현재 필자가 확보한 작품은 시 224편, 소설 139편 정도이다.

3) '한국전쟁기 군 기관지 소설'이란 한국전쟁 기간 동안 발행된 군 기관지에 게재된 소설을 지칭한다.

4) 한국전쟁기 소설에 관한 기존의 연구에 대해서는 신영덕의 『한국전쟁과 종군작가』(국학자료원, 2003), pp.9-17 참조. 한국전쟁기 소설에 관한 최근의 연구로는 니시야마 준코의 「한국여성종군작가연구」(동국대 대학원 석사학위논문, 2002), 성동민의 「남북한 전시소설 연구」(동국대 박사학위 논문, 2003), 신영덕의 「한국전쟁기 남북한 전쟁소설의 특성」(『한국현대문학연구』14호, 2003), 「한국전쟁기 남북한 소설의 탈식민주의적 연구」(『현대소설연구』23호, 2004) 등이 있다.

군별로 기관지를 발행하였으며, 여기에 문인들의 문학 작품을 게재하거나 별도의 문학 작품집을 발간하여 배포하였다. 육군 정훈감실에서는『국방』,[5)] 「육군종군작가단」 기관지『전선문학』, 해군 정훈감실에서는『해군』 이외에『군항』,『해병』, 공군 정훈감실에서는『공군순보』,『코메트』,「공군종군문인단」 기관지『창공』 등을 발행하였던 바, 여기에서는 군 기관지를 군별로 유형화하여 그 성격에 대해 살펴보고자 한다.[6)]

가. 육군 기관지

육군에서는 한국전쟁 이전부터 기관지『국방』을 발간하였다.[7)] 월간지로서 군의 종합 교양지 역할을 한 이 기관지는 군사, 정치, 경제, 문화, 과학을 통한 국방사상을 함양 보급시켜 전방과 후방을 긴밀히 연결하려는 기본방침 하에 발간되었다. 한국전쟁으로 잠시 중단되었으나 1950년 11월에 속간 제1호를 발행하였으며, 1951년 4월 2호 발간 이후 계속 발행하였다. 그러나 많은 자료들이 유실되어 현재까지 전해지는 자료는 많지 않다.

또한 육군에서는 「육군종군작가단」 기관지『전선문학』을 발행하였다. 이 잡지는 1952년 4월 창간되어 1953년 12월까지 총 7호 발행되었는데,

---

5) 육군에서는 이외에도『승리일보』,『정훈주보』 등을 발행하였다고 한다.『승리일보』는『국방신문』의 제호를 바꾼 것으로 한국전쟁 발발 직후부터 1952년 4월 15일까지 발간되었다. 최초의『승리일보』는 당시 문관이었던 시인 구상의 노력에 의한 내용의 충실성으로 장병 간에 인기가 있었으나, 육군본부가 대구로 이동한 후 원거리 전선지역 배포 등의 문제 발생으로 폐간하지 않으면 안 되었다고 한다.『정훈주보』는 정훈장교들의 교육자료로 제공하기 위하여 매주 발간 배포해오다 6·25 한국전쟁으로 중단되었던 것을 북진작전이 거의 마무리 단계에 이르자 다시 발간을 추진하게 되어 1951년 1월 24일부로 속간을 보게 되었고, 유사한 교육자료인『교육강좌』가 발간되면서 발전적으로 폐간되었다.『육군정훈50년사』(육군본부 정훈감실, 1991), pp.229-231. 이후 육군에서는 기관지로서『육군』을, 국방부에서는『국방』을 발행하였다.

6) 각 군에서는 정훈문고 형식의 작품집도 발행하였다. 육군에서는『전시한국문학선(시집)』(1953),『전시한국문학선(소설집)』(1954), 해군에서는『해양소설집』(1953), 공군에서는 시집『창궁』(발표연대 미상), 소설집『훈장』(발표연대 미상) 등을 발행하였다.

7)『육군정훈50년사』(육군본부 정훈감실, 1991), p.232.

그 의도는 최독견의 「창간사」에도 잘 나타나 있다. 그는 "이제 우리들이 가지고 싸우려는 「펜」은 그야말로 수류탄이며 야포며 화염방사기며 원자 수소의 신무기가 되어야 할 것"[8]이라고 주장하였다. 그는 또 휴전이 이루어지기 직전, '휴전은 우리에게 있어서 또 한 개의 전쟁이기 때문에 충분한 각오와 준비로써 임하여야 하며, 적이 강력하게 시도하고 있는 문화 선전전에의 항전만이라도 충분히 준비하고 강력히 실천해야 할 것'이라고 하면서, 선전전에 있어서의 문화인의 임무를 다음과 같이 강조하였다.

> 이런 의미에서 선전전에 있어서의 문화의 임무는 매우 큰 것이다. 더욱이 필봉을 들고 문장을 얽거나 시 소설 등 작품을 구설로써 대중을 상대로 하는 인사들의 임무는 그야말로 열전에 있어서의 일선장병에 못지않은 책무를 느끼고 행동하여야 할 것이다. 그의 머리 속에는 조국의 흥망과 민족의 성쇠가 언제나 떠나지 않음으로써 총을 들고 고지로 돌격하는 일선 용사와 같은 투지가 설단(舌端)에서도 필봉(筆鋒)에서도 용출 폭발하여야 할 것이다.[9]

요컨대 최독견은 문학작품을 선전전의 무기로서 사용할 것을 주장하였던 것인데, 이와 같은 주장은 『전선문학』의 작품에 상당한 영향을 미쳤던 것으로 보인다. 실제로 『전선문학』에 발표된 작품 중에는 애국심과 반공의식을 고취하고 있는 작품이 많이 게재되었다.[10]

나. 해군 기관지

해군에서는 1951년 8월 1일 기관지 『해군』을 발행하였다.[11] 염상섭, 이

---

8) 최독견, 「창간사」(『전선문학』 창간호, 1952.4) 참조.
9) 최상덕, 「선전전과 문화인의 임무」(『신천지』 8권 3호, 1953.7), p.75.
10) 신영덕, 『한국전쟁과 종군작가』(국학자료원, 2002) 제3장 참조.
11) 당시 해군본부 정훈감이었던 김성삼 준장은 「창간사」를 통해 기관지 『해군』이 해군의

무영, 윤백남, 안수길, 이선구 등이 편집에 관여함으로써 여기에 많은 문인들의 작품이 게재되었다. '군 기관지이지만 일반인에게도 상당히 참고가 되고 도움이 된다'는 시인 조병화의 말은 이러한 사실과 밀접한 관련이 있다고 할 것이다.12)

한편, 해병대 최초의 기관지는 인천상륙작전시 창간된 『해병속보』로서 등사형식으로 3호까지 발간되었는데, 전시 장병들의 소식지로서 큰 호응이 있었다고 한다.13) 진중신문 형태의 『해병속보』는 라디오 청취를 속기하여 프린트로 제작한 후 수 백부씩 발행한 것으로서 전황, 진중무용담 및 미담 등을 다루었다. 그리고 해병대 사령부 정훈처에서는 1951년 3월 『해병보』 300부를 발간하여 정훈교육자료로 활용하였는데, 이는 『해병』 창간의 모태가 되었다. 1952년 1월 1일 창간된 『해병』은 정신훈화, 평론, 시사문제, 전쟁문예 외에도 현지전황을 매월 게재하였으며, 해병대 창설, 도솔산 승전, 6·25 기념일 등에는 특집호를 발간하기도 하였다. 그런데 『해병』지는 해군 총참모장의 지시에 따라 『해군』지와 통합하여 1953년 1월 『해군해병통합』 창간호를 발행하였다.14)

또한 해군 진해 통제부에서는 1952년 9월 기관지 『군항』을 창간하였다. 이 기관지는 전쟁 당시 이무영이 염상섭, 윤백남 등과 함께 해군에 입대하여 소령으로 임관된 후 통제부 정훈실장으로 재임하였을 때 창간되었는데, 4호까지 이무영이 편집에 관여하였다. 다음의 글은 『군항』지에 미친

과학화, 병기 전술의 과학화를 꾀하고, 해군의 중축이 될 장교들에게 풍부한 과학지식의 원천이 되어 사전의 역할을 해 줄 것을 기대하였다. 『해군』 창간호, 1951.8, pp.8-9.

12) 조병화의 「해군지 지평」(『해군』 60호, 1957.12) 참조. 중견작가 오유권은 『해군』지에 첫 작품을 발표하여 김동리의 찬사를 받아 문단진출의 발판을 마련하였다고 한다. 『해군정훈 50년사』, p.386.

13) 같은 곳.

14) 위 책에서는 1952년 11월부터 『해군』과 『해병』의 통합지 『해군해병』을 창간하였다고 한다. 그러나 필자가 실제 조사한 바에 의하면, 『해군해병』 창간호는 1953년 1월에 발행되었다. 그리고 1953년 5월부터는 다시 『해군』이란 명칭으로 발행되었다.

이무영의 영향이 어느 정도이었던가를 충분히 짐작케 한다.

> 군항지는 창간호 이래 여러가지 난관을 극복하면서 장병제위의 아낌없는 원조 하에서 일진월보의 발전으로 오늘에 이르렀으나 본지 발행의 모든 역할을 다하든 전정훈실장 이무영 소령님이 금번 해군본부로 전속하게 되어 삼월호 발행에는 적지 않은 애로가 있었다.[15]

다. 공군 기관지

공군의 기관지 『공군순보』는 1951년 창간되었다.[16] 총 19호(1952.8)까지 발행되었는데, 1952년 11월 『코메트』에 의해 대체되었다. '혜성'이라는 뜻으로 공군을 상징하였던 『코메트』는 49호(1961.12)까지 발간되었다.[17] 「공군 종군문인단」 소속이었던 시인 이상로, 소설가 방기환 등이 편집을 담당하여 여기에 많은 문인들의 작품을 게재하였으며 현재 전권이 전해지고 있다. 공군본부 정훈감실에서는 이외에도 작품집을 발간하였던 바, 공군문고로 시집 『창궁』, 소설집 『훈장』 등이 그것이다. 그리고 「공군종군문인단」에서는 기관지 『창공』 등을 2회 발행하여 역시 많은 작품을 게재하였다. 시집의 집필진은 조지훈, 박두진, 박목월, 이상로, 박인환, 이윤수, 김윤성, 박훈산, 정운삼, 김요섭, 김기완 등으로 총 수록 작품은 23편이고, 소설집의 집필진은 정비석, 최정희, 김영수, 박영준, 허윤석, 방기환, 최인욱, 김송, 김이석, 유주현 등으로 총 수록 작품은 16편이다.[18]

---

15) 『군항』 4호, 1953.3, p.51. 이후 이무영은 해군본부 기관지인 『해군』의 편집을 담당한다.
16) 『공군정훈40년사』(초안) 참조. 현재 전하는 책은 5권이다.
17) 이 기관지는 이후 『미사일』, 『공군』 등의 이름으로 발간되었다.
18) 이 같은 사실은 『코메트』 6호 (1953.9)의 뒷 표지에 실려 있는 선전문에서 확인할 수 있다. 『창공』은 아직 구하지 못하였다.

3. 한국전쟁기 군 기관지 소설의 특성과 의의

한국전쟁기에 발표된 군 기관지 소설은 예외적인 몇 작품을 제외하고는 대부분 한국전쟁 당시 종군작가단에 가입했던 작가들의 작품이며, 군을 영웅적으로 형상화하고 있는 작품이 많다는 점에서 특징적이다. 이는 군 기관지 편집 담당자가 대부분 종군작가였다는 사실과 밀접한 관련이 있을 것이다.[19] 따라서 군 기관지에 게재된 작품은 대부분 직접적 혹은 간접적으로 군의 영향을 받았을 것으로 판단되거니와, 본고에서는 이와 같은 사실을 염두에 두고 군 기관지 소설을 살펴보고자 한다. 군 기관지에 발표된 작품 중에는 장병들의 정신전력을 강화하고자 전쟁을 독려한 작품도 있지만, 이와는 달리 비교적 객관적으로 전쟁기 현실의 모습을 보여줌으로써 전쟁을 비판한 작품도 상당수 있다. 따라서 여기에서는 군 기관지 소설을 두 유형으로 구분하여 그 특성과 의의에 대하여 논의하고자 한다.

가. 전쟁독려소설

한국전쟁 당시 군에서는 전쟁으로 인해 오갈 데 없게 된 문인들을 보호함과 동시에 이들의 역량을 군에서 활용하고자 하는 목적에서 문인들을 현역으로 뽑거나 정훈감실 문관으로 선발하고, 한편으로는 종군작가단을 결성하였다. 현대전에서는 무력전에 못지않게 선전전이 중요하다고 생각하여 문인들을 군에서 활용하고자 하였던 것이다. 그런 만큼 군에서는 직접적으로 요구하지는 않았을지라도, 장병들의 전의를 고취할 수 있는 작품을 내심 기대하였을 것으로 추정된다. 실제로 전쟁 당시 작가들은 이러

---

19) 『승리일보』의 구상, 『해군』, 『군항』의 염상섭, 이무영, 윤백남, 안수길, 이선구, 『공군순보』, 『코메트』의 이상로, 방기환 등을 예로 들 수 있다. 이들은 아마도 군 기관지인 만큼 군과 밀접한 관련을 맺고 있던 종군작가들의 작품을 우선적으로 게재하였을 것이다.

한 기대에 부응하는 작품을 많이 발표하였는데, 이들은 대부분 전쟁에서의 승리를 위해 애국심 혹은 반공의식을 고취하고 있어 한국전쟁기 현실의 특수성을 보여준다.

전쟁독려의 일환으로서 애국심의 필요성을 강조하는 작품들은 주로 군인 혹은 애국적 인물을 영웅적으로 형상화하거나 비애국적 인물을 비판적으로 형상화하는 특성을 지니고 있다. 김동사의 「별빛」, 김말봉의 「합장」, 김송의 「풍랑」, 김이석의 「악수」, 박연희의 「새벽」, 박영준의 「암야」, 「가을저녁」, 「김장군」, 유주현의 「역설」, 「기상도」, 「퇴근시간」, 윤금숙의 「편지」, 이무영의 「범선에의 길」, 「바다의 대화」, 「원균후일담」, 이서구의 「애정항로」, 이선구의 「어머니」, 장덕조의 「선물」, 정비석의 「간호장교」, 「남아출생」, 최인욱의 「외투」, 「면회」 등이 이에 해당한다. 대표적인 예로서 이서구의 「애정항로」, 김동사의 「별빛」, 김말봉의 「합장」 등에 대해 살펴보고자 한다.

이서구의 「애정항로」는 해군의 모습을 영웅적으로 형상화하고 있는 작품이다. 김원룡 일등수병은 인천상륙작전에 참가하여 '괴뢰군(북한군)'을 추적하던 중, 괴뢰군에게 끌려가던 김양순이라는 여성을 구해준다. 그러나 그는 아무 연락처도 남기지 않고 떠난다. 이후 함상 근무를 하던 그는 군산에서 상륙 허가를 받고 나와 선창을 구경하던 중 싸움패에게 맞고 있는 노신사 김만석을 발견하고 그를 구해준다. 김만석은 고마운 마음에 김원룡을 집으로 데리고 갔는데, 김원룡이 그의 딸 김양순을 구해준 은인이었음을 알게 되고 기뻐한다는 이야기이다. 해군 장병을 영웅적으로 형상화하고자 하는 목적의식을 짐작할 수 있겠는데, 이는 다음과 같은 서술 내용에서 보다 잘 드러난다.

> 그동안 만석 노인과 마누라가 해군말만 나면 하도 칭찬을 하는지라
> 숫제 넘어 대든다고 핀잔도 주고 했더니 오늘 자기가 당해보니 정말

깊이 있고 으젓한 청년이었다. 힘 안 드리고 소리 한 번 아니 지르고 쌈패 다섯 놈을 간단히 혼을 내는 그 역량—아니 지금 당장 대문깐에 떡 버티고 구수하게 웃고선 그 늠늠한 모습—마누라가 못 잊고 양순이가 은근히 그리워하는 이유도 알게 된 것이다(p.93).

그런데 이 작품은 군산항의 한 풍경을 통해 전쟁기 현실의 모습을 보다 구체적으로 그려내고 있다는 점에서 흥미롭다. 삼남 일대 곡창에서 모여드는 쌀을 실어 내리는 군산항 선창가에서 쌀 무역상으로 하여금 쌀값을 올려 받도록 협박하는 싸움패들과 이를 거부하는 김만석 노인의 모습 등은 특히 그러하다.

김동사의 「별빛」은 남녀 간의 애정 문제를 통해 전쟁기 현실의 모습을 보여주고 애국심의 필요성을 은연 중 강조하고 있다. 성호와 순임은 5년 동안 부부처럼 사귀어 온 사이인데, 언젠가부터 순임의 태도가 달라졌다는 것을 알고 성호는 괴로워한다. 결국 성호는 순임이 만나고 있는 남자가 사관학교를 나온 홍대위라는 장교이며, 순임이 그를 만난 것은 여동생을 잃은 홍대위를 위로하기 위함이었다는 사실을 알게 된다. 이로써 성호는 순임을 이해하게 된다는 내용인데, 행방불명이 된 홍대위의 여동생이 순임의 친구였다는 설명에도 불구하고 순임이 성호의 의심을 사면서까지 홍대위를 위로하기 위해 몰래 만난다는 이야기는 사건의 개연성 면에서 문제점을 보이고 있다. 전선에서 용감히 싸우다 온 홍대위의 애국심을 높이 평가하고자 하는 작가 자신의 의도가 이러한 결과를 초래하였을 것이다.

김말봉의 「합장」은 고등간호학교를 졸업하고 대한병원에 취직한 후 일선에 지원할 예정으로 있는 한 여성에 관한 이야기이다. 어느 날 순희가 근무하고 있는 병원에 노파가 아이 박길남을 업고 온다. 아이는 어미젖을 못 먹어 영양 상태가 좋지 않고 폐렴 증세마저 보이고 있다. 가정 형편 또한 열악하다. 길남의 어머니는 피난 오다가 트럭 사고로 죽고, 길남의 아버지는 서울에서 이발소를 운영하던 중 일선으로 나간 바람에 노파는 단돈 만 원으로 담배장사를 하며 끼니를 이어가는 실정이다. 그런데 의사는 피 주사를 맞아야 하기 때문에 오만 원이 필요하다고 한다. 이에 순희는 노파의 딱한 사정과 길남 아버지의 애국 행위를 생각하면서 자신의 피를 뽑아 주고 생활비로 만 원을 노파에게 주었는데, 노파는 병원 앞에서 합장하며 기도한다는 이야기이다. 전쟁으로 인한 비극적 현실 속에서 따뜻한 인정을 베푸는 순희의 모습을 통해 애국심을 고취하고자 하는 이 작품의 목적의식을 엿볼 수 있겠다. 다음 인용문은 그 한 예가 될 것이다.

> 선생님! 길남의 아버지요 또 이 할머니의 아드님이 지금 나와 또 내 나라를 위하여 목숨을 바쳐 싸우고 있는데…… 제가 이 아이에게 피를 주는 것이 어째서 이상한 일이겠습니까?(p.48).

둘째, 전쟁독려의 일환으로서 공산주의를 비판하고 있는 작품으로는 박계주의 「아라사 처녀」, 방기환의 「골육」, 이무영의 「육이오」, 「사(死)의 행렬」, 최태응의 「장산곶」 등을 들 수 있다. 대표적인 예로서 이무영의 「사의 행렬」, 박계주의 「아라사 처녀」 등에 대해 살펴보고자 한다.

이무영의 「사의 행렬」(『국방』 23-24호, 1953.4-5)은 모두 6장으로 구성되어 있다. 이 작품은 주인공 이훈의 이야기이다.[20] 이훈은 천석지기의 외아들이라는 복된 환경에서 소년시대와 청년시대 대부분을 보냈었다. 그는 위로 누님 넷, 아래로 누이가 둘인 집안의 독자였다. 그의 아버지는 '막대한 돈과 앉은 새쯤은 호령 한 마디로 떨어트릴 수 있는 세도를 가진' 인물이었다. 이러한 환경에서 이훈은 서정시를 쓰기 시작하였다. 그러나 '양반이 없어지고 돈이 없어'지자, 그의 아버지는 헌병, 순사 앞에서 맥도 못쓰게

---

20) 가끔 이훈을 박홍 혹은 박훈이라고도 하였다. 『국방』 23호, p.239, p.240, p.246, 『국방』 24호, p.225 참조

되고, 하인들이 큰 소리를 치게 된다. 아버지가 죽자 훈은 '끽소리' 못하고 살아간다. 권세와 돈의 압력을 받게 된 것이다. 첫 번째는 쌈패에게 당했고, 두 번째는 동대문 사건으로 학생사건의 조종자라는 죄명으로 구속되어 고통을 당했다. 세 번째는 공산주의의 공포이다. 훈이와 같이 조그만 저항도 없이 살고 있는 사람한테는 '일본 제국주의도 개처럼 온순했으나, 공산주의는 가만히 있어도 반동'이 되었다. 그는 해방 직후 좌익의 「문학가 동맹」과 우익의 「문필가 협회」 사이에서 슬슬 비위나 맞추며 살리라 하였다가, 「문학가 동맹」의 사람들한테서 뭇매를 당하게 된다. 그는 할 수 없이 이들의 전체대회에 참석하고, 이를 계기로 좌익 활동을 하게 된다. '혁명 시인'이 되어 습격 사건에도 가담하는 등, 어느덧 '당의 지시에 의해 움직이는 기계'가 된다. 4년 동안 이러한 생활을 하던 그는 '공산당원만이 권세를 부리던 시대'가 끝나자 지하로 잠적한다. 이후 6·25를 맞게 되자 그는 반동분자를 숙청하는 일에 가담한다. 성격상 살상은 싫어 각 문화단체의 반동분자 리스트를 만들어 십여 일 심사를 한 것이다. 그런데 이처럼 '눈부신 활동'을 하던 그가, 북에서 온 문화인들의 태도가 이상하다는 것을 알게 된 것은 심사가 끝날 무렵이었다. '이북과 이남' 사이에 커다란 장벽이 있음을 알게 된 것이다. 그러나 그는 '헤게모니' 문제에 대해서 초연하고자 하며, 어느 파에도 속하려 하지 않은 채 일만 열심히 한다. 그런데 그는 '6·25가 터진 지 이십 일만에' 정체 모를 사람들한테 납치를 당한 후, '반동' 중에서도 'A급 C'에 해당한다는 판정을 받는다.[21] 훈은 이에 이의를 제기하지만, 그들은 다음과 같이 말한다.

> 「안다! 소위 혁명시를 쓴네 하구서 파쟁을 조장하며 혁명운동을 교란했다는 것을 우리가 모를줄 안다느냐? 나이는 많은 와세다 영문과 二년 중퇴, 왜정 때는 일본제국주의자 놈들의 앞잡이가 되어 강연 행

---

21) 혹은 7월 20일이라고도 하였다. 위의 책, p.240 참조.

> 각을 했고 해방 후에는 미제국주의 정권에 아부하여 가진 반동행위를
> 자행하다가 반동집단에 매수가 되어 좌익인체 가장 푸락치로 들어서
> 는 가진 파괴공작을 자행했으며 붉은 군대가 입성을 하자 종파적 …
> 음모공작과 진영의 혼란을 …」(p.239).

훈은 보름 동안의 구금 생활을 하고 철사줄에 손목을 묶인 채 소위 '반동분자'들과 함께 이북으로 끌려가게 된다. 이 작품의 후반부는 주로 이러한 납북 과정에서 일어난 일들을 그리고 있다. 여기서 공산주의자들의 비인간적인 잔학성을 체험한 훈은 지난 날 자신의 좌익 활동이 어리석은 일이었음을 깨닫는다. 그는 '가장 진보적 민주주의라고 떠들어대는 공산주의가 재판은커녕 심사도 없이 사람의 목을 파리 목 자르듯 하는 무서운 사실' 앞에 전율하기도 하고, '인간의 권리와 자유를 빼앗은 공산당'을 저주하기도 한다. 이 작품이 공산주의의 허구성과 잔학성을 폭로하는 데 중점을 두고 있음은 이와 같은 내용에서도 분명히 드러난다고 할 것이다.

박계주의 「아라사 처녀」는 전쟁을 다루고 있지는 않지만 반공의식을 고취함으로써 전쟁을 독려하고 있다. 이 작품은 화자인 '나'와 러시아 장교의 딸 에레나와의 만남과 헤어짐에 관한 이야기이다.[22] '나'는 어릴 때 용정에 살고 있었는데, 에레나라는 러시아 소녀가 이사 왔다. 그녀는 열네다섯 살 가량 된 소녀이지만 몸은 성숙하여 처녀 같았다. 그녀의 아버지는 러시아 장교였지만 혁명으로 모든 재산을 몰수당하고 국외로 추방되어 이곳에 오게 된 것이다. 공산당에게 어머니를 잃은 그녀는 외로움에 '나'와 친하게 지내고 싶어 하였지만, 얼마 안 되어 '하르빈'으로 이사를 가게 되었다. 그런데 13년 후 서울에서 우연히 그녀를 만난다. 그녀는 그 동안 '나'를 보러 용정에 찾아 갔으며, '나'가 이사한 사실을 알고서는 서울로

---

22) 박계주는 작품 말미의 「작자 부언」을 통해, 이 작품이 "10년 전 독일군의 포탄이 모스크바 성 가까이 이르게 되던 때 쓴 것으로 당시 그 일부를 발표했으나 이번 개작하여 전부를 발표"하는 것임을 밝히고 있다. 『해군』 2호, 1951.12, p.70.

왔던 것이다. 그러나 그녀는 '나'가 이미 결혼하였다는 사실을 알고 실망하여 울며 떠나간다. 이 작품은 이처럼 '나'와 러시아 소녀와의 만남과 헤어짐이라는 이야기를 들려주면서 소련의 공산주의와 스탈린을 비판하고 있다. 에레나의 다음과 같은 말은 이 작품의 목적의식을 잘 드러내고 있는 것으로 판단된다.

> 그래서 신로시아 「쏘비에트」가 인류의 이상향이라기에 저도 장성함에 따라 그 이념을 이해하려 들었고, 또한 그 이념이 실현되는 쏘련의 현실을 여러 모로 알기에 노력했어요. 아버지와 마찬가지로 구시대의 감각에 파묻혀 있구 싶지 않았어요.새 시대를 호흡하려는 의욕은 젊은이들의 공통된 생리가 아니겠어요? 그러나 쏘련은 역시 나치스 독일이나 군국 일본과 마찬가지의 독재국이요, 강도국이라 보아요 자유주의라든가 민주주의라든가 개인주의라든가 한 인간의 근본적인 생존원리는 그들의 적이 돼 있으니까요(p.67).

이상에서 살펴본 바와 같이 전쟁을 독려하는 작품들은 대부분 선과 악을 분명하게 구분하고 계몽적이고도 교훈적인 서술로 애국심과 공산주의에 대한 비판의식의 필요성을 작품 표면에 드러내고 있다. 이로 인해 이들 작품은 작가 자신의 관념적인 서술을 늘어놓거나 이야기 전개에 있어서 개연성의 문제점을 드러내기도 한다. 그러나 이 중에는 한국전쟁기 현실의 모습을 구체적으로 보여주면서 한편으로는 날카로운 문제의식을 보여주는 작품도 적지 않아 이러한 유형의 작품을 모두 부정적으로 평가하는 것은 바람직하지 않다고 생각한다. 오히려 이와 같은 작품들은 그 어떠한 작가도 전쟁에서 자유로울 수 없었던 당대 현실의 특수성을 보여준다는 점에서 그 의의를 찾아야 할 것이다.

나. 전쟁비판소설

한국전쟁기 군 기관지에는 앞에서 살펴본 바와 같이 전쟁을 독려하는 작품들이 많이 발표되었으나, 한편으로는 전쟁의 부정적인 면을 보여줌으로써 전쟁을 비판하고 있는 작품도 상당수 발표되었다. 이와 같은 전쟁비판 소설은 군 기관지 소설에 대한 기존의 선입관이 잘못된 것임을 보여준다는 점에서 주목할 만하다. 군 기관지 소설이라 하면 전쟁독려의 성격이 강한 작품만을 연상하기 쉽기 때문이다. 군 기관지 소설에 대한 연구가 전무한 것도 어쩌면 이러한 선입관과 밀접한 관련이 있을 것으로 판단된다. 물론 이 작품들의 전쟁비판은 일정한 한계를 지니고 있어 이데올로기적으로 경직된 전쟁기 현실의 특수성을 반영하고 있다.[23] 강신재의 「전투기」, 곽하신의 「해녀」, 김동리의 「우물과 감나무와 고양이가 사는 집」, 방기환의 「방매가」, 손소희의 「그날에 있은 일」, 안수길의 「고향바다」, 염상섭의 「소년수병」, 「가위에 눌린 사람들」, 유주현의 「영」, 장덕조의 「매춘부」, 정비석의 「애욕」, 최정희의 「유가족」, 최태응의 「정처」 등이 그에 해당한다고 할 수 있는데, 대표적인 작품으로서 김동리의 「우물과 감나무와 고양이가 사는 집」, 장덕조의 「매춘부」 등에 대하여 살펴보고자 한다.

김동리의 「우물과 감나무와 고양이가 사는 집」은 사건과 이야기 구조가 매우 단순하여 본격소설로 보기 어려울 정도인데, 이는 『공군순보』라는 기관지의 성격과 밀접한 관련이 있어 보인다.[24] 이제까지 알려지지 않은 작품이므로 좀 더 자세히 살펴보고자 한다.[25] 우물과 감나무와 고양이

---

23) 전쟁비판소설은 또 한국전쟁기 북한 소설에서 거의 찾아볼 수 없다는 점에서도 주목할 만하다. 이 점에 대한 자세한 논의는 신영덕, 「한국전쟁기 남북한 전쟁소설의 특성」(『한국현대문학연구』 14호, 2003). pp.75-110참조.

24) 이와 같은 현상은 같은 기관지에 게재된 방기환의 「인형과 고독」, 최정희의 「산모롱이 쪽으로」, 유주현의 「퇴근시간」 등에서도 찾아볼 수 있다.

25) 김동리의 「부자」(『해군』, 1956.6) 역시 이제까지 알려져 있지 않은 작품으로서 한국전쟁기 현실을 배경으로 하고 있다. 이 작품은 열여덟 살의 소년 박승준과 그의 의붓아버지에 관한 이야기를 들려주고 있다. 효심이 지극한 승준은 의붓아버지의 자신에 대한 사랑

가 있는 집에는 '돋보기안경을 쓴 사돈댁 마누라'와 그의 아들 공군 소위, 그리고 '나'의 누나가 살고 있었는데, 죽은 남편이 남겨 놓은 상당한 재산 덕에 풍족한 생활을 하고 있던 '사돈댁 마누라'는 '나'만 보면 항상 '나'의 누나가 복이 많다고 말한다는 것으로 이 작품은 시작된다. 누나가 복이 많은 이유는 '사돈댁 마누라' 자신이 죽으면 모든 재산이 누나의 것이 되기 때문이다. 그런데 '사돈댁 마누라'는 누나가 시집 간 지 삼 년 만에 매형이 전사하였음에도 언제나와 같이 "누나는 참 복이 많아! 으거리 속에는 비단 이불 세 감이나 들어 있고 감은 해마다 열 접씩이나 열고······" (p.37) 라고 말한다는 것이다. 이 작품은 이처럼 자식의 목숨보다 물질을 더 귀중하게 여기는 '사돈 마누라'를 통해 전쟁으로 인한 비인간화 현상을 보여주고, 전사당한 공군 소위와 그 부인 등을 통해서는 전쟁의 폭력성과 비극성을 보여줌으로써 전쟁의 부정적인 면을 비판하고 있다.26)

　장덕조의 「매춘부」는 주로 주인공 종훈의 심적 갈등을 묘사하는 가운데 전쟁기 현실의 모습을 비판적으로 보여주고 있다. 그는 아내의 오랜 투병 생활로 인한 심적 피로와 함께 정체를 알 수 없는 우울함을 느낀다. 그래서 현대인을 자처하지만 속물에 지나지 않는 변군과 함께 쾌락을 추구해 보기도 한다. 변군은 종훈보다 나이가 어리지만 약삭빠른 인물로서 철저한 손익 계산을 통해 여자를 고르다가 부잣집 여성과의 약혼에 성공

───────────────

　　을 기억하며, 전쟁이라는 상황 속에서 위험을 무릅쓰고 병든 의붓아버지와 이복 여동생을 정성을 다하여 지켜낸다. 그리고 1·4 후퇴 시에는 병든 의붓아버지를 부축하면서 여동생까지 대동하고 피난길을 떠난다는 것이 이 작품의 주요 내용이다. 이 작품은 이와 같은 이야기를 통해 한국전쟁기 현실의 모습을 비교적 객관적인 시각으로 보여주고 있다는 점에서 중요한 의의를 지닌다. 특히 의용군 징집을 피해 숨어 다니는 주인공의 이야기를 통해 적절한 긴장감으로 독자의 흥미를 유발하고 있는 점은 이 작품의 장점에 해당한다. 다만, 서울 철수를 앞둔 북한군을 '괴뢰군'이라 칭하고 이들의 민간인 살육 사실만을 밝히고 있는 점 등은 이 작품의 한계로 지적될 수도 있겠으나, 이는 반공의식이 강화된 1950년대 현실의 특수성을 반영하고 있는 것으로 판단된다.

26) 그리고 이 작품은 공군과 관련 있다는 점에서 흥미를 끈다. 등장인물 중의 하나인 '공군 소위'가 전사하였다는 내용은 전쟁 당시 김동리 자신이 「공군종군문인단」 부단장이었으며, 이 작품의 발표지가 공군 기관지이었음을 상기하게 만들기 때문이다.

하며 이를 자랑하기도 한다. 종훈이 그와 함께 어울려 다니면서도 그에 대해 부정적 태도를 지니는 것은 이러한 점 때문이다. 아내 문제로 우울증을 지니게 된 그는 어느 날 많은 술을 마신 후 '매춘부'와 잠자리까지 같이 하게 되었는데, 이튿날 아침 일찍 매춘부의 어린 딸이 찾아와 그녀의 품에 안기자 죄책감을 느끼며 눈물을 흘린다는 것이 이 작품의 결말이다. 이 작품은 이처럼 이기적이고 속물적인 인간과 성매매를 하는 여성 등의 이야기를 통해 한국전쟁기 현실의 모습을 비판적으로 보여주고 있다. 그런데 화자는 주인공 종훈의 눈물에 대해 다음과 같이 말함으로써 한국전쟁기 여성들이 처한 현실의 문제점을 드러내고자 한 이 작품의 의도를 다음과 같이 보여준다.

> 그러나 그것은 결코 거룩한 여성을 유린한 데 대한 참회의 눈물이 아니었다. 그것은 오히려 아내, 이 매소부, 그리고 변군의 약혼녀 등, 모든 한국의 여성에게 보내는 애닲은 연민의 눈물이었는지 모른다(p.100).

이처럼 한국전쟁기 전쟁비판 소설은 주로 전쟁의 부정적인 면을 그려냄으로써 전쟁을 비판하고 있다. 이 작품들은 다양한 인간들의 삶을 구체적으로 형상화함으로써 한국전쟁을 증언한다는 점에서 그 의의를 지닌다. 물론 이 작품들은 전쟁의 원인 혹은 역사적 성격에 대한 깊이 있는 성찰을 보여주기보다는 작가 자신의 신변체험 혹은 감상성을 드러내는 데 그치게 된다는 점에서 그 한계를 드러내기도 한다. 그러나 이러한 한계는 문인들로 하여금 관변 이데올로기 혹은 침묵을 선택하도록 한 한국전쟁기 현실의 이데올로기적 경직성을 반영하는 것이기에 이를 비판만 하는 것은 문제가 있다고 생각한다.

4. 결 론

필자는 기존의 연구가 한국전쟁기에 있어서 중요한 발표 매체였던 군 기관지 작품에 대해 면밀히 검토하지 않았다는 문제 인식 하에 이 시기에 발행된 군 기관지를 수집, 게재된 작품에 대하여 조사하였다. 그 과정에서 이제까지 알려지지 않은 새로운 작품을 다수 발굴하였던 바, 한국문학사에서 중요한 비중을 차지하고 있는 문인들의 작품도 상당수 있음을 발견하게 되었다. 이에 본고에서는 한국전쟁기에 발행된 군 기관지와 여기에 게재된 소설의 특성에 대해서 논의하였다.

한국전쟁기에 발표된 군 기관지 소설은 예외적인 몇 작품을 제외하고는 대부분 한국전쟁 당시 종군작가단에 가입했던 작가들의 작품이며, 군을 영웅적으로 형상화하고 애국심과 반공의식을 고취하고 있는 전쟁독려소설이 많다는 점에서 특징적이다. 이들은 대부분 선과 악을 분명하게 구분하고 계몽적이고도 교훈적인 서술로 애국심과 반공의식의 필요성을 작품 표면에 드러내고 있다. 이로 인해 이들 작품은 작가 자신의 관념적인 서술을 늘어놓거나 이야기 전개에 있어서 개연성의 문제점을 드러내기도 한다. 그러나 이 중에는 한국전쟁기 현실의 모습을 구체적으로 보여주면서 한편으로는 날카로운 문제의식을 보여주는 작품도 적지 않아 이러한 유형의 작품을 모두 부정적으로 평가하는 것은 바람직하지 않다. 오히려 이와 같은 작품들은 그 어떠한 작가도 전쟁에서 자유로울 수 없었던 당대 현실의 특수성을 보여준다는 점에서 그 의의를 찾아야 할 것이다.

한편, 한국전쟁기 군 기관지에는 전쟁의 부정적인 면을 보여줌으로써 전쟁을 비판하고 있는 작품도 상당수 발표되었다. 이와 같은 전쟁비판소설은 군 기관지 소설에 대한 기존의 선입관이 잘못된 것임을 보여준다는 점에서 우선 주목할 만하다. 이 작품들은 다양한 인간들의 삶을 구체적으로 형상화함으로써 한국전쟁을 증언한다는 점에서 그 의의를 지닌다. 물론 이 작품들은 전쟁의 원인 혹은 역사적 성격에 대한 깊이 있는 성찰을 보여주기보다는 작가 자신의 신변체험 혹은 감상성을 드러내는 데 그치게 된다는 점에서 그 한계를 드러내기도 한다.

이상에서 살펴본 바와 같이 한국전쟁기 군 기관지 소설은 일반 문예지에 게재된 한국전쟁기 소설과 크게 다르지 않음을 알 수 있는데, 이는 전쟁이라는 상황과 밀접한 관련이 있다고 생각한다. 왜냐하면 휴전 이후 발행된 군 기관지와 일반 문예지의 작품은 그 성격에 있어서 크게 차이를 보이고 있기 때문이다. 이제 남은 문제는 휴전 이후 발행된 1950년대 군 기관지에 대해 검토하는 일인데, 이후의 연구에서는 소설뿐만 아니라 군 기관지의 담론 양상에 대해서도 논의함으로써 연구의 폭과 깊이를 더하고자 한다.

Ⅲ. 1950년대 공군 기관지 소설의 담론 양상

1. 서 론

공군에서는 1950년대에 두 종류의 기관지를 발행하였다. 처음으로 발행한 기관지는 『공군순보』이다. 이 기관지는 1951년 6월에 창간되었으며, 1952년 8월까지 총 19호 발행되었다. 이후 공군에서는 『공군순보』를 대신하여 '혜성'이라는 뜻의 기관지 『코메트』(창간호, 통권 20호)를 1952년 11월 발행하였다. 기관지의 내용을 보다 충실히 하고자 순간에서 월간으로 발행하고자 하였던 것이다.[1] 그러나 『코메트』는 1961년 12월까지 9년 1개월 동안 총 49호 발행된 후 정간되었다.[2]

---

[1] 『코메트』 창간호의 발행인은 당시 정훈감이었던 서임수이고, 편집인은 최재익으로 되어 있지만 실제 편집 업무는 당시 공군 종군작가였던 방기환, 이상로 등이 담당하였다. 그러나 이상로, 방기환 등은 『코메트』 6호까지 편집을 담당하고, 이들이 서울로 간 후에는 대구에 남아 있는 문인들의 협조를 통해 『코메트』를 발행하였다고 한다. 『코메트』 7호(1954.1), p.142 참조.

[2] 『코메트』는 정훈감 서임수 중령의 재직 기간 동안 11호(1954.7)까지 발행되었다. 이후 12호(1954.12)부터는 이종승 중령, 29호(1957.9)부터는 김기완 대령, 37호부터는 소상영 대령, 46호부터는 주정호 대령의 명의로 발행되었다. 이후 『코메트』는 1961년 4월에 창간된 『미사일』에 흡수되었으며, 이들은 다시 1963년 4월 창간된 『공군』에 흡수 통합되었다.

『공군순보』의 경우, 현재 전하는 자료는 14호(1951.12)부터 19호(1952년 8월)까지 총 5권뿐이며, 여기에는 시 5편, 소설 6편이 게재되어 있다.3) 한편, 『코메트』의 경우에는 현재까지 전권이 전해지고 있으며, 44명의 작가가 발표한 76편의 소설(장편 1편 포함)이 게재되어 있다. 이들은 해방 이전에 등단한 소위 구세대 작가와 해방 이후에 등단한 신세대 작가의 작품으로 구분할 수 있는 바, 구세대 작가는 총 20명이 단편 37편, 장편 1편을 발표하였으며,4) 신세대 작가는 총 24명이 단편 38편을 발표하였다.5) 신세대 작가가 구세대 작가보다 4명이 많으나, 작품 수는 같음을 알 수 있다.6) 1950년대 소설 연구에 있어서 신세대 작가 중심의 연구가 가지는 문제점은 이와 같은 사실에서도 찾을 수 있을 것이다.

『공군순보』와 『코메트』에 게재된 소설의 특징은 대부분의 작품들이 1950년대 현실을 다루고 있다는 점이다. 이는 작가들이 당대의 현실에 많은 관심을 가지고 있었음을 보여준다.7) 따라서 본 논문에서는 1950년대

---

3) 시의 경우, 박두진의 「오도」(『공군순보』14호, 1951.12), 이상로의 「동원초」(『공군순보』 14-15호, 1952.2), 조지훈의 「전선의 서」(『공군순보』16호, 1952.3), 박두진의 「하얀 탑과 어둠과 아침바다 종소리와」(『공군순보』17-18호, 1952.6), 박훈산의 「영어」(『공군순보』 17-18호, 1952.6) 등 5편이며, 소설은 곽하신, 「헌화의 장」(『공군순보』14-15호, 1952.2), 방기환, 「인형과 고독」(『공군순보』16호, 1952.3), 김동리, 「우물과 감나무와 고양이가 있는 집」(『공군순보』17-18호, 1952.6), 최정희, 「산모롱이 쪽으로」(『공군순보』17-18호, 1952. 6), 유주현, 「퇴근시간」(『공군순보』17-18호, 1952.6), 방기환, 「방매가」(『공군순보』17-18호, 1952.6) 등 6편이다. 모두 공군 종군작가의 작품임을 알 수 있다. 다만, 곽하신의 「헌화의 장」은 기관지 훼손으로 내용을 알 수 없다.
4) 최정희 2편, 장덕조 2편, 최인욱 2편, 방기환 4편, 정비석 1편, 최태응 4편, 곽하신 5편, 이무영 2편, 박영준 2편, 박종화 1편, 윤백남 1편, 이종환 2편, 박계주 1편, 안수길 1편, 박용구 3편, 임옥인 1편(장편), 김팔봉 1편, 염상섭 1편, 김이석 1편, 김광주 1편 등이다.
5) 강신재 1편, 현경호 1편, 현경덕 1편, 김장수 1편, 최고 2편, 서윤성 1편, 김형덕 1편, 유주현 2편, 곽학송 1편, 손소희 2편, 최상규 8편, 이명온 3편, 홍은표 2편, 이범선 1편, 천세욱 1편, 이호철 1편, 김요섭 1편, 이홍우 1편, 정인영 2편, 송기동 1편, 추식 1편, 양영호 1편, 오상원 1편, 임수일 1편 등이다.
6) 『코메트』 소설의 특징은 소설가 44명 중 종군작가가 19명이라는 사실에서도 찾을 수 있다. 구세대 작가로는 최정희, 장덕조, 최인욱, 방기환, 정비석, 최태응, 곽하신, 이무영, 박영준, 윤백남, 이종환, 박계주, 안수길, 박용구, 김팔봉, 염상섭, 김이석 등 17명이며, 신세대 작가는 유주현, 손소희 등 2명이다.

현실을 다루고 있는 작품들을 대상으로 하여 이들의 주요 담론 양상에 대하여 논의하고자 한다. 이들의 담론을 크게 두 가지 유형으로 구분하면, 하나는 반공애국 담론이고, 다른 하나는 현실비판 담론이다. 본 논문에서는 대표적인 작품을 중심으로 이들의 특성에 대하여 논의하고자 한다.

2. 반공 애국 담론의 양상

『공군순보』와 『코메트』에는 공산주의를 비판하고 애국심을 고취하고자 하는 목적의식이 강한 작품이 다수 발표되었다. 공산주의를 비판하는 작품들은 주로 북한 공산주의 체제의 모순점 혹은 공산주의자들의 비인간성을 보여주는 데 치중하고 있으며, 애국심을 고취하는 작품들은 애국적인 인물의 모습을 영웅적으로 형상화하는 특성을 보여주고 있다.

공산주의를 비판하고 있는 작품으로는 임옥인의 장편소설 『붉은 밤』(『코메트』 31-36호, 1957.12-1958.11)이 대표적이다.[8] 이 작품은 북한군 치하 서울

---

7) 『공군순보』의 경우, 곽하신의 「헌화의 장」, 방기환의 「인형과 고독」, 최정희, 「산모롱이 쪽으로」 등은 배경이 불확실하지만, 김동리의 「우물과 감나무와 고양이가 있는 집」, 유주현의 「퇴근시간」, 방기환의 「방매가」 등은 1950년대 현실을 다루고 있다. 『코메트』의 경우에는, 76편의 소설 중 개화기 이전의 시기를 배경으로 한 박용구의 「유배」(『코메트』 30호, 1957.11)와 「처첩」(『코메트』 33호, 1958.5), 윤백남의 「이식과 도승」(『코메트』 27호, 1957.6), 박종화의 「천강홍의장군」(『코메트』 27호, 1957.6), 홍은표의 「이원애사」(『코메트』 35호, 1958.10), 「치악산야화」(『코메트』 45호, 1960.10), 개화기를 배경으로 한 최정희의 「전설」(『코메트』 13호, 1955.4), 일제 강점기를 배경으로 한 이무영의 「아침」(『코메트』 14호, 1955.5) 등 8편을 제외한 68편의 작품들이 1950년대 현실을 다루고 있다.

8) 이외에도 공산주의를 비판하고 있는 작품으로는 전쟁을 기회로 사욕을 채우는 부역자와 부역자를 이용하다가 더 이상 필요 없을 경우 죽여 버리고 마는 인민군의 모습을 보여주고 있는 손소희의 「노을이 쓰러질 때」(『코메트』 32호, 1958.2), 부부임에도 서로 믿을 수 없게 만든 북한 공산주의 사회를 비판하고 있는 서윤성의 「애증의 단면」(『코메트』 18호, 1956.1), 공산주의자들의 비인간성을 폭로하는 박계주의 「유형수」(『코메트』 28호, 1957.8) 등이 있다.

의 모습을 보여주고 있는 장편소설이라는 점에서 우선 주목할 만하다. 한국전쟁이 발발한 지 사흘 만인 1950년 6월 28일 새벽 두 시 십오 분에 한강 인도교와 세 개의 철도교량이 파괴되자 한강 이북 지역에 살던 100만 명에 가까운 서울 시민들은 북한군 치하에 살게 되었다.[9] 이때 많은 서울 시민들은 생명의 위협과 식량부족으로 극도의 공포와 고통을 겪게 되었는데, 이 작품은 이러한 현실의 모습을 잘 보여주고 있다. 서울 시민들을 불러 모아 근로보국대를 조직하여 강제 노동을 시키는 인민군과 돈을 주고 자기 대신 삯군을 보내는 시민들, 공산주의자는 아니지만 인민군의 지시에 따라 일하다가 라디오를 들었다는 죄로 난타당한 후 피투성이의 시체가 된 '통장 영감', 출판사에 다니던 중 의용군 모집운동의 책임자를 맡게 되자 도망친 후 '나(김성녀)'의 집에 숨어 지내게 된 '석훈', 얼마 전까지 「보도연맹」에서 활약하다가 「문학가동맹」에서 활동하는 중견 문인들, 공산주의자가 되어 「서울」이라는 수필을 쓴 작가 '이태준', 강제로 의용군으로 징집된 젊은 사람들, 유엔군 공습에 의해 피투성이가 되어 죽은 아이들, 비행기 공습을 피해 방공호에 숨어 사는 서울 시민들의 모습 등을 통해 죽음과 공포의 도시 서울의 모습을 잘 보여주고 있다.

그런데 이 작품은 장편소설임에도 불구하고 이야기 구조가 매우 단순하다. 주인공인 '나'가 보고 들은 사건과 느낌 등이 시간 순으로 기술되고 있기 때문이다. 더욱이 주인공 김성녀의 모습은 작가 자신의 개인사와 밀착되어 있어 이 작품은 작가 자신의 체험 수기와 같은 느낌을 준다. 다음과 같은 인용문은 그 한 예가 될 것이다.

---

9) 전쟁이 일어날 당시의 서울 인구는 150만이 조금 넘었고 그 중 10분의 1인 15만 명은 한강 남쪽(영등포구)에 살고 있었다. 한강 북쪽에 살고 있던 140만 명 중 한강을 건너 피난을 간 사람은 약 40만 명이었다. 이 중 80%는 광복 후 월남한 사람들이었으며, 나머지 20% 약 8만 명은 고급 공무원, 자본가, 우익계 정치인, 군인, 경찰관 가족이었다고 한다. 손정목, 『서울 도시계획 이야기』(한울, 2003), pp.44-45.

나는 이 순간, 여성으로선 도저히 이해할 수 없으리만큼 한 남성들의 큰 생명의 불안을 생각해 보았다. 저 건너 낙산 꼭대기에서도, 청계천가에서도 미처 남하하지 못한 국군이 총살당하던 광경! 그리고 바루 그 전날, 길에서 만난 의용군으로 나가던 그 젊은 사나이의 얼굴이 내 머리에 떠올랐다. 흰광목 아래위를 입고 붉은 완장을 달고 머리엔 꽃으로 엮은 화관을 썼었다. 자진해서 나가는 모양으로 꽤 기운차게 노래도 부르고 만세도 부르며 지나가는데 왜 그렇게 구슬퍼 보였을까?[10]

위 인용문에도 잘 나타나 있듯이, 작품 곳곳에는 작가 자신의 개인적 감정이 직접적으로 표출되고 있다.[11] 이러한 한계는 공산주의자의 형상화에서 특히 잘 드러난다. 공산주의자인 사촌동생 을민, 비행기의 공습이 있게 되자 유엔군을 욕할 정도로 공산주의자로 변모한 '젊은 반장', 아이들과 칠십이 넘은 장모가 사는 경찰관의 집에서 그들의 양식 쌀가마니를 빼앗아 동네 사람들에게 나누어주며 생색을 내는 '강춘희', 옛 은인 송씨를 잡아가는 '이선생', 인민재판 등을 통해 시민을 학살하는 인민군 등 공산주의자 혹은 부역자들은 한결같이 '악인'으로 묘사되고 있다. 공산주의를 비판하고자 하는 목적의식이 이러한 결과를 가져왔을 터인데, 이는 작가 자신의 개인사,[12] 1950년대의 이데올로기적 경직성,[13] 군 기관지 소설의

---

10) 『코메트』 32호(1958.2), p.209.
11) 임옥인은 작가 자신의 자전적 체험이 산 소재가 된 사소설 형식이 가장 바람직스럽다고 하면서 이를 실천하고자 하였다고 한다. 이러한 사실을 고려할 때 감정 표출은 작가 자신의 창작방법론에서 비롯된 것임을 알 수 있다. 전혜자의 「'코라'로의 회귀」(『현대소설연구』 7호, 1997.12), p.300 참조.
12) 참고로 밝히면, 공군 기관지의 편집을 담당하고 있던 방기환은 임옥인의 남편이다. 임옥인이 유일하게 『코메트』에 5회 분량의 장편소설을 발표할 수 있었던 것은 이러한 사실과 무관치 않을 것이다.
13) 남북의 분단과 이데올로기 대립, 그리고 한국전쟁의 경험은 '공산주의체제로부터 자유를 수호한다는 의미에 자유민주주의의 가장 중요한 가치를 부여함으로써, 당시 자유민주주의란 곧 반공을 의미하였다고 한다. 김경일, 「1950년대 후반의 사회이념─민주주의와 민족주의」, 『한국현대사의 재인식』4 (오름, 1998), p.35. 전쟁으로 인해 강화된 이데올로기적 경직성에서 대해서는 손호철, 「한국전쟁과 이데올로기적 지형」, 경남대 극동문제연구

특수성 등과 무관치 않을 것이다.

한편, 애국심을 고취하고 있는 대표적인 작품으로는 정인영의 「젯트 파이롯트」(『코메트』 40호, 1959.8), 송기동의 「정비원」(『코메트』 41호, 1959.12) 등이 있다. 두 작품은 각각 조종사와 정비사의 이야기를 통해 이들의 애국심을 보여주고 있다는 점에서 공통점을 보이고 있는데, 역시 이야기 전개 및 인물의 형상화에 있어서 한계를 드러내고 있다. 「젯트 파이롯트」는 부상을 당한 전투 조종사가 충분히 휴식을 취하지도 못한 상태에서 다시 출격 명령을 받고 하늘을 향해 비상한다는 이야기를 통해 나라를 위해 목숨 바쳐 싸우는 조종사들의 애국심을 형상화하고 있으며, 「정비원」은 정비를 맡은 비행기를 자식처럼 사랑하는 애국적인 정비사인 박상사가 전사한 조종사의 부인과 아이를 아내와 아들로 받아들인다는 이야기를 통해 애국적인 장병들의 모습과 전우애 등을 보여주고 있다. 이처럼 두 작품은 애국적인 군인들의 모습과 이들 사이의 끈끈한 전우애 등의 이야기를 통해 애국심을 고취함은 물론 공군의 긍정적 이미지를 홍보하고자 하였으나 이야기 전개와 인물의 형상화가 다소 미흡하다는 한계를 드러내고 있다.14)

소, 『한국전쟁과 남북한 사회의 구조적 변화』(경남대 출판부, 1991) 참조.

14) 군 기관지의 특성은 군인이 주요 인물로 등장하는 작품이 적지 않다는 점에서도 찾을 수 있다. 이에 해당하는 작품으로는 강신재의 「전투기」(『코메트』 1호, 1952.11), 현경덕의 「가마귀」(『코메트』 7호, 1954.1), 김장수의 「휴가병」(『코메트』 8호, 1954.2), 최인욱의 「비각 있는 마을의 처녀」(『코메트』 10호, 1954.6), 곽하신의 「산촌삽화」(『코메트』 13호, 1955.4), 방기환의 「파도」(『코메트』 13호, 1955.4), 김형덕의 「하이얀 마음」(『코메트』 19호, 1956.2), 유주현의 「폐허의 독백」(『코메트』 23호, 1956.9), 김요섭의 「신화서장」(『코메트』 40호, 1959.8) 등이 있다.

3. 현실 비판 담론의 양상

한국전쟁은 한국 경제를 폐허로 만들었다. 거의 전 국토가 전화에 휩싸여 농토를 비롯한 생산기반이 극심하게 파괴되었으며, 특히 공업 분야에서는 그나마 미미하게 존재하던 물적 생산기반이 거의 붕괴되고 말았다. 게다가 민간가옥 및 교육기관을 비롯한 공공기관의 건물 피해는 헤아릴 수도 없을 만큼 컸다. 말하자면 한국전쟁은 한국 경제의 생산기반만이 아니라 국민들의 생활기반 마저 파괴하였던 것이다.[15]

최정희의 「유가족」(『코메트』 1호, 1952.11)은 이러한 전쟁기 현실의 모습을 잘 보여주고 있다. 이 작품은 아버지가 전사하자 유가족이 된 직이네 가족의 이야기를 통해 전쟁으로 인해 폐허가 된 1952년 서울의 모습을 보여주고 있다. 직이네 가족은 엄마와 열한 살의 직이, 그리고 네 명의 동생들 합쳐서 모두 여섯 명인데, 이들은 서울 성북동 산 밑 옴팍하게 파묻힌 조그만 기와집 아래채에 살고 있을 정도로 빈곤한 삶을 유지하고 있다. 생활비를 벌어야 하는 엄마는 매일 아침 일찍 동대문 시장에 나가 '하꼬방'에서 짜장면, 우동, 냉면 등을 받아다가 팔고 그 수수료를 받지만 수입은 변변치 않아 하루 종일 아쉬운 소리를 해가며 30-40 그릇 팔아도 쌀은 못 사고 보리나 수수를 사서 겨우 끼니를 때울 정도인 것이다. 그것도 여의치 못할 경우 굶는 날도 종종 있어 직이는 세상에서 굶는 것을 제일 싫어한다. 그런데 직이는 오늘 저녁부터 내일 점심까지 굶게 된 것이다. 왜냐하면 투표하는 날은 동대문 시장도 남대문 시장도 다 그만두기로 되어 있기 때문이다. 그래서 직이는 이 날 산 위에 올라가서 다음과 같이 기도한다.

---

15) 김대환, 「1950년대 후반기의 경제상황과 경제정책」, 『한국현대사의 재인식4』(오름, 1998), p.195.

> 하느님 우리들을 수수밥이라도 꾸준히 먹게 할 수 있는 대통령을 뽑아 주십시오. 저는 배 고픈 것이 제일 싫어요. 오늘은 엄마가 시장에 못 나가가기 때문에 '잡수세요' 장사를 못하겠으니 오늘 저녁과 내일 아침 점심은 틀림없이 굶습니다. 요전 비가 와서 시장에 못나가던 날도 굶었습니다. 굶으면 동생들이 우는 것도 싫지만 참 배 고픈 일이 이 세상에서 제일 싫어요. 하느님 우리를 굶지 않게 할 대통령을 뽑아 주십시오.16)

이승만은 대통령에 재당선되기 위해 1952년 5월 대통령 직선제를 골자로 하는 제 4차 개헌안을 통과시키고자 소위 '부산정치파동'을 일으켰다. 국회의원 80여명을 연금하고, 경찰의 포위 속에 개헌안을 통과시킴으로써 1952년 8월 5일의 정부통령 선거에서 대통령으로 당선되었던 것이다. 이 작품은 이러한 현실을 배경으로 하고 있는 바, 투표 날이라 하여 국민을 굶게 만드는 당대 현실 속에서 '굶지 않게 하는 대통령'을 뽑아달라는 소년의 간절한 기도는 이승만 정부의 무능과 정치적 부패 등을 간접적으로 비판하고 있는 것으로 판단된다. 전쟁 당시 군 기관지에 정부의 잘못을 비판하는 작품이 게재되었다는 사실은 군 기관지 문학의 또 다른 특성으로 볼 수 있는데, 이는 군 기관지 문학에 대한 잘못된 편견을 불식시키는 계기가 될 것이다.

오상원의 「상」(『코메트』 46호, 1960.12)은 소위 '신세대 작가'의 눈으로 전쟁기 현실을 바라본 작품이라는 점에서 주목할 만하다. 오상원은 전쟁의 일선에서 병사로서 청년기를 보낸 체험을 문학 작품의 주된 소재로 활용한 작가로 잘 알려져 있는데, 이 작품 역시 전장의 모습을 보여주고 있다.17) 전장의 비극성은 전장에서 죽어가는 젊은이들의 모습, 특히 전쟁 영

---

16) 『코메트』1호(1952.11), p.135.

17) 유승환, 「오상원 문학의 현실인식과 담론 연구」(서울대 대학원 석사학위논문, 2006.8), pp.15-28 참조. 이 논문은 「오상원의 문학 작품 목록」을 작성하였는데, 작품 「상」은 빠져 있다.

웅 문중위의 이야기를 통해 보다 충격적으로 드러난다. 그런데 이 작품은 여기에 그치지 않고 피난지 부산의 모습을 통해 전쟁기 현실의 또 다른 비극성을 보여준다. 죽음을 무릅쓰며 전투에 임하였기에 전쟁 영웅이라는 호칭까지 얻게 된 문중위는 결국 전사하고 마는데, 그는 죽어가면서 김소위에게 전투 중 쓰다가 중도에 그친 편지를 애인에게 대신 전해달라고 한다. 김소위는 문중위가 죽으면서 부탁한 편지를 전해주기 위해 피난지 부산으로 가면서 이 편지가 그녀의 슬픔을 더해주지 않을까 걱정한다. 그러나 문중위의 애인은 김소위도 알고 있는 매춘부 최정희였으며, 더 놀라운 것은 그녀가 편지는 아랑곳하지 않은 채 김소위에게 관심을 표한다는 사실이다. 오상원 소설의 주요 특성이 극적 구성에 있음은 이미 잘 알려진 사실이지만, 이 작품 역시 극적 반전 등을 통해 여성들이 생존을 위해 성매매를 할 수밖에 없었던 전쟁기 현실의 비극성을 충격적으로 보여주고 있다.[18]

한편, 1953년 7월 27일 휴전이 이루어지자 이승만 정부는 전쟁으로 인해 폐허가 된 국가를 재건하기 위해 전후복구사업을 추진하였으나, 취약한 경제구조와 실업문제,[19] 부패한 정치 등으로 인해 많은 문제점을 드러내었다. 한국현대사에서 1950년대 후반기 사회는 흔히 '빈곤과 혼란, 무질서와 부패, 타락의 시대'로 규정되고 있는 바, 공군 기관지 소설은 이러한 현실을 다양한 방식으로 비판하고 있다.[20]

유주현의 「폐허의 독백」(『코메트』 23호, 1956.9)은 전쟁으로 인해 폐허가 된 현실의 모습을 보여주고 있다. 폐허의 모습은 폐허가 된 도시의 모습

---

18) 전쟁 당시 여성들의 성매매 문제를 다룬 작품에 관해서는 신영덕의 「한국전쟁기 소설의 여성 재현 양상」, 『개신어문연구』23집(개신어문학회, 2005.9), pp.219-236 참조.

19) 전후 도시집중의 복구정책은 도시 인구의 급격한 증가로 인한 실업문제를 야기하였다. 서울의 경우 1954년부터 1960년까지 연평균 12%의 인구 성장률을 기록하였다고 한다. 오유석, 「서울의 과잉도시화 과정」, 역사문제연구소 편, 『1950년대 남북한의 선택과 굴절』(역사비평사, 1988), pp.302-303.

20) 김경일, 「1950년대 후반의 사회이념-민주주의와 민족주의」, 『한국현대사의 재인식4』(오름, 1998), p.24.

에서뿐만 아니라 주인공 김문수와 같은 인물을 통해서도 암시적으로 드러난다. 김문수는 대학을 나온 지식청년이지만, 폭격으로 결혼한 지 여섯 달 만에 아내를 잃게 되고 중공군과 싸우다가 칼에 맞아 얼굴에 상처를 지니고 있는 것으로 묘사된다. 게다가 그는 국가를 위해 상이군인으로 제대하였지만 정작 사회에서는 변변한 직장을 얻지 못한 채, 삼류 신문사의 광고부원으로 일하고 있는 것이다. 대학 일 년 선배이며 화가인 민영민은 이러한 그의 모습을 보고 '인테리겐챠의 자존심'을 강조하며 못마땅해 하면서, '자네가 총칼을 들고 싸워 상이군인이 되었지만 그 희생이 현세계의 방향을 조금치나 변경시킬 수 있었는가' 하고 반문한다. 이와 같이 현실에 대해 냉소적인 태도를 취하는 민영민에게 김문수는 지식인의 사명과 행동의 필요성을 강조하지만 곧 자신의 말이 공허하다고 느낀다. 왜냐하면 '집단이 움직이는 대열에서 이탈한 것은 민영민이 아니라 오히려 자기인 것 같다고 생각되기 때문'이다. 요컨대 이 작품은 현실에 대해 냉소적인 지식인들의 모습을 비판하고 있지만, 비판하는 자신 역시 어떠한 전망도 제시할 수 없는 부조리한 현실의 모습을 보여주고 있다. 따라서 '폐허의 독백'이란 전쟁으로 폐허가 된 현실 속에서 몸과 마음이 폐허가 되어가는 주인공의 모습과 어느 누구도 귀 기울이지 않는 그의 주장을 의미한다고 할 것이다.[21]

최상규의 「탈출」(『코메트』 41호-42호, 1959.12-1960.3)은 실업과 빈곤의 심각성을 충격적인 방식으로 보여주고 있다.[22] 주인공인 '그'는 지식인이지만 할 일이 없어 굶어죽을 처지에 놓이게 된다. 바닷가에는 사치스러울 정도로 부유하게 치장하고 있는 사람들의 모습이 보이지만 자존심 때문에

---

21) 무위의 행동으로 부조리한 현실을 야유하는 지식인의 모습은 이호철의 「차라리 미쳐라」(『코메트』 38호, 1959.5)에서도 찾아볼 수 있다.

22) 이외에도 실업의 심각성을 다룬 작품으로는 염상섭의 「장가는 잘 갔는데」(『코메트』 35호, 1958.10), 김이석의 「종착역 부근」(『코메트』 35호, 1958.10), 최상규의 「무상의 내력」(『코메트』 37호, 1959.1) 등이 있다.

구걸하지는 못한다.23) 굶주림으로 고통당하던 그는 바닷가를 헤매다 새우젓 창고 문이 열려 있어 무심결에 들어갔다가 밖에서 문을 잠그자 도둑 소리를 듣게 될까 염려하여 열어 달라고 소리치지도 못한 채 갇히게 된다. 창고 속에서 극심한 배고픔을 느끼던 그는 마침내 새우젓을 꺼내 먹고는 구토를 하며 실신하고 만다. 이때 그는 꿈을 꾸게 되는데, 이 꿈을 통해 주인공의 불운한 처지가 드러난다. 그의 아버지는 술 때문에, 어머니는 아버지의 술주정과 주먹 때문에 죽고, 애인의 아버지는 문둥병에 걸려 죽고, 어머니는 미쳐 죽고, 애인 역시 문둥병에 걸리자 목을 매고 자살하였던 것이다. 창고에서 악몽에 시달리다 잠을 깬 그는 갇혀 있는 현실을 견디지 못하여 한 밤 중에 탈출을 시도하는데, 그의 비참한 최후는 다음과 같은 결말로 암시되고 있다.

> 그날 밤, 어업조합 숙직서기는 밤새도록 잠을 이루지 못했다. 이튿날 밝을 무렵에야 겨우 그 무섭던 폭풍우는 숨을 거두었다. 그러나 그는 초저녁 폭풍우가 시작할 무렵 창고 쪽에서 나던 이상한 소리가 마음에 꺼리어져서 곧 옷을 주서입고 등불을 켜들고 밖으로 나왔다. 그러나 창고 한 구퉁이 생철이 찢어진 틈으로, 안으로부터 튀어나온 사람의 대가리를 발견하고는 질겁을 하여 등불을 내던지고 순경을 부르러 달음박질을 치는 것이었다.24)

이 작품은 이처럼 일자리를 구하지 못하여 배고픔의 고통을 당하다가 결국에는 죽음을 통해 기아의 현실을 탈출하는 한 지식인의 이야기를 들려주고 있다. 최상규의 이 시기 작품들은 '유아기로의 퇴행에서 벗어나 현실과 마주서는 새로운 응전방식을 보여주고 있다'는 점에서 높게 평가되

---

23) 당시 사치스러운 생활을 하는 부유한 사람들의 모습은 최상규의 「비애」(『코메트』 40호, 1959.8)에서도 찾아볼 수 있다.
24) 『코메트』 42호(1960.3), p.160.

기도 하는데, 죽음을 무릅쓴 주인공의 탈출 의지는 이러한 의미로도 해석
될 수 있을 것이다.[25]

정인영의 「토요일의 삽화」(『코메트』 45호, 1960.10)는 위의 작품들과 달리
전후 현실에서 부유하게 사는 사람들의 모습을 보여준다. 당시 한국 사회
는 빈부격차가 극심하였던 것으로 보인다. 1959년까지 1인당 국민 소득이
평균 100달러에도 미치지 못할 정도로 대부분의 사람들은 절대빈곤의 상
태에 있었지만 일부 재벌들은 독과점적 지위를 차지함으로써 막대한 부를
차지하였기 때문이다.[26] 이 작품은 돈은 많으나 중학교 밖에 못나왔다는
자격지심을 지니고 있는 강태식과 그의 처 혜인의 모습을 통해 이러한 현
실의 일면을 보여주고 있다. 강태식은 김진욱의 옛 애인 혜인을 아내로
삼은 후, 진욱을 자신의 집에 데려가 아내와 만나게 함으로써 그들의 반
응을 보고 싶어 하고, 두 사람은 어색한 가운데 강태식의 요구대로 술을
마시고 춤도 같이 추게 되고 강태식이 술에 곯아떨어지자 키스까지 하게
된다. 진욱은 '여자는 다 창부와 같은 일면을 그 본질 속에 지니고 있다'
고 생각하며 집을 나오는데, 혜인은 '도도하고 잘난 체' 하는 진욱을 비웃
는다. 이와 같은 내용에서도 알 수 있듯이 이 작품은 강태식과 같은 부자
들이 어떻게 하여 부를 축적하였는가에 대한 것보다는 단지 부자들의 천
박한 사고와 생활을 보여주면서 작가 자신의 소위 '인텔리'로서의 자존감
등을 드러내고 있을 뿐이다. 다음과 같은 화자의 설명은 이와 같은 사실

---

25) 서동수, 「1950년대 최상규 소설과 성장의 서사」(『현대소설연구』 29호, 2006.3), p.319. 그
러나 이와 같은 일반화는 다소 성급하다는 느낌을 준다. 왜냐하면 최상규는 이 시기에
대학에 다니며 가정교사를 하다가 실직하여 사흘을 굶게 된 홍기의 이야기를 다룬 「무
상의 내력」(『코메트』 37호, 1959.1), 한 달 외상값을 갚으면 월급이 하루에 모두 없어져
다시 외상으로 세상을 살아가야 하는 은행원 우석의 이야기를 다룬 「상쇄」(『코메트』 38
호, 1959.5) 등을 발표하였던 바, 이들 작품에서 '새로운 응전방식'을 찾기는 어렵기 때
문이다.
26) 당시 재벌들은 정부의 특혜와 비호 하에 비대화되면서도 가족중심의 폐쇄적 경영체제를
유지하였는데, 이것은 정경유착을 통한 자의적 지원이 이루어진 결과로 오늘날 평가되고
있다. 김대환, 「1950년대 후반기의 경제상황과 경제정책」, p.219.

을 잘 보여주고 있는 것으로 판단된다.

　　순간에 지나지 않으나 진욱의 침묵과 조소가 혜인의 얼굴을 덮치는
것 같았다. 남편 강태식의 언동을 진욱은 능히 경멸하고 있으리라고
생각하니 혜인은 그런 진욱과 강태식 사이에서 정말로 난처했다. 혜인
은 혼자 술을 따라 마시고 있는 강태식을 물끄럼히 쳐다본 다음 순간
진욱쪽으로 눈을 말끔히 뜨고 시선을 걷우지 않았다. 어쩌면 혜인의
이 시선은 자기 남편의 몰지각하고 무교양한 언행을 너그럽게 봐 달
라는 것이 아니라 그의 곁에서 시달려야 하는 자기 존재를 불쌍하게
생각해 달라는 뜻인 듯도 했다.27)

　　천세욱의 「아무리 인공시대지만」(『코메트』 37호, 1959.1)은 한 사기꾼에
관한 이야기를 통해 부정부패가 심한 현실을 비판적으로 보여주고 있
다.28) 1950년대 한국의 산업화를 선도한 섬유 식품 등 소비재 분야에서의
시설과잉과 과당경쟁, 국제수지 적자의 누적과 달러화의 유출로부터 자국
경제를 보호하기 위한 미국 원조의 급감 등으로 1950년대 말 한국경제는
전반적으로 불황에 빠지게 된다. 그리고 이러한 불황은 산업화의 진전은
물론 민생안정에도 큰 타격을 가하였으며, 생산이 정체되고 실업률이 50%
를 웃도는 상황은 정치적 경직과 부정부패에 자극되어 결국 4·19 혁명으
로 이어졌다고 한다.29) 이 작품은 이러한 현실을 풍자하며 비판하고 있다.
어느날 이남붕은 부인의 요구에 따라 인공수정을 해준다는 '출산상담소'
에 따라 간다. 이남붕은 젊은 시절 악질 성병에 걸려 약을 썼으나 잘 못
쓴 까닭인지 정충이 없어졌다는 의사의 진단을 받았기 때문이다. 그런데
상담소 소장 손팔용은 '종남대장(보유 정충 장부)'을 꺼내어 여러 정충 중

---

27) 『코메트』 45호(1960.10), p.175.
28) 최태응의 「세종로에서」(『코메트』 12호, 1954.12) 역시 가난한 문인의 모습을 통해 부패
　한 현실을 비판하고 있다.
29) 김대환, 「1950년대 후반기의 경제상황과 경제정책」, p.223.

원하는 것을 선택하게 한다는 것이다. 이 작품에서 흥미로운 것은 정충의 주인인 사람들의 직업을 통해 당대 사회의 모습을 보여주는 점인데, 이 작품은 정치가의 정충을 반대하는 부인의 입을 통해 정치적으로 부패한 현실을 다음과 같이 익살스럽게 비판하고 있다.

> 여보, 난 정치가 싫어요. 밤낮 여당이니, 야당이니 해가지구 싸움만 하는 우리나라 정치가는 딱 질색이야요. 게다가 환표니, 피아노표니…… 심지어는 남의 표까지 훔쳐서 당선이 되려는 그런 자식을 두었다간 우리까지 세상 사람들에게 얼굴을 못 들게 되지 않겠어요?30)

이 작품은 남편 이남붕이 신문 기사를 통해 소장 손팔용이 사기꾼이며 그가 정충 판매를 통해 많은 금품을 취했음을 알게 되지만 부인에게는 알리지 않는다는 것으로 결말을 맺고 있는데, 비교적 짜임새 있는 구성으로 한 사기꾼에 관한 이야기를 통해 부정부패가 극심하던 당대 현실의 모습을 흥미 있게 보여준다는 점에서 그 의의를 찾을 수 있다. 특히 선거부정에 대한 비판은 이 작품이 발표된 후에 일어난 1960년 3월 15일의 부정선거를 떠올리게 한다는 점에서 더욱 의미심장하게 느껴진다.31)

4. 결 론

1950년대에는 한국문학사에서 중요한 비중을 차지하고 있는 많은 문인

---

30) 『코메트』 37호(1959.1), p.192.
31) 김광주의 「탁류를 헤치고」(『코메트』 47호, 1961.8)는 4·19 혁명 이후 부정선거 관련자들에 대한 공판과정이 이루어진 현실을 보여주고 있다. 이는 이 작품이 5·16 군사 쿠테타 이후에 발표되었기에 가능했으리라 생각한다.

들이 군 기관지에 작품을 발표하였다. 본 논문에서는 우선 1950년대에 발행된 공군 기관지『공군순보』,『코메트』등에 대한 기초 조사를 한 후, 1950년대 현실을 다룬 소설의 담론 양상을 크게 두 가지로 구분하여 각 유형의 특성에 대하여 논의하였다.

공군 기관지 소설의 주요한 특성 중 하나는 반공애국 담론의 작품들이 많다는 사실이다. 반공애국 담론의 작품들은 주로 부정적인 공산주의자의 모습을 통해 공산주의 이념 혹은 공산주의 사회를 비판하고, 군인 혹은 애국적 인물의 긍정적 형상화를 통해 애국심을 고취하고 있다는 점에서 특징적이다. 이와 같은 작품들은 주로 전쟁기에 많이 발표되었지만, 휴전 이후에도 지속적으로 발표되고 있어 1950년대 현실의 이데올로기적 경직화 현상을 보여준다.

공군 기관지 소설의 또 다른 특성은 현실비판 담론의 작품들이 많다는 사실이다. 이 작품들은 전쟁으로 인해 폐허가 된 현실 속에서 살아남기 위해 부정과 부패를 서슴지 않는 인간들의 모습과 가난하고 부조리한 사회, 무능하고 부패한 정부와 정치인들의 모습을 비판적으로 보여주고 있다. 이 작품들은 주로 휴전 이후 많이 발표되었는데, 소위 실존주의의 영향을 많이 받은 1950년대 소설의 주요한 특성을 보여주고 있다.

이상과 같이 본 논문에서는 1950년대 공군 기관지 소설의 담론 양상에 대하여 살펴보았다. 이제 앞으로는 후속 작업으로서 1950년대에 발행된 육군과 해군 기관지에 대하여 살펴보고자 한다. 그리고 다른 매체에 발표된 작품들과의 비교를 통해 군 기관지 문학 작품의 특수성과 보편성을 문학사적 관점에서 밝혀보고자 한다. 이러한 연구는 한국문학사의 폭과 깊이를 더하는 데 기여할 수 있으리라 생각한다.

참고문헌

Ⅰ. 기본 자료

『공군』,『공군순보』,『국방』,『군항』,『대한신문』,『동아일보』,『문예』,『문화세계』,『문화춘추』,『미사일』,『부산일보』,『사조』,『서울신문』,『수도평론』,『신사조』,『신생공론』,『신조』,『신천지』,『연합신문』,『육군』,『자유세계』,『자유예술』,『전선문학』,『조선일보』,『코메트』,『학원』,『해군』,『현대공론』,『협동』,『희망』 등 정기간행물.

Ⅱ. 국내 논저

강상희,「황순원의『나무들 비탈에 서다』고」,『단국대 국문학논집』, 1994.

고 은,『1950년대』, 청하, 1988.

곽종원,「황순원론」,『문예』, 1953.2.

구 상,「1·4후퇴와 피난 시초」,『죽순』 21, 1987.

구인환 외,『한국전후문학연구』, 삼지원, 1995. p.406.

구인환,「상흔적 현실과 치유적 지향」,『분단현실과 비평문학』, 상록, 1986.

국제보도연맹 편,『적화삼삭구인집』, 1951.

권영민,「해방40년의 문학」,『한국문학』, 1985.4.

권영민,『한국현대문학사』, 민음사, 1993, p.441.

김덕한,「1950년대 한국장편소설 연구」, 서울대 석사논문, 1993.

김동리,「문단 10년의 개관」,『연합신문』, 1958.8.15.

김만수,「1950년대 귀향소설 연구」,『관악어문연구』18, 1993.

김상선,『신세대 작가론』, 일신사, 1964.

김선려, 리근실,『조선문학사』11, 과학백과종합출판사, 1994.

김성칠, 『역사앞에서』, 창작과비평사, 1993.

김승환·신범순 편, 『분단문학비평』, 청하, 1987.

김열규·신동욱 편, 『염상섭연구』, 새문사, 1982.

김영택, 「전전세대와 전쟁의 소설화」, 『목원대어문학연구』 4집, 1994.

김우종, 『한국현대소설사』, 성문각, 1989.

김우종, 『한국현대소설사』, 성문각, 1989, p.396.

김윤식·정호웅, 『한국소설사』, 예하, 1993.

김윤식, 『안수길연구』, 정음사, 1986.

김윤식, 『한국현대문학사론』, 한샘, 1988.

김윤식, 『한국현대문학사』, 일지사, 1988.

김윤식·김현, 『한국문학사』, 민음사, 1981.

김인환, 『한국문학이론의 연구』, 을유문화사, 1986.

김인환, 「인고의 미학」, 『황순원전집』6, 문학과지성사, 1991.

김인환, 『상상력과 원근법』, 문학과지성사, 1993.

김인환, 『기억의 계단』, 민음사, 2001.

김재영, 「피부에 남은 전쟁의 기억」, 『작가연구』, 1996.10.

김재용, 「낙동강에서 강계까지」, 『한길문학』2, 1990.6.

김재용, 『북한문학의 역사적 이해』, 문학과지성사, 1994.

김종균, 『염상섭연구』, 고대출판부, 1974.

김종회 편, 『북한문학의 이해』Ⅰ·Ⅱ, 청동거울, 1999.

김주연 편, 『이무영』, 지학사, 1985.

김 철, 「한국보수우익문예조직의 형성과 전개」, 『실천문학』, 1990년 여름.

김춘선, 「북한문학의 전개양상을 통해 본 제 특징」, 『현대소설연구』11, 1999.

김치수, 「6·25 동란을 취재한 작품」, 『월간문학』 12호, 1969.10.

김태진, 「전쟁문학연구」, 『용봉논총』 2집, 1973.

남태제, 「황순원 문학의 낭만주의적 성격 연구」, 서울대 석사논문, 1997.

노애리, 「황순원 단편소설 연구」, 서울대대학원, 2000.

니시야마 준코, 「한국여성종군작가연구」, 동국대 석사학위 논문, 2002.

동국대학교 문학연구소, 『한국문학과 여성』, 아세아문화사, 2000.

문학과 사상연구회 편, 『한설야문학의 재인식』, 소명출판, 2000.

문학사와 비평연구회 편, 『1950년대문학연구』, 예하, 1991.

문학사와 비평연구회 편, 『1950년대문학연구』, 예하, 1991.

박동규, 「1950년대 소설의 변화」, 『한국현대소설사연구』, 민음사, 1984.

박명림, 『한국 1950 전쟁과 평화』, 나남, 2002.

박명림, 『한국전쟁의 발발과 기원』 I, II, 나남, 1996.

박신헌, 『한국전쟁전후기소설연구』, 형설출판사, 1993.

박종원·류만, 『조선문학개관』, 인동, 1988.

박종원·류만, 『조선문학개관』 II, 사회과학출판사, 1986.

박태상, 『북한문학의 현상』, 깊은 샘, 1999.

박혜경 , 「황순원 문학 연구」, 동국대 박사논문, 1994.

방기환, 「진통기의 소산」, 『전선문학』 6호, 1953.9.

백 철, 「전쟁문학의 개념과 그 양상」, 『세대』13, 1964.6.

백 철, 『조선신문학사조사』, 백양당, 1950.

사회과학원 문학연구소 편, 『조선문학통사』, 사회과학출판사, 1959.

사회과학원 문학연구소, 『조선문학통사』, 인동, 1988.

서경석, 「6·25전쟁문학」, 『역사비평』, 1990년 겨울.

서동수, 「1950년대 최상규 소설과 성장의 서사」, 『현대소설연구』 29호, 2006.3.

서영은, 「생의 태풍 속을 무구한 노로」, 『문학사상』, 1983.8.

서정자, 「일제강점기 한국여류소설연구」, 숙대 박사학위논문, 1987.

서종택·정덕준 편, 『한국현대소설연구』, 새문사, 1990.

성동민, 「남북한 전시소설연구」, 동국대 박사학위논문, 2004.

손정목, 『서울 도시계획 이야기』, 한울, 2003, p.166.

손호철 외, 『한국전쟁과 남북한사회의 구조적 변화』, 경남대학교 극동문제 연구소,
        1991.

송상일, 「안수길의 제3인간형」, 이재선 외, 『한국현대작품론』, 문장, 1981.

송하춘, 「또 하나의 戰場」, 『문학사상』 152호, 1985.6.

송하춘, 이남호 (편), 『1950년대의 소설가들』, 나남, 1994, p.420.

송희복, 「남북한 문학사 비교연구」, 『동원논집』2, 1989.

신경득, 「전란초기 조선 전쟁영웅소설의 영웅유형」, 『배달말』24, 1999.

신경득, 『한국전후소설연구』, 일지사, 1983.

신동욱, 「최정희 작품에 나타난 여성과 인간의식」, 『숙대청파문학』, 1986.

신상성, 송희복, 유임하, 『북한소설의 역사적 이해』, 두남, 2001.

신영덕, 「한국전쟁기 소설의 탈식민주의적 연구」, 『현대소설연구』23호, 2003.9.

신영덕, 『한국전쟁과 종군작가』, 국학자료원, 2002.

신형기, 오성호, 『북한문학사』, 평민사, 2000.

신형기, 『북한소설의 이해』, 실천문학사, 1996.

안함광, 『조선문학사』, 연변교육출판사, 1956.

양선규, 「황순원 소설의 분석심리학적 연구」, 경북대 박사논문, 1991.

역사문제연구소 편, 『1950년대 남북한의 선택과 굴절』, 역사비평사, 1988.

염무웅, 「5,60년대 남한문학의 민족문학적 위치」, 『창작과비평』, 1992년 겨울.

오생근, 『황순원 연구』, 문학과 지성사, 1985.

오세영, 「한국전쟁문학론 연구」, 『인문논총』 28집, 서울대, 1992.12.

오인문 편, 『유주현 연구』, 도서출판 서울, 1992.

오현봉, 『한국현대문학의 사회학적 시고』, 형설출판사. 1990.

유승환, 「오상원 문학의 현실인식과 담론 연구」, 서울대 대학원 석사학위 논문, 2006.8.

유종호, 「겨레의 기억」, 『황순원전집』 2, 문학과지성사, 1981.

유주현 편, 『동리문학이 한국문학에 미친 영향』, 중앙대 문예창작과, 1979.

유학영, 「1950년대 한국소설 연구」, 성균관대 박사논문, 1987.

윤미량, 『북한의 여성정책』, 한울, 1991.

윤병로, 「윤백남론」, 『현대작가론』, 이우출판사, 1978.

윤석달, 「1950년대 '6·25소설'의 한 양상」, 『고려대 어문논집』32, 1993.

이광복, 「담인 최정희」, 『월간문학』, 1976.9.

이근섭, 『영문학사』, 을유문화사, 1993.

이기윤, 『전쟁과 인간』, 한샘, 1992.

이기윤, 『한국전쟁문학론』, 봉명, 1999.

이기윤·신영덕·임도한 외, 『한국전쟁과 세계문학』, 국학자료원, 2003.

이남호, 「염상섭 단편소설의 특징」, 『염상섭문학연구』, 민음사, 1987.

이동희, 「이무영연구」, 경희대 대학원 박사학위논문, 1987.

이명재 편, 『북한문학의 이념과 실체』, 국학자료원, 1998.

이상원, 「1950년대 한국 전후소설 연구」, 부산대 박사논문, 1993.

이선영 편, 『한국문학론저유형별총목록』, 한국문화사, 1990.

이은자, 「북한 전시소설의 주제 특성에 대한 연구」, 『현대소설연구』12, 2000.

이은자, 『1950년대 한국 지식인 소설 연구』, 태학사, 1995.

이임하, 『한국전쟁과 젠더-여성, 전쟁을 넘어 일어서다』, 서해문집, 2004.

이재선, 『현대한국소설사』, 민음사, 1991.

이재인, 『북한문학의 이해』, 열린원, 1995.

일레인 김, 최정무 편저, 『위험한 여성-젠더와 한국의 민족주의』, 삼인, 2001.

임종국, 『친일문학론』, 평화출판사, 1986.

임진영, 「황순원 소설의 변모양상 연구」, 연세대 박사논문, 1999.

임헌영, 『한국현대문학사상사』, 한길사, 1988.

장현숙, 『황순원문학연구』, 시와시학사, 1994.

전기철, 「한국전후문예비평의 전개양상에 대한 고찰」, 서울대 박사학위논문, 1992.

전혜자, 「'코라'로의 회귀」, 『현대소설연구』 7호, 1997.12.

정봉래, 「전쟁문학론」, 『자유문학』 34, 1960.1.

정영진, 「종군작가, 그 자기 투척의 궤적」, 『한길문학』2, 1990.6.

정한숙, 『현대한국문학사』, 고대출판부, 1988.

정현백, 『민족과 페미니즘』, 당대, 2003.

정희모, 『1950년대 한국문학과 서사성』, 깊은샘, 1998.

조건상 편, 『한국의 전후 문학』, 성대출판부, 1994.

조남현, 「우리 소설의 넓이와 깊이」, 『문학정신』, 1988.10-1990.2.

조남현, 『한국현대소설연구』, 민음사, 1987.

조병락, 「전쟁문학의 개념규정에 관한 연구」, 『육사논문집』 3, 1965.

조연현, 「최정희의 문학세계」, 『삼중당 문고』 181, 삼중당, 1982.

조연현, 『한국현대문학사』, 성문각, 1969.

조은파, 「이무영의 1950년대 소설」, 『한양어문연구』 제13집, 1995.12.

진덕규 외, 『1950년대의 인식』, 한길사, 1990.

천이두, 「50년대 문학의 재조명」, 『현대문학』, 1985.1.

천이두, 『종합에의 의지』, 일지사, 1974.

최강민, 「50년대 소설에 나타난 죽음의 유형 고찰」, 『중앙대어문논집』24, 1995.8.

최동호 편, 『남북한 현대문학사』, 나남, 1995.

최동호 편, 『새로운 비평논리를 찾아서』, 나남, 1990.

최연홍, 『북한의 문학』, 남북문제연구소, 1994.

최장집 편, 『한국전쟁 연구』, 태암, 1990.

최정희, 「나의 문학생활 자서」, 『백민』 1948.3.

태혜숙, 『탈식민주의 페미니즘』, 여이연, 2001.

하정일, 「1950년대 단편소설 연구」, 연세대 석사논문, 1986.

한경숙, 「최정희 소설연구」, 연세대 석사논문, 1990.

한국문인협회 편, 『해방문학 20년』, 정음사, 1966.

한국문학연구회, 『1950년대 남북한 문학』, 평민사, 1991.

한국문학평론가협회편, 『분단현실과 비평문학』, 상록, 1986.

한국사회학회 편, 『한국전쟁과 한국사회변동』, 풀빛, 1992.

한국정치연구회 정치사분과, 『한국전쟁의 이해』, 역사비평사, 1990.

한국현대문학연구회, 『한국의 전후문학』, 태학사, 1991.

한수영, 「1950년대 한국 문예비평론 연구」, 연세대 박사 학위논문, 1996.

한승옥, 「1950년대 소설」, 『한국근현대문학연구입문』, 한길사, 1990.

홍기삼, 「최정희와 그 문학」, 『최정희선집』, 어문각, 1978.

홍사중, 「최정희론」, 『문학춘추』, 1964.4.

황순원 외, 「말과 삶과 자유」, 문학과지성사, 1985.

『1950년대 북한문학연구』, 예하, 1991.

『6·25 전쟁문헌 해제』, 국토통일원, 1981.

『공군사』, 공군본부, 1962.

『국방사』 2, 국방부, 1987.

『대한민국 해군사』 2, 해군본부, 1958.

『문총창립과 문화운동10년소관』, 전국문화단체 총연합회, 1957.

『민족의 증언』 7, 중앙일보사, 1985.

『육군 정훈 50년사』, 육군본부 정훈감실, 1991.

『임시수도 천일』, 부산일보사, 1985.

『작가연구』 1-4집, 새미, 1996-7.

『전시문학독본』, 계몽사, 1951.

『정훈50년사(1949-1999)』, 육군본부 정훈감실, 1992.

『정훈50년사(1949-1999)』, 해군본부 정훈감실, 1999.

『정훈대계』 Ⅰ,Ⅱ, 국방부 정훈국, 1956.

『한국문단이면사』, 깊은샘, 1983.

『한국전란 일년지』, 국방부, 1954.

『한국전쟁명작단편선』, 중앙일보사, 1975.

『한국전쟁문제소설선』, 한국문학, 1976.6.
『한국전후문학의 형성과 전개』, 태학사, 1993.
『한국현대사의 재인식』4, 오름, 1998.
『해군 정훈 50년사』, 해군본부 정훈공보실, 1999.12.
『해방전후사의 인식』 1-6, 한길사, 1989.

Ⅲ. 국외 논저

三好行雄 編 ,『日本文學全史－現代』, 學燈社, 1979.
伊東勉,『リアリズム論 入門』, 理論社, 1969.
和田春樹, 서동만 역,『한국전쟁』, 창작과 비평사, 1999.

Anderson, Benedict, 윤형숙 역,『상상의 공동체－민족주의의 기원과 전파』, 나남출판, 2003.

Clausewitz, Carl von, *On War, trans. by Howard, Michael & Paret, Peter, Princeton* : Princeton University Press, 1976.

Cumings, Bruce, *The Origins of the Korean War, Princeton* : Princeton University Press, 1981.

Denham, Scott D., *Visions of War : Ideologies and Images of War in German Literature Before and After the Great War*, New York : Lang, 1992.

Fleishman, Avrom, *The English Historical Novel*, Baltimore : The Johns Hopkins Press, 1972.

Foucault, Michel, 이정우 옮김,『담론의 질서』, 서강대학교 출판부, 2005.

Goldmann, Lucien, *Towards a Sociology of the Novel*, London : Tavistock Publication, 1975.

Jason, Phlip K. ed., *Fourteen Landing Zones : Approaches to Vietnam War Literature*, Iowa : University of Iowa Press, 1991.

Lefebvre, Henri, *Problèmes actuels du Marxisme,* Paris : Presses Universitaires de France, 1963.

Lukacs, Georg, *The Theory of the Novel,* Cambridge : The MIT Press, 1975.

Macdonell, Diane, 임상훈 옮김,『담론이란 무엇인가』, 한울, 1992.

Macherey, Pierre, *Pour une théorie de la production littéraire*, Paris : François Maspero, 1966.

McLeod, John, *Beginning postcolonialism*, Manchester and New york : Manchester University Press, 2000, pp.01-260.

Mils, Sara, 김부용 옮김, 『담론』, 인간사랑, 2001, p.262.

Robinson, Douglas, 정혜욱 옮김, 『번역과 제국－포스트식민주의 이론 해설』, 동문선, 2002.

Robinson, Michael Edson, 김민환 역, 『일제하 문화적 민족주의』, 나남, 1990.

Stanzel, F. K., 김정신 옮김, 『소설의 이론』, 문학과비평사, 1990.

Toynbee, Arnold Joseph, *War and Civilization,* New York : Oxford University Press, 1951.

Zima, Peter V., 허창운 역, 『텍스트사회학』, 1991.

작품명 ————————

작가명 ————————————

〈부록 1〉 한국전쟁기 군 기관지 소설 목록

기관지명	수록작품	호수	년도
국방	이무영, 「사의 행렬」 최태응, 「다시 솟는 해」	23호	1953.4
	이무영, 「사의 행렬」	24호	1953.5
	최태응, 「다시 솟는 해」	25호	1953.7
전선문학	박영준, 「암야」 김이석, 「악수」	1호	1952.4
	정비석, 「간호장교」 박영준, 「가을저녁」 손소희, 「그날에 있은 일」 김이석, 「분별」	2호	1952.12
	이무영, 「바다의 대화」 최인욱, 「면회」 곽하신, 「처녀애장」 김동사, 「별빛」 박연희, 「새벽」 유주현, 「역설」	3호	1953.2
	박영준, 「김장군」 정비석, 「남아출생」 장덕조, 「선물」 유주현, 「기상도」	4호	1953.4
	김 송, 「불사신」 손소희, 「거리」	5호	1953.5

전선문학	최태응, 「폭풍우의 밤」 최인욱, 「어느날의 일등상사」 한무숙, 「정의사」 박연희, 「무기와 인간」 손동인, 「임자없는 그림자」	6호	1953.9
	박영준, 「용초도근해」 조진대, 「전선」 김장수, 「전우애」 김요섭, 「달뜰무렵」	7호	1953.12

해군 (해군해병, 해병)	이서구, 「애정항로」 윤백남, 「운명」	창간호	1951.8
	박계주, 「아라사 처녀」	2호	1951.12
	김 송, 「풍랑」	해군해병 통합 4호	1953.3

군항	염상섭, 「소년수병」(상)	창간호	1952.9
	최인욱, 「정찰삽화」 염상섭, 「소년수병」(하)	2호	1952.11
	이무영, 「범선에의 길」	3호	1953.1
	김말봉, 「합장」	4호	1953.2
	이무영, 「육이오」	5호	1953.3

해양소설집	공중인, 「바다의 간주곡」 안수길, 「고향바다」 최태응, 「장산곶」 곽하신, 「해녀」	제1집	1953.3

해양소설집	이선구, 「어머니」 염상섭, 「가위에 눌린 사람들」 윤금숙, 「편지」 박연희, 「섬사람들」 윤백남, 「군부인」 이무영, 「원균후일담」 유치진, 「청춘은 조국과 더불어」	제1집	1953.3
공군순보	곽하신, 「헌화의 장」	14-15	1952.2
	방기환, 「인형과 고독」	16	1952.3
	김동리, 「우물과 감나무와 고양이가 있는 집」 최정희, 「산모롱이 쪽으로」 유주현, 「퇴근시간」 방기환, 「방매가」	17-18	1952.6

〈부록 2〉 공군 기관지 『코메트』의 소설 목록

최정희, 「유가족」 강신재, 「전투기」 모파상, 「초가화염」(번역)	1호	1952.11
장덕조, 「매춘부」 최인욱, 「외투」 방기환, 「물은 물대로」	2호	1953.1
도스토옙스키, 「가난한 애인들」(임옥인 번역)	3호	1953.2
정비석, 「애욕」 방기환, 「골육」 김효성, 「단독호」 김순기, 「야간 척후병」 윤희열, 「참호」	4호	1953.5
현경호, 「파경」	6호	1953.9
현경덕, 「가마귀」	7호	1954.1
김장수, 「휴가병」 알퐁스 도데, 「기수」(번역)	8호	1954.2
최태응, 「남성테스트」 최인욱, 「비석 있는 마을의 처녀」	10호	1954.6
방기환, 「날으지 않는 비행기」	11호	1954.7
최 과, 「유치장」 최태응, 「세종로에서」	12호	1954.12
최정희, 「전설」 곽하신, 「산촌삽화」 방기환, 「파도」	13호	1955.4
이무영, 「아침」	14호	1955.5
곽하신, 「입학금」	15호	1955.6
제임스 힐튼, 「만수선생」(이기석 번역)	16호	1955.10

최　과, 「투계」 제임스 힐튼, 「만수선생」(이기석 번역)	17호	1955.12
서윤성, 「애증의 단면」 어스킨 콜드웰, 「남녀상」(김병룡 번역)	18호	1956.1
김형덕, 「하이얀 마음」 라울 브란다아오, 「별이 총총한 밤에」(김병룡 번역)	19호	1956.2
세라 오 주에트, 「백로」(권응호 번역)	20호	1956.4
임학선, 「미공군독립의 비화」(실화소설)	21호	1956.5
헤밍웨이, 「키리만자로의 눈」(이기석 번역)	22호	1956.7
유주현, 「폐허의 독백」 곽하신, 「엽편2제」 최태응, 「불구자」 헤밍웨이, 「키리만자로의 눈」(이기석 번역)	23호	1956.9
헤밍웨이, 「키리만자로의 눈」(이기석 번역)	24호	
펴얼 S 벅, 「크리스마스날 아침」(박병화 번역) 모파상, 「색시」(양원달 번역) 사머셀 모엄, 「정복되지 않는 인민들」(이기석 번역)	25호	
박영준, 「상흔」 사머셀 모엄, 「정복되지 않는 인민들」(이기석 번역)	26호	1957.5
박종화, 「천강홍의장군 곽재우」 윤백남, 「이식과 도승」 사머셀 모엄, 「정복되지 않는 인민들」(이기석 번역)	27호	1957.6
이종환, 「사이렌」 박계주, 「유형」 토마스 B 올드리치, 「삶의 몸부림」(이윤희 역)	28호	1957.8
곽학송, 「해후」	29호	1957.9
유주현, 「유랑」 안수길, 「변용」 박용구, 「유배」	30호	1957.11

임옥인, 「붉은 밤」(1) 이종환, 「어느날 밤」	31호	1957.12
이무영, 「진소저」 손소희, 「노을이 쓰러질 때」 임옥인, 「붉은 밤」(2) 케이트 쇼펜, 「데지레의 갓난애」(이윤희 역)	32호	1958.2
장덕조, 「혈연」 박용구, 「처첩」 임옥인, 「붉은 밤」(3) 최상규, 「망향」	33호	1958.5
이명온, 「외로운 사람들」 임옥인, 「붉은 밤」(4) 로버트 아더, 「몽중의 살인」(박운암 역)	34호	1958.8
김팔봉, 「언덕 위에서」 염상섭, 「장가는 잘 갔는데」 김이석, 「종착역 부근」 홍은표, 「이원애사」(상) 디온 헨더슨, 「암살」(박병화 역)	35호	1958.10
곽하신, 「돌아오라」 임옥인, 「붉은 밤」(5) 이범선, 「젊은 부부」 최상규, 「겁쟁이의 변」 홍은표, 「이원애사」(하)	36호	1958.11
최태응, 「두 쌍의 원앙」 천세욱, 「아무리 인공시대지만」 최상규, 「무상의 내력」	37호	1959.1
이호철, 「차라리 미쳐라」 최상규, 「상쇄」 팽가, 「금문애화」(조윤기 역) 윌리엄 포오크너, 「에밀리의 장미」(박병화 역) 프랭크 오코노, 「사자조련사」(오기방 역)	38호	1959.5

작품	호수	발행
이명온, 「인생유한」 최상규, 「지붕」 알프레드 베스터, 「이브없는 아담」(박운암 역)	39호	1959.8
김요섭, 「신화서장」 곽하신, 「제2의 방향」 이흥우, 「고슴도치」 최상규, 「비애」 정인영, 「젯트 파이롯트」	40호	1959.10
손소희, 「감이 익는 오후」 송기동, 「정비원」 최상규, 「탈출」	41호	1959.12
이명온, 「비애의 장미」 최상규, 「탈출」 체스터 톰, 「푸른 십자가」(김요섭 역)	42호	1960.3
추식, 「거짓말쟁이」 양영호, 「쪼각난 하늘 아래서」 스테펜 빈센트 데넷트, 「바보와 도깨비」	43호	1960.5
박영준, 「천직」 박용구, 「의혹」 셔우드 엔더슨, 「인간세례」	44호	1960.9
정인영, 「토요일의 삽화」 홍은표, 「치악산야화」 오 헨리, 「밝혀진 등불」	45호	1960.10
오상원, 「상」 임수일, 「숙명의 삶」	46호	1960.12
김광주, 「탁류를 헤치고」	47호	1961.8